Upgefuckt
Stufe 1

Simon Finkas

Upgefuckt

1.Auflage
Printed 2022 in Europe

1

An einem Sommertag steht Mingus mit gesenktem Kopf an einer roten Ampel am Hermannplatz. Die Sonne scheint ihm ins Gesicht und sein bedrücktes Gefühl mildert sich etwas.

Er hat gerade seinen Job verloren, da kann man sich schon mal etwas komisch fühlen.

Die Welt ist seit einer ganzen Weile eine andere, als er und der Rest der Weltbevölkerung sie noch vor ein paar Jahren kannten. Was soll man da machen? Die Dinge verändern sich nun mal, denkt Mingus manchmal, um bei allem, was passiert, nicht wahnsinnig zu werden. Er war bis vor ein paar Minuten noch Strom-Promoter, das heißt, er musste in einem Elektromarkt Kunden den besten Stromtarif raussuchen und ihn dann in höchst professioneller Art anbieten. Das heißt, mit einem Lächeln im Gesicht. Das kann er ganz gut mit dem Lächeln, hatte er schließlich für den Job vorm Spiegel geübt. Lange wollte er Musiker, Schauspieler oder Autor sein, bis er merkte, dass, wenn man in der Welt wirklich etwas verändern will, man ein Erfinder sein muss.

Da steht er nun und orientiert sich an den Farben der Ampel, wann er losgehen wird. Sein Blick wandert von der Ampel langsam in den

Himmel, wo er einen schwarzen Punkt weit über der Kreuzung stehen sieht. Der Punkt wird langsam größer und größer. Irgendetwas scheint näherzukommen. Es ist kein Flugzeug, weder ein Hubschrauber noch eine Drohne. Es ist irgendetwas ganz anderes, was jetzt immer mehr Menschen um Mingus herum bemerken, und es wird klar, dass es ein näherkommendes Objekt sein muss. Es kommt immer näher, bis es über der Kreuzung am Hermannplatz plötzlich stehenbleibt. Hunderte Zeugen sehen es – einen schwarzen, waschmaschinengroßen Würfel, ohne jegliche Fluggerätschaft in der Luft schweben. Ein wie aus Marmor perfekt geschliffener Stein steht bewegungslos in der Luft.

Passanten grölen und rasten komplett aus. Autos machen Vollbremsungen und rasen ineinander – fünf Unfälle in wenigen Sekunden. Auf dem belebten Platz sind in kürzester Zeit Hunderte Handys auf den Klotz gerichtet. Und obwohl es schon viele Monate her ist, dass der erste Würfel gesichtet wurde, hat die Sensationsgeilheit der Menschen kein bisschen nachgelassen.

Die Ampel schaltet auf Grün und Mingus wandert durch den entstandenen Tumult und Wahnsinn, als wäre nichts passiert. Obwohl er nicht unbeeindruckt ist, geht er weiter seines

Weges, schließlich muss er einen neuen Job finden.

2

»Sie verkaufen Strom. Das ist natürlich schwer, denn jeder Mensch hat bereits Strom. Das macht es noch etwas schwerer. Das muss ihnen klar sein, Mingus. Sie haben dem Kunden nichts zu bieten. Sie haben ja kein greifbares Produkt, und Elektrizität ist nun mal wie Luft, nicht sichtbar. Der Kunde möchte eigentlich etwas mitnehmen, aber Sie haben ihm nichts zu bieten«, waren die Worte, mit denen Mingus von seinem ehemaligen Chef gekündigt wurde, die ihm durch den Kopf gehen, während er in seiner Altbauwohnung auf der Couch liegt.

Als er so daliegt und über seine Optionen nachdenkt und für welchen Job er sich als Nächstes bewerben könnte, hört er plötzlich die Klospülung. Panisch springt er auf und sucht mit weit aufgerissenen Augen nach einer Waffe oder irgendetwas, das er als Waffe benutzen kann. Weitere Geräusche kommen aus dem Bad, was äußerst merkwürdig ist, denn er wohnt schließlich schon seit ein paar Jahren alleine. Langsam und geduckt schleicht er, mit einem Tacker bewaffnet, über den Flur zum Bad. Da öffnet sich schlagartig vor ihm die Tür und Sam kommt heraus, als ob nichts dabei wäre. »Puah! Ich sag dir, das war allerhöchste Eisenbahn. Wär beinahe was danebengegangen, aber ich hab aufgepasst. Es ist alles clean.«, sagt er und klopft Mingus auf die Schulter.

Mingus pustet und schnauft. »Alter! Junge! Du kannst mir doch nicht so einen Schreck einjagen! Kannst ja mal was sagen, wenn du mich besuchen willst. Und den Schlüssel will ich endlich zurückhaben.«

Sam grinst nur. »Mach dir mal keine Sorgen. Ich bin‘s doch nur, Sammy.«

Mingus schleift seine Füße zurück zur Couch. »Du hast mir voll den Schreck eingejagt, und mein Tag war schon beschissen genug«, sagt er und lässt sich wieder auf die Couch fallen.

»Du hast die Bude ja ganz schick gemacht, muss man ja mal sagen.«

Mingus starrt wieder an die Decke. »Ich hab meinen Job verloren. Und dann ist mitten auf dem Hermannplatz noch nen Klotz aufgetaucht.«

»WAS?! Du meinst einen Würfel? Du hast echt so einen verfickten Würfel gesehen? Ich hab noch nie einen gesehen, also nur im Fernsehen oder auf YouTube, aber noch nie in Wirklichkeit. Wie war es?!«

»Ja, war schon krass irgendwie. Der kam so aus dem Himmel angeflogen und dann, na ja, stand er einfach so über der Kreuzung, als würde er die Autos angucken oder so. Die Leute sind natürlich total ausgerastet.«

»Kranker Scheiß! Ich sag dir, die Aliens spielen hier einfach Minecraft und keiner weiß was man da machen kann. Das ist so krank. Sieh es ein, Mingus, wir leben in einer kranken Welt.«

Mingus verschränkt die Arme hinter seinem Kopf, als würde er das Gespräch genießen. »Ja Mann, stimmt schon irgendwie.« Dann neigt er den Kopf, sieht Sam direkt an und sagt mit den Mundwinkeln zur Seite und die Augenbrauen hochgezogen: »Ich sag mal so, willkommen in der Zukunft, wah.«

3

Kurz darauf ballern die beiden auf Fahrrädern durch die Stadt. Vom Bürgersteig auf die Straße und zurück, hin und her. Was sie nicht davon abhält, einander zurufend alle Themen dieser Galaxie zu bequatschen. »Ich werd mir jetzt eine Kamera besorgen, so eine richtig professionelle, weißte!« ruft Sam durch den lauten Verkehr.

»Ah ja? Und dann? Was willste damit?« ruft Mingus durch den Straßenlärm.

»Mal sehen. Vielleicht mach ich einen

YouTube-Kanal oder so. Ich weiß noch nicht so genau.«

»Ist ja interessant.«

»Ist doch eine geile Idee, oder?«

»Kann sein.«

»Was is denn mit dir?«

»Mann, ich hab meinen Job verloren und Herr Schwarz hat gesagt, dass er mich nur nicht feuert, wenn ich am Wochenende auf seine Tochter aufpasse.«

»Du sollst seine Tochter babysitten?«

»Ja, sozusagen. Die ist siebzehn oder achtzehn oder so. Ich weiß nicht, ob ich das machen soll.«

»Worüber beschwerst du dich denn? Klingt doch super!«

»Jaja. Soweit ich weiß, ist die total gestört und alkoholsüchtig noch dazu.«

Sam lacht. »Na dann, viel Spaß mit der Kleinen.«

»Ich will meinen Job zurück und nicht irgendeinen Scheiß bauen.«

»Weißt du, was mir da gerade einfällt?! Rate mal, wen sie heute aus dem Knast lassen?«

»Aus dem Knast? Keine Ahnung. Wen denn?«

»Bunkmann!«

»Bunkmann? Was denn für ein Bunkmann?«

»Der von früher!«

»Ich kenn keinen Bunkmann.«

»Na klar! Der von früher. Du weißt schon. Den haben sie in den Knast gesteckt, wegen so einer Verwechslung mit nem Hund.«

»Verwechslung mit einem Hund?! Was gibt's denn da zu verwechseln?«

4

Mingus und Sam klettern übers Geländer einer Brücke, setzen sich auf den Vorsprung und trinken Kaffee aus Pappbechern. Unter ihren baumelnden Beinen fließt der Kanal und sie genießen den weiten Ausblick auf Berlin, bis Sam irgendwann ungeduldig aufsteht und hektisch in jede Himmelsrichtung blickt. »Meinst du, wir sehen einen?«

»Kann sein. Das Wetter ist ja nicht schlecht.«

»So ein Mist, dass ich mir noch keine Kamera besorgt habe. Es ist nicht eine Wolke am Himmel, wenn jetzt einer auftaucht, könnte ich es direkt filmen.«

»Nimm einfach dein Handy.«

»Ja klar, aber wenn es so richtig im Dokumentarstil sein soll, da wär eine professionelle Kamera schon echt besser. Dann kann man es an Nachrichtensender verkaufen. Oder ... oder ...! Noch viel besser! Auf YouTube hochladen und Millionen Klicks bekommen. Was rede ich denn? Milliarden! Das machen wir! Und wir nennen uns...« sagt Sam und überlegt kurz, »die Würfelhunter!«

»Sag doch gleich Cubehunter.«

»Genau! The Cubehunters. Das hört sich richtig international an. Aber bevor wir das machen, müssen wir erstmal Bunkmann abholen.«

»Was ist denn mit diesem Bunkmann? Und warum sitzt er überhaupt im Knast?«

»Ich sag doch – es war eine reine Verwechslung. Bunkmann ist einer der größten und nettesten Hundeliebhaber, die ich kenne. Einer der größten und nettesten die ich kenne, weißt du?«

»Na dann. Das erklärt ja alles.«

»Ja genau.«

5

Es ist fast Abend, als Mingus und Sam vor Moabits Gefängniseingang warten. »Er war so gut zu dem Hund, netter, als der richtige Besitzer jemals hätte sein können. Eigentlich hat er ihn gerettet. Er rettet den armen Köter und die buchten ihn einfach ein. Was ist das für eine kranke Welt, kannst du mir das mal sagen?« sagt Sam.

Mingus sieht auf seine Uhr und läuft auf und ab, als wäre er selbst in einer Gefängniszelle. »Wann kommt er denn jetzt? Ich habe keine Zeit für sowas.«

Da packt Sam Mingus an den Schultern und schüttelt ihn. »Jeden Moment! Das ist doch total spannend!«

In dem Moment öffnet sich langsam die Tür zum Gefängnis und Sam dreht noch mehr auf. »Das ist er. Er kommt jetzt tatsächlich aus diesem Höllenkerker raus. Boah, ist das aufregend. Ich habe noch nie jemand aus einem Gefängnis abgeholt. Hast du schon mal jemanden aus einem Gefängnis abgeholt? Ich nicht!«

Die Tür öffnet sich ganz, aber kein Bunkmann kommt heraus – nur ein Beamter. Als Sam den Beamten sieht, guckt er traurig, als hätte man einem Hund seinen Knochen weggenommen. »So ein Scheiß...ich glaub, ich geh mal fragen. Soll ich fragen?«

Gleichgültig sagt Mingus: »Geh, frag.«

Sam geht zu dem Gefängniswärter und redet einen Moment mit ihm. Dann kehrt er enttäuscht zu Mingus zurück. »Diese Hurensöhne.«

»Was denn?«

»Die lassen ihn erst morgen raus.«

»Eine Nacht wird er jetzt auch noch aushalten.«

»Der Mann sitzt da unschuldig drin, verstehst du das Mingus? Unschuldig!«

6

Nachts schießt Mingus an seiner Konsole stundenlang Aliens ab. Seitdem die Würfel aufgetaucht sind, gibt es natürlich massenhaft Alien-Egoshooter im Handel. Parallel verfolgt er auf seinem Handy Nachrichten und die neusten Würfelsichtungen. Politiker sagen immer wieder in Pressemitteilungen, dass sie sich beraten müssen, was sie bezüglich der Würfelerscheinung tun müssten. Jeder sogenannte Experte, der in Fernsehstudios eingeladen wird, redet nur um den heißen Brei und muss letztlich eingestehen, dass sie die Würfel nicht erklären können.

Bis jetzt ist nicht bekannt geworden, dass ein Würfel je etwas zerstört oder jemanden angegriffen hätte, und Politiker wollen ihre Wählerstimmen weder an die verlieren, die die sensationellen Würfel lieben noch an die, die panische Angst vor einer Invasion haben. Zu bekämpfen sind die Dinger sowieso nicht wirklich, also kann man auch einfach politische Bewegungen daraus konstruieren. Denn so schnell, wie sie auftauchen, verschwinden sie auch wieder. Blöcke so groß wie Waschmaschinen schießen mit überdimensionaler Geschwindigkeit durch die Luft, ohne auch nur einen Ton abzugeben, nicht mal, wenn sie erwiesenermaßen die Schallmauer durchbrechen. Das ganze Gequatsche darüber bringt zwar Sendezeit, ist aber letztlich immer wieder völlig ergebnislos. An einem Tag wird zum totalen Shutdown aufgerufen und keiner soll auf die Straße, am nächsten Tag verspricht die Regierung einem eine heile Welt.

Mingus hat genug Halbwissen und Mutmaßungen gehört, er braucht dringend ein bisschen Inspiration, und darum legt er sich auf den Fußboden in seiner kleinen Wohnung und hört Podcasts. Irgendetwas muss er tun, etwas ändern, denkt er sich. Gerade als der Podcast ihn ein wenig zu langweilen beginnt, saust etwas Kleines aber Dickes über seinen Kopf hinweg.

Ein fetter Nachtfalter! Das muss ein richtig dicker sein, denkt Mingus und springt geduckt auf. Den will er keinesfalls nachts in der Wohnung haben. Er rennt geduckt in die Küche und kehrt langsam und vorsichtig mit einem Küchentuch in der Hand ins Wohnzimmer zurück. Er nähert sich dem an der Wand schwebenden Vieh. Als er ihm noch näherkommt und genauer hinsieht, muss er feststellen, dass es kein Nachtfalter ist.

Vor ihm schwebt ein Würfel. Direkt an der Wand steht ein winziger Würfel in der Luft – in der Größe eines normalen Spielewürfels, nur eben ohne Punkte. Denn das hier ist kein Spielewürfel! Es ist ein Würfel größter fortschrittlicher Technologie – eine der Menschheit gänzlich unbekannte Technologie. Da steht er vor ihm, scheinbar ohne Antrieb und ohne auch nur ein Geräusch von sich zu geben. Und Mingus ist gezwungen, das Ding und seine ihm unbekannte Technologie als wahr zu akzeptieren. Bisher waren nur waschmaschinengroße Würfel auf der Welt gesichtet worden. Dass sie auch in der Größe eines Spielewürfels auftauchen, ist gänzlich neu. Und irgendwie eine weitere Ebene, auf der sich diese unbekannte Macht, die diese Dinger kontrolliert, über die Menschheit lustig machen will, denkt Mingus. Erstaunt bringt er seine hochgezogene Nase immer näher an das Ding. »Was bist du? Und warum bei mir? Was soll das?!«

Plötzlich schießt das Ding einen Meter weg und bleibt wieder in der Luft stehen »Ahh! Scheiße!« schreit Mingus. »Warum bei mir? Warum? Was willst du? Bist du bescheuert, bei mir gibt's nichts zu holen! Diese scheiß verfluchten Drecksaliens halten mich hier vom Schlafen ab. Geht doch woanders hin. In den Bundestag zum Beispiel, spioniert die da aus!«

Als das Ding plötzlich hin und her wackelt, als wollte es etwas sagen, schreit Mingus, als hätte er einen tollwütigen Hund vor sich, hockt sich weit weg in eine Ecke, überlegt und beobachtet es. Dann stellt er sein Handy auf den Tisch und filmt den kantigen Flieger.

»Scheiß Spionagewürfel. Bei mir! Wieso bei mir?! Was soll das? So ein Mistdreck!« geht er fluchtend in die Küche.

Kurz darauf kehrt er mit einem Baseballschläger zurück und schleicht an das Teil heran.

Langsam und konzentriert holt er zu einem kräftigen Schlag aus. »Na gut, du scheiß kleine Alientech, hier kommst du nicht mehr lebend raus. Hast dir die falsche Wohnung zum Rumschnüffeln gesucht«, sagt er und schwenkt mit voller Wucht den Schläger auf den Würfel.

Der kleine Flieger saust blitzartig weg und der Schläger hinterlässt nur ein Loch in der Wand. Mingus sieht sich panisch um und findet den Würfel an einer anderen Stelle neben der Wand schweben. Wieder holt er zum Schlag aus, wieder schwingt er den Schläger mit voller Wucht gegen die Wand. Wieder erwischt er das kleine Ding nicht und hinterlässt nur ein Loch in der Wand. Da bemerkt er, dass die Wand an dieser Stelle nur aus Rigips besteht und zieht ein bisschen Filz heraus. Dann schlägt er wie wild mit dem Schläger auf die Wand ein. Der Flieger saust wie ein Nachtfalter um Mingus herum, als würde er ihn bei seinem Wutausbruch beobachten. Mingus rupft immer mehr Filz aus der Wand, bis er an die nächste Rigips-Wand kommt, die seines Nachbarn.

7

Am nächsten Tag sitzen Mingus und Sam auf einem Dach, von wo aus sie gut Berlin überblicken können. Mingus testet Sams neuen Camcorder und zoomt hin und her. »Wow, das Teil hat ja echt eine riesige Reichweite – damit kommt man ja bis zum Mond.«

»Dafür war er ja auch teuer genug. Wenn wir damit einen erwischen, werden das

Wahnsinnsaufnahmen«, sagt Sam, während er auf Mingus Handy ein Video guckt. »Ich seh da keinen Würfel. Du rennst hier ja nur wie bekloppt einer Motte hinterher. Und jetzt holt er den Baseballschläger, oh Mann!« lacht Sam laut los. »Da rennt er mit einem Baseballschläger einer Motte hinterher ... Und zertrümmert seine eigene Wand!« brüllt Sam vor Lachen.

»Mann, das war ein Miniwürfel, du Witzbold. Ein Spionagewürfel.«

Sam krümmt sich vor Lachen. »Ich seh da keinen Spionagewürfel! Ich seh da nur jemanden, der versucht, vor Wut eine Motte mit nem Baseballschläger zu jagen und seine eigene Wohnung zerstören!«

Da reißt Mingus Sam das Handy aus der Hand und steckt es ein. »Musst mir ja nicht glauben.«

»Ich glaub's dir ja, aber es ist einfach zu lustig, wie du da mit dem Schläger rumrennst und das kleine Vieh nicht erwischst!«

»Ja, haha, sehr lustig,« sagt Mingus genervt.

Sam kann nicht aufhören zu lachen. »Und was haste mit dem Ding gemacht – dem kleinen Spionage-UFO?«

»In die Küche gesperrt.«

»Na dann hoff ich, dass er dir nicht den Kühlschrank leer macht,« lacht Sam noch lauter.

Mingus sieht ihn genervt an. »Ich dachte, wir sind die Würfelhunter?«

»Kannst damit ja zur Presse gehen. Das sind ja schließlich exzellente Aufnahmen ... wie du deine Wohnung zerstörst,« lacht Sam so laut, dass es ganz Moabit hört.

»Ok, ich muss dann mal los.« sagt Mingus.

Da steht Sam auf, breitet seine Arme dramatisch aus, blickt in den Himmel und schreit: »Wo kommt ihr her?!«

Mingus grinst.

Sam schreit noch lauter: »Nehmt mich mit!«

»Und mich auch! Vergesst mich nicht!« schreit Mingus.

»Warum spioniert ihr meinen Freund aus,« schreit Sam und lacht wieder.

»Okay, das reicht. Ich muss dann jetzt los,« sagt Mingus und steht auf.

»Warte mal! Wie spät ist es?«

Mingus guckt auf die Uhr. »Kurz vor Vier.«

»Dann müssen wir los!«

»Wieso? Wohin denn?«

»Na, Bunkmann abholen!«

»Ach, lass mich doch mal mit diesem Bunkmann in Ruhe.«

Etwa eine halbe Stunde später stehen die beiden mal wieder vor Moabits Gefängniseingang, und Mingus hat den höchst professionellen Camcorder auf Sam gerichtet, der sich, wie ein richtiger Reporter, ein Mikrofon vor den Mund hält.

»Und bitte!« sagt Mingus.

»Läuft? Hast du auf Record gedrückt?«

»Die rote Lampe leuchtet. Kannst!«

»Ok, also ... wir stehen hier heute vor dem Moabiter Gefängnis, aus dem ein Kumpel von uns rausgelassen wird ... und was soll ich dann sagen?«

»Keine Ahnung, vielleicht sowas wie: Folgt unserem Kanal, wir sind die Würfelhunter.«

»Ach, das ist doch Schwachsinn. Würfelhunter? Wen interessiert denn sowas?«

»Ich bin hier nicht der Regisseur. War ja deine Idee mit der Doku.«

»Okay, lassen wir das erstmal.«

Kurz darauf sitzt Mingus auf einem Stromkasten und filmt gelangweilt die Umgebung und den Himmel, während Sam in sein Handy vertieft ist.

»Meinst du, er kommt jetzt bald mal? Ich hab nicht ewig Zeit.« sagt Mingus.

»Bestimmt. Weißt du, der Hund ist übrigens tot.«

»Aha.«

»Der war so traurig, dass er sein Herrchen verloren hat. So was passiert schon mal. Hunde können sterben, wenn sie ihr Herrchen verlieren.«

»Muss ja ein ganz toller sein, dieser Bunkmann, wenn sogar Hunde Selbstmord wegen ihm begehen.«

»Ja, er ist schon okay.«

»Da! Ich hab einen!« schreit Mingus und richtet die Kamera in den Himmel.

»Echt?! Wo denn? Ich seh keinen!« sagt Sam und guckt sich suchend um.

»Ah nee, ist nur eine Taube.« grinst Mingus.

»Haha. Na toll, wieso tauchen diese blöden Dinger nicht auf, wenn man mal einen vor die Linse bekommen will?«

»Du, ich werd jetzt mal los. Ich muss heute Abend auf die Kleine aufpassen, und vorher will ich noch ein paar Sachen erledigen.«

»Jetzt warte doch noch kurz! Er kommt bestimmt jeden Moment da raus.«

Mingus schaltet den Camcorder aus, klappt das Display ein und springt vom Stromkasten. »Ich hab hier jetzt wirklich lange genug auf den Hundedieb gewartet, hier, die Kamera.«

Sam schüttelt enttäuscht den Kopf und blickt über Mingus Schulter. »Da ist einer! Da ist wirklich ein Würfel!« schreit er und zeigt in die Ferne.

Mingus dreht sich um. »Wo?!«

»Da, über der Häuserreihe. Los, Kamera!«

Hastig klappt Mingus das Display zur Seite, drückt den on/off-Knopf und richtet die Kamera auf den Würfel, der gerade hinter der Häuserreihe verschwindet.

»Ah Scheiße!« sagt Sam. »Wieso machst du auch die Kamera aus?! Da müssen wir schnell reagieren bei so einer Chance!«

»Okay, sorry Chef.«

»Na, was macht ihr Idioten?« steht plötzlich ein bulliger und großer Typ in weißem Jogginganzug und einer Sporttasche über der Schulter vor dem Gefängniseingang.

»Bunkmann! Altes Haus! Wie geht's dir?!« läuft Sam ihm entgegen.

»Wie soll's da gehen, wenn man gerade aus'm Knast kommt?«

»Oh ja, verstehe. Das war bestimmt ne schwere Zeit.«

Da lacht Bunkmann so laut los, dass es ganz Moabit hören kann. »Scheiße Mann, das war wie ein Hotel da drin. Ich hatte alles, was man braucht. Fernseher. Einfach alles.«

»Wieso hat das so lange gedauert? Wir sind hier bestimmt schon eine Stunde oder so.«

»Du, ich musste mich erstmal von allen verabschieden. Ich sag dir, war ne geile Zeit da drin.«

Sam sieht Mingus kurz grinsend an, der nicht weiß, wie er Bunkmanns Aussagen deuten soll. Beiden fehlen einen Moment die Worte.

»Wer ist der Zwerg?« sagt Bunkmann.

»Das ist Mingus. Weißt du noch? Von früher!«

Bunkmann guckt Mingus kurz, von oben bis unten, an. »Und was macht ihr so?«

»Nichts. Wir sind nur hier, um dich abzuholen,« sagt Sam.

»Was soll das mit der Kamera?«

»Wir wollten ein paar Würfel filmen,« sagt Mingus, um zu zeigen, dass er auch eine Stimme hat.

»Geil. Ich kann's kaum abwarten, ein paar kleine Scheißaliens abzuknallen.«

»Du weißt, dass es Würfel gibt?« sagt Sam.

»Mann, na klar. Ich bin nicht dumm. Ich sag doch, ich hatte alles da drin. Ich hab jeden Tag Fernsehen geguckt. Die haben gesagt, dass man sich nicht bewaffnen muss, aber ich sag dir, was ich mir als erstes besorge, ist ne Knarre. Und wenn ich dann so'n Ding irgendwo sehe, baller ich es ab. Ist mir egal, was irgendjemand sagt. Ich lass mich nicht von Aliens ficken.«

9

Die drei unterschiedlichen Typen laufen durch Moabit bis an eine Eckkneipe. »Wie war das denn jetzt genau mit dem Hund?« sagt Sam.

Bunkmann grinst. »Sammy, du bist immer so neugierig.«

»Ja, wie war das denn jetzt mit dem Hund?« will auch Mingus wissen.

»Ich kenne mich gut mit Hunden aus. Brauchst du einen? Ich besorg dir einen. Glaub mir, einen richtig gut trainierten Kampfhund. Da musst du dir nie wieder Sorgen machen, Mini. Du bist doch ein cooler Typ. Würde dir gut stehen, so ein fetter Kampfhund.«

»Nee, danke.«

»Also, dann halt die Klappe. Man sollte seinen Mund nicht zu weit aufmachen über Sachen, von denen man keine Ahnung hat. Im Knast wirst du für so'n Scheiß abgestochen«, erklärt Bunkmann, geht zur Tür, dreht sich nochmal um und sieht, dass die beiden noch zögern. »Kommt, wir gehen da jetzt rein. Ich hab die Leute da drin ewig nicht gesehen. Ich lade euch ein.«

»Wir kommen gleich nach«, sagt Sam.

»Was ist los mit euch? Sind wir jetzt Freunde oder nicht?«

»Klar, Bunkmann.«

»Lass dir keinen Scheiß von dem Kleinen da erzählen, Sammy«, sagt der menschliche Pitbull und verschwindet in die Kneipe.

»Ich bin gar nicht so klein. Ich bin 1,76m. Das ist nicht groß, aber warum nennt der mich Mini und Zwerg? Was soll das?«

»Du merkst ja, er ist noch ein bisschen aufgeregt, dadurch dass er jetzt raus ist und so.«

»Der Typ ist krank. Bist du sicher, wir haben ihn aus dem Gefängnis geholt und nicht aus einer Nervenheilanstalt? Ich will nicht wissen, warum der tatsächlich im Knast war. Wohl kaum wegen einer Verwechslung mit nem Hund. Sieh dir den Typ mal an.«

»Ja, stimmt ja schon irgendwie. Komm, wir trinken ein Bier, damit er nicht sauer ist, und dann können wir ja wieder gehen.«

»Ich kann gar nicht. Ich muss auf die Kleine aufpassen.«

»Stimmt! Du bist ja Babysitter«, lacht Sam.

Mingus guckt auf die Uhr.

Sam guckt Mingus mit einem tiefen Blick an. »Mingus, ein Bier. Auf die alten Zeiten.«

Drei Bier und ein paar Kurze später ist die Feier in der Moabiter Eckkneipe im vollen Gange. Ein Saufbruder ist fest entschlossen, Mingus alle Lebensweisheiten an dem Abend mitzugeben, die er kennt. »Weißt du, es spielt keine Rolle, ob wir von UFOs besetzt werden oder nicht, weil, wir haben hier immer noch unsere Kneipe und unseren Zusammenhalt! Und Zusammenhalt ist das Wichtigste, was es gibt!«

»Ja, das stimmt.«

Da stellt sich Sam dazu. »Dem Mingus musst du nichts über UFOs erzählen, der hat nämlich selbst eins zu Hause.«

»Sammy! Nicht jetzt.«

»Ja, doch, der hat einen kleinen Würfel bei sich in der Küche. Und der frisst ihm gerade den Kühlschrank leer«, lacht Sam.

Der Saufbruder guckt Mingus begeistert an. »Du bist ja ein abgefahrener Typ!«

Bunkmann ist an einem Spielautomaten beschäftigt, und der Abend nimmt so seinen Lauf. Man redet über alles Mögliche, und natürlich kommt immer wieder das Thema Würfel vor: Wo sie herkommen, wer sie kontrolliert, ob die Regierung dahinter steckt, warum sie hier sind und, und, und. Es muss wohl kaum erwähnt werden, dass das Phänomen weltweit auftritt und die gesamte

Weltbevölkerung dadurch in Angst, Schrecken und Faszination versetzt wird.

Bunkmann macht immer wieder laute Durchsagen, erzählt vom Knast und wie toll es gewesen sein soll.

Mingus versucht jegliche Verantwortung, die er an dem Abend noch hat, mit Alkohol zu ertränken.

Sam setzt, völlig betrunken, Mingus an der Theke mit seiner Kamera in Szene: »Hier sehen wir Mingus, den besten. Den besten, den besten was eigentlich?«

Mingus kann sich kaum gerade halten.

»Mingus! Wer bist du? Sag doch mal, für die Kamera.«

»Strom-Promoter.«

»Wir sehen hier Mingus, den besten Strom-Promoter von ganz Moabit. Und Teilzeitbabysitter.«

»Babysitter! Ich bin Babysitter!« schreit Mingus und rennt aus der Eckkneipe.

»Der Junge ist total besoffen. Wen will der denn babysitten?« lacht der Saufbruder.

10

Mingus drückt, nachdem er eine halbe Stunde durch die Stadt getorkelt ist, an der Klingel, an der Schwarz auf dem Namenschild steht. Er klatscht sich ins Gesicht, versucht, gerade zu stehen und sich zu motivieren, der beste Babysitter zu sein, der er sein kann.

Ein junges Mädchen mit dem Körper einer Mitte 20-Jährigen öffnet die Tür. Mingus starrt sie einen Moment sprachlos an. Er hatte einen dummen, hässlichen und nervtötenden Teenager erwartet, keine hübsche, junge Frau mit selbstbewusster Körpersprache und in einem stylischen Outfit: in einer toll sitzenden Jeans, weißem Hemd, Ringen an den Fingern, Ohrringen und einer goldenen Kette um den Hals.

»Ich bin ... «, fängt er an, aber der Rest der Worte will irgendwie nicht seinen Mund verlassen.

Mit einem stark französischen Akzent sagt das Mädchen: «Du bist Mingus«, und lächelt gekonnt.

Ein traumhafter Klang in Mingus Ohren, und er fängt an zu stottern: »Genau, der bin ich, ich bin heute hier, um auf dich aufzupassen, wenn's ok is.«

»Na klar, komm rein.«

Mingus geht, so aufrecht und normal er kann, durch die Tür, schlendert in die Küche und setzt sich unaufgefordert hin. Wie ein normaler Mensch wirken, erinnert er sich, das ist eine ganz normale Situation, ich habe nur ein bisschen viel getrunken, denkt er.

Sie kippt das Fenster an, setzt sich aufs Fensterbrett und schlägt, direkt neben Mingus, elegant und gekonnt wie ein Model ein Bein über das andere. »Ich bin Julie«, sagt sie mit ihrem Akzent und zündet sich eine Zigarette an.

»Oh, du rauchst? Na ja, du bist ja alt genug dazu.«

»Ab und zu«, lächelt sie, «willst du auch?« sagt sie und hält ihm die Zigarette hin.

»Ich rauche ja eigentlich gar nicht. Aber na gut, heute ist ja ein besonderer Tag«, sagt er und nimmt die Zigarette entgegen. Cool will er wirken und zeigen, dass er nicht der strenge und doofe Babysitter ist und zieht an der Zigarette. Sofort muss er loshusten. »Die ist aber stark. Aber ganz gut«, sagt er und hält dann die Zigarette lässig in der Hand. Julie sieht ihn mit einem breiten Grinsen an, und Mingus fühlt sich einen Moment ertappt und fragt sich, ob sie weiß, wie betrunken er ist. Um sich nichts anmerken zu lassen, zieht er noch zwei Mal und hustet wieder, was seine Wahrnehmungen noch viel schwammiger macht, als noch vor ein paar Sekunden. »Also, ich habe ja keine genauen Instruktionen bekommen, was ich mit dir machen soll. Mal sehen, was macht man denn so als Babysitter? Man schickt das Kind ins Bett. Wie spät ist es? Musst du schon ins Bett?« sagt er, merkt selbst irgendwie, dass er komisches Zeug redet, keine seiner Gedanken noch einen Filter haben oder in Frage gestellt werden und einfach so seinen Mund verlassen.

Julie fängt schallend an zu lachen und sieht ihn dann verführerisch an. »Uhhh, jetzt schon ins Bett?« sagt sie und macht ganz große Augen.

»Na gut, das ist vielleicht jetzt doch noch keine so gute Idee«, steht Mingus auf und sieht sich verwirrt in der Küche um. »Ist ja schön hier«, sagt er.

»Willst du nochmal ziehen?«

»Nee, mir geht's gut, danke dir, vielen Dank. Du scheinst ja echt nett zu sein.«

»Ja, ich bin nett, Herr Babysitter. Ich bin ja auch Julie, das kleine Mädchen«, sagt sie und tippt etwas in ihr Handy.

Laute, für Mingus schon fast tranceähnliche Elektromusik, fängt in der Küche an zu spielen, die ihn in seinen Bann zieht. »Das ist ja ein abgefahrener Klang«, sagt er und geht wie selbstverständlich, als wäre er zu Hause, an den Kühlschrank. «Habt ihr was zu trinken da?«

»Klar«, springt das Mädchen vom Fensterbrett und nimmt einen Prosecco aus dem Kühlfach.

»Oh, nein. Das darfst du nicht«, sagt Mingus und greift an die Flasche. Beide sehen sich einen Moment tief in die Augen.

»Und was willst du dann machen, Mingus?«

11

Wie aus einem Koma wird Mingus in einem großen Bett irgendwann wach. Verdutzt guckt er sich um und versucht festzustellen, wo er ist. Die Sonne kommt durch weiße Gardinen zum Fenster rein. Mit dröhnendem Kopf erhebt er sich langsam, schwer. Er schafft es, stöhnend aufzustehen und geht in Boxershorts durch eine große, fast nobel eingerichtete Altbauwohnung irgendwo in Berlin.

Was ist das hier? Wo bin ich? Und was ist letzte Nacht passiert, fragt er sich und ahnt es langsam.

Von einem Raum in den nächsten sagt er leise und schüchtern: »Hallo? Jemand hier? Hallo?«

Ein paar einzelne Erinnerungen schießen ihm durch den Kopf. Nur ob es tatsächlich Erinnerungen oder Produkte seiner Fantasie sind, weiß er nicht. Er sieht das junge Mädchen, ihn als Babysitter, nackte Haut und dennoch hat er keine Ahnung, wie er es deuten soll.

Er ist Babysitter, er hat Verantwortung, denkt er, rennt panisch zurück zum Bett, sammelt seine Klamotten ein und zieht sich so schnell er kann an. Als er seine Hose aufhebt, sieht er ein scheinbar benutztes Kondom am Boden liegen. Langsam und vorsichtig nimmt er es mit Zeigefinger und Daumen auf, hält es sich angewidert vor die Nase und untersucht es verdutzt.

12

In der Küche vom »Currymex« – einer Bar, in der es Currywürste gibt – hält Sam sich das Kondom mit einer Küchenzange direkt vor die Nase und inspizierte es wie ein Forensiker. »Da ist ja gar nichts drin!« sagt er.

Mingus guckt wie ein Angeklagter in einem Kreuzverhör auf den Boden.

»Du! Da ist ja gar nichts drin!«

»Ich weiß, das macht es aber nicht unbedingt besser.«

»Und du kannst dich an nichts erinnern?«

Mingus schüttelt nur mit dem Kopf.

»Wenn nichts drin ist, kann's ja nicht so toll gewesen sein.«

»Oh Mann, wenn ich nur wüsste, was passiert ist, und warum es genau neben dem Bett lag!«

»Ist doch ganz klar. Du warst wahrscheinlich so dicht, dass du nicht gekommen bist. Oder aber ...«

»Oder was?!«

»Oder du hast es abgezogen und voll in sie reingeschossen. Das arme Ding«, lacht Sam.

»Ha ha, sehr lustig. Soweit ich weiß, ist die Kleine sechzehn oder siebzehn oder so!«

»Sehr viel älter bist du auch nicht.«

»Ich bin fast dreißig! Ich will meinen Job behalten! Was ist, wenn die Kleine schwanger wird, was soll ich denn dann Herr Schwarz sagen?«

Immer wieder laufen Männer mit Kartons durch die Küche an den beiden vorbei.

»Okay, okay, lass mal sehen, was macht man denn da?« sagt Sam, guckt das Kondom nochmal genauer an und überlegt. »Ah ja! Hast du schon deinen Schwanz gecheckt?«

»Was?!«

»Hast du schon deinen Schwanz gecheckt und überprüft, wie er riecht? Ob er normal riecht oder koitusbelastet, sag ich mal.«

»Nee-eee, nee-eee, hab ich nicht! Falls du´s wissen willst.«

»Das musst du machen! Weil, du willst doch Gewissheit über den Sachverhalt haben, oder?«

»Ja«, sagt Mingus schüchtern.

»Dann los.«

»Was denn? Jetzt? Hier oder was?«

»Klar! Ist doch sonst niemand hier.«

Mingus deutet mit weit ausgebreiteten Armen auf die Lieferanten, die durch die Küche ins Lager hin- und zurückgehen.

»Ach, das ist denen doch egal, wo du dir rumspielst.«

Mingus guckt erst nach links und rechts, greift sich dann kopfschüttelnd in die Hose, kramt ein bisschen rum und zieht dann seine Hand wieder raus.

»Riech«, sagt Sam.

»Echt jetzt?«

»Nee, du spielst dir einfach so in meiner Küche am Schwanz rum. Klar jetzt!«

Mingus führt langsam seine Hand unter die Nase und schnieft dann zweimal.

»Ich check auch mal meinen«, sagt Sam und greift sich an seiner Plastikschürze vorbei in die Hose.

»Du hast doch gar nicht!« sagt Mingus.

»Das muss ich erstmal checken – was bei mir letzte Nacht so abging«, grinst Sam und riecht an seiner Hand. «Also, bei mir ist alles ziemlich normal. Ganz normaler Halbtags-Pissduft. Und deiner?«

Mingus zögert erst, dann lehnt er sich vor und sagt ganz leise: »Normal.«

»Na wunderbar, dann ist ja alles geklärt.«

Mingus riecht erneut an seinen Fingern. »Bisschen komisch vielleicht.«

»Echt?! Zeig mal her«, sagt Sam, packt Mingus am Handgelenk und zieht die Hand zu sich rüber, hält sie sich unter die Nase und schnieft zweimal sehr konzentriert. »Stimmt, bisschen komisch.«

»Scheiße«, sagt Mingus.

»Das hat jetzt erstmal nicht so viel zu heißen.«

»Meinst du?«

»Eigentlich nicht. Wann hast du das letzte Mal geduscht?«

» ...Vorgestern, glaub ich.«

»Na siehste, alles halb so wild«, sagt Sam. «Willst du auch mal meine Finger riechen?«

»Nee, danke. Lass mal.«

»Wirklich nicht? Deine letzte Chance.«

»Jetzt lass doch mal den Scheiß!«

»Ja, stimmt. Ich muss hier auch weitermachen«, sagt Sam und hackt mit einem dicken Beil auf ein Fleischstück ein. »Siehst du das ganze Fleisch hier?« sagt er.

Mingus guckt ihn fragend an.

»Das kann ich alles nicht mehr benutzen. Das Verfallsdatum ist abgelaufen. Ist doch schade drum. Das ist völlig in Ordnung, und nur wegen dem Verfallsdatum kann ich's nicht mehr verkaufen. Mit diesem beschissenen, neuen Gesetz muss ich noch für die Entsorgung zahlen. Kannst du dir das vorstellen? Ich! Als Unternehmer!«

Mingus zieht nur seine Augenbrauen nach oben.

Sam hält ihm eine Wurst hin. »Willst du eine mitnehmen?«

»Nee, danke.«

»Ich muss mir da irgendwas einfallen lassen. Ich kann's ja schließlich nicht einfach auf die Straße schmeißen.«

13

Unter der Dusche gehen Mingus Bilder eines nackten Körpers der letzten Nacht durch den Kopf. Ob es Erinnerungen oder nur Vorstellungen von der jungen Französin sind, kann er sich einfach nicht erklären.

Während er sich in seinem Wohnzimmer abtrocknet, guckt er gespannt auf das Loch in seiner Wand und überlegt. Er geht zu ihm hin und zieht noch mehr Filz heraus. Immer mehr und mehr, bis er zur zweiten hinteren Rigipswand seines Nachbarn vordringt. Mit dem Knöchel seines Zeigefingers klopft er gegen die Rigipswand. Erst nur leise, dann immer lauter, bis er mit der ganzen Faust richtig gegenhämmert. Keine Antwort.

Dann zieht er sich an, sucht seine Sachen zusammen und geht zur Wohnungstür. Gerade als er sie öffnen und die Wohnung verlassen will, zögert er nochmal und guckt auf die Küchentür. Ihm fällt der kleine Würfel ein, den er weggesperrt hatte. Er geht zur Küchentür, umfasst die Klinke, will sie gerade runterdrücken und den kleinen kantigen Flieger befreien, da lässt er wieder von ihr ab. «Kleiner Scheißdrecksflieger, verfluchte Würfel, verdammte Aliens aus der Hölle in meiner Wohnung – unglaublich!« sagt er kopfschüttelnd und geht durch die Wohnungstür raus.

14

Wieder auf der Straße, steht Mingus einige Zeit später am Wittenbergplatz. Sam kommt mit einem Rucksack auf ihn zu.

»Was gibt es denn so Wichtiges?« sagt Mingus.

»Wirst du noch sehen.«

Da sehen die beiden Bunkmann aus der Distanz, den Mund zur Seite geschoben und mit müden Augen, mit großen und breiten Schritten auf sie zukommen.

»Scheiße, Sammy, was soll das?« sagt Mingus und wischt sich mit den Händen angestrengt übers Gesicht. «Wieso bringst du den hierher? Echt jetzt mal. Ich will nichts mit dem Typ zu tun haben!«

»Er ist in meinem Laden aufgetaucht und ich hatte irgendwie Mitleid.«

»Was denn für'n Mitleid? Sieh dir den Typ mal an, der hat nur Scheiße in der Birne, und ich sag dir, der saß bestimmt nicht unschuldig im Knast!«

»Ja stimmt schon irgendwie. Es war auf jeden Fall keine Verwechslung mit einem Hund, wie er immer behauptet hat.«

»Sag ich ja, der Typ ist ...«

»Halt die Klappe, er kommt!«

»Und der Kleine ist auch wieder da, na geil. Was geht ab, Jungs?« sagt der bullige Typ, der sich breitbeinig vor sie stellt und nach links und rechts guckt, als wäre er in einer Art Kampfposition für eine Massenschlägerei.

Mit zerknautschtem Gesicht schüttelt Mingus den Kopf. Dann sagt er: »Ich weiß nicht, was das soll. Ich bin gar nicht so klein.«

Bunkmann reißt eine Kippenschachtel auf. »Chill mal, Mini. Ich sag ja nur, mit deiner Größe würdest du im Knast nicht einen Tag überleben. Kippchen?« sagt er und hält den beiden die Schachtel hin.

»Nee, danke. Also falls du es nicht bemerkt hast, sind wir hier nicht im Knast. In der Freiheit ist die Körpergröße nicht so wichtig.«

Da streckt Bunkmann den Kopf Richtung Himmel und lacht laut los. »Meinst du, du hättest eine Chance gegen mich oder was?«

»Hä, was?«

»Okay! Okay! Jetzt haltet beide mal die Klappe!« sagt Sam.

Da zieht Bunkmann seine Sportjacke aus und spannt seine Arm-, Brust- und Schultermuskeln im Achselshirt an. »Du brauchst mich, Sammy, ich bin da! Was is los? Wen soll ich umhauen?!« sagt er und grinst begeistert.

»Ähm, ja, niemanden, trotzdem danke«, sagt Sam ein bisschen irritiert.

»Schade Mann, ich dachte ich kann heute jemanden ficken!«

Sam gestikuliert gekonnt wie ein Politiker bei einer Rede und sagt: »Das wird heute nicht nötig sein. Es ist jetzt nicht besonders gefährlich oder so, aber wir müssen uns konzentrieren und einfach ein bisschen vorsichtig sein, das ist alles.«

»Was denn überhaupt?« sagt Mingus.

Einen Moment darauf drängeln sich die drei auf dem Ku'damm durch die Shoppingmassen. Bunkmann geht an den Schaufenstern mit geballten Fäusten entlang, als wollte er jeden Moment eine Scheibe einschlagen und mal eben einen Laden verwüsten. »Mini, ich höre, du schwängerst gerne kleine Mädchen«, sagt er plötzlich grinsend.

»Was? Quatsch! Sie ist fast achtzehn und es ist nichts passiert!« sagt Mingus und guckt Sam mit einem tiefen Blick an.

Sam lacht los. »Ey Mann, sorry, aber die Story ist einfach zu lustig. Ist mir so rausgerutscht!«

»Wenn die Kleine schwanger ist, musst du dafür sorgen, dass sie abtreibt«, sagt Bunkmann.

»Mach dir mal keine Sorgen um sowas, es ist nichts passiert und niemand muss abtreiben! Ich weiß ja nicht mal, ob oder was passiert ist! Mann, ich war total dicht und kann mich an nichts erinnern!«

Plötzlich verschwindet jeder Humor aus Bunkmanns Gesicht. »Hör zu, sie muss abtreiben oder sie stirbt.«

»Kannst du mal hier was sagen, Sam!«

»Ey, ich bin ohne Vater aufgewachsen und sag dir, es ist kein Spaß. Außerdem bist du viel zu klein, um Vater zu werden«, steigert sich Bunkmann weiter in das Thema hinein. »Scheiße Mann, du bist selbst noch ein Kind.«

»Sammy!« sagt Mingus und guckt streng zu ihm rüber.

Da lacht Sam los und umarmt Bunkmann. »Is ja gut. Der Mingus ist bei dem Thema einfach ein bisschen empfindlich, das ist alles.«

Bunkmann grunzt. »Scheiße, ich bin aus der Gosse, aber das heißt ja nicht, dass jede Generation hier rumficken kann, ohne Verantwortung für Kinder zu übernehmen. Kinder sind das Wichtigste. Ich hab im Knast einmal einen Schänder genommen und ihn zerrissen. Wie ein Handtuch in zwei Stücke zerrissen.«

»Das ist cool, Bunkmann, aber du bringst da was durcheinander. Mingus kümmert sich nur um die Kleine, um seinen Job zu behalten. Ist ein reiner Babysitter-Job. Ist doch so, oder Mingus?«

Mingus pustet angestrengt aus. »Ja.«

»So, wir sind gleich da. Ich hab mir das ausgerechnet. Ein Monatsticket für den Zoo ist günstiger als diese scheiß Betriebskosten für den Biomüll. Da geh ich doch lieber einmal die Woche die Löwen und Tiger besuchen. Und heute seid ihr eingeladen, Jungs!«

Mingus guckt Sam nur verwirrt und genervt an.

»Komm, bekommst auch ein Eis, Mingus.«

15

Im Zoo, der voll von Besuchern ist, gehen die drei an Elefanten, Flamingos und Giraffen vorbei. Mingus leckt, ein bisschen besser gelaunt, sein Eis.

Bei jeder Gelegenheit, wenn gerade niemand guckt, nehmen die drei schnell Würste und Fleischstücke aus Sams Rucksack, schmeißen sie bei Löwen und Tigern ins Gehege und erfreuen sich dann an dem Spektakel, wie die Raubkatzen das Fleisch mit abgelaufenem Verfallsdatum runterschlingen.

Bei den Affen angekommen, kommt Bunkmann Mingus näher und flüstert: »Wenn du mit der kleinen Fotze Hilfe brauchst, sag mir Bescheid. Wir geben ihr einen Drink, aber vorher machen wir einfach die Antibabypille rein.«

Mingus blinzelt und zögert und versucht, eine passende Antwort zu finden.

Sam beobachtet höchst interessiert die roten Pavianärsche, während Mingus und Bunkmann sich einen Moment wortlos ansehen.

»Bist du völlig verrückt oder so?!«, sagt Mingus und dreht sich kopfschüttelnd weg, um sich auch mit den Pavianen zu beschäftigen. Sam und Mingus philosophieren eine Weile über die Abstammung der Paviane und ob sie mit dem Menschen irgendetwas gemein haben. Gerade, als die beiden eine Einigung über das Thema zu finden scheinen, fangen die Viecher in ihrem Gehege nervtötend laut an zu schreien.

Und dann plötzlich knallt es, aus dem Nichts, BANG, BANG, BANG. Mingus und Sam springen vor Todesangst in Deckung.

Die beiden drehen sich um. Da steht Bunkmann, breitbeinig, mit einer 9mm in der Hand in die Luft gestreckt. Ein waschmaschinengroßer Würfel schwebt, unbeeindruckt von dem Geballer, neben einem großen Baum in der Luft und die Paviane schreien begeistert, als hätten sie gerade das Highlight in einem Actionfilm gesehen.

Kurz darauf drängeln sich die drei durch die Besuchermassen und durch den Ausgang. Bunkmann grinst vergnügt, als er die Polizisten sieht, die an ihnen vorbei durch den Eingang stürmen. Und Mingus stellt fest, dass den schwebenden Würfeln Pistolenkugeln nichts anhaben können.

16

Wieder in seiner Wohnung, drückt Mingus langsam die Türklinke zur Küche runter, öffnet die Tür einen Spalt und guckt rein. Kein kleiner Spionagewürfel zu sehen. Er kann sich kaum vorstellen, dass der Würfel so lange dort verharren kann, ohne sich zu langweilen. Da muss sich Mingus erinnern, dass er es mit einem Objekt ohne Gefühle zu tun hat. Ein Würfel hat keine Persönlichkeit und ist empfindungslos, denkt er.

Er geht in die Küche, die, abgesehen von Töpfen und dreckigen Tellern, leer ist. Keine Alientech weit und breit zu sehen.

Beruhigt und ein bisschen enttäuscht zugleich, nimmt er sein Handy aus der Tasche und spricht eine Sprachnachricht ein: »Ja, hey, also, ich hab heute sehr viel Arbeit, aber wir sehen uns um acht.«

Dann macht er sich eine Nudelsuppe warm.

Kurz darauf steht er mit dem heißen Suppenteller in der Hand in seinem Wohnzimmer und schaufelt sie nachdenklich, auf das Loch in seiner Wand blickend, in den Mund. Er überlegt, wie er das Loch wieder zu bekommt und welche Werkzeuge er aus dem Baumarkt dazu holen muss.

Er macht sich einen inspirierenden Podcast, von Künstlern, die beschreiben, was sie alles tun, um ihre Ziele zu erreichen, an. Er geht in seinem Wohnzimmer auf und ab und überlegt hin und her – was kann er machen, um weiterzukommen, um sein Leben in ein besseres zu verwandeln?

Wieder geht er an die Rigipswand und klopft. Wieder keine Antwort vom Nachbarn. Er blickt auf seinen Baseballschläger, der an die Wand gelehnt ist. Seine Mundwinkel rutschen, in Überlegungen vertieft, runter. Dann nimmt er ihn auf und guckt ihn in seinen Händen an. Mit einem Mal fängt er an, mit voller Wucht auf die Wand einzuschlagen. Das Loch wird immer größer.

»Hallo? Ist da jemand?« ruft er durch das Loch. Alles, was zurückkommt, ist ein großes und langes Echo.

Er streckt seinen Kopf durch und entdeckt keine Wohnung, aber dafür eine riesige und lange Lagerhalle mit zwei Stützbalken in der Mitte. Sein Mund öffnet sich weit und Begeisterung steigt in ihm auf, die ihn bis zur Gänsehaut bringt.

17

Um acht Uhr abends trifft Mingus Julie am Kanal in Moabit, denn er hat seine Aufgabe als Babysitter zwar vernachlässigt, aber nicht vergessen. Sie spazieren in einem Park am Wasser entlang. »Aber ein bisschen lustig war es schon, oder nicht?« sagt sie.

»Ein bisschen schon.«

»Patrick hatte die Idee mit dem Kondom und ich fand's lustig, also hab ich gesagt, warum nicht. Es war ja nicht so schlimm.«

»Nein, nicht so schlimm.«

»Hast du gelacht, als du es gesehen hast?«

»Ehrlich gesagt, nicht so viel.«

»Was denn dann?«

»Ich war sehr verwundert, ich kann mich ja an kaum was erinnern.«

»Also hast du gar nicht gelacht?«

»Eigentlich nicht. Ich hatte eher Angst, dass etwas passiert sein könnte, was nicht hätte passieren sollen.«

Julie lacht verunsichert.

»Und dieser Patrick, ist das dein Freund?«

»Er ist ein Kumpel, wieso?«

»Nur so, nur so. Ich bin nur ein bisschen an dir interessiert. Was du so machst und was du magst. Ich muss ja schließlich auf dich aufpassen.«

»Ja, ja,« dreht Julie ihren hübschen Körper von Mingus weg und guckt aufs Wasser.

»Ich wollte damit nicht sagen, dass ich streng sein will. Ich denke ein junges, 16-jähriges Mädchen wie du, sollte sich frei entwickeln, ihre eigenen Entscheidungen treffen können und alles.«

»Ich bin fast achtzehn, Mingus, nur mal so.«

»Umso besser, dann bist du ja fast eine erwachsene, junge Frau, die voll und ganz für sich selbst verantwortlich ist.«

»Das bin ich auch jetzt schon.«

»Ja klar, ich meine bloß, dann werde ich oder sonst irgendjemand nicht mehr auf dich aufpassen müssen, das ist doch toll.«

»Kann sein.«

»Meinst du nicht?«

»Heißt das, dass du keinen Spaß mit mir hast?«

»Doch! Sicher, es heißt nur, dass ich mich für dich freue, dass du bald eine noch unabhängigere Frau bist, die tun und lassen kann, was sie will.«

Da guckt Julie Mingus direkt in die Augen, was ihn noch mehr verunsichert. »Wie alt bist du?«, fragt sie.

»Ich?! Ich bin ein bisschen älter als du, nicht so viel älter, aber ein bisschen älter.«

»Wie alt?«

»Ich bin neunundzwanzig. Das heißt, du bist bald achtzehn und ich, ich bald dreißig.«

»Mir ist das Alter nicht wichtig, wenn jemand cool drauf ist, kann er meinetwegen auch fünfunddreißig sein. Oder noch viel älter, fünfundvierzig oder so.«

»Ah ja?«

»Ja klar, ich hatte mal was mit einem Typen, der war schon fünfundzwanzig, aber er war ein Idiot.«

»Oh, das tut mir leid.«

»Ich glaub, er fand den Sex mit mir einfach voll gut. Ich glaube, das ist alles, was er wollte, immer und immer wieder. Ich meine, klar hat es Spaß gemacht, aber es gehört doch mehr dazu, Liebe und so. Liebe ist doch wichtig, dann macht der Sex auch viel mehr Spaß. Ist doch so, oder?

Dann ist er viel länger und wilder, ist doch klar, einfach, weil man sich vertraut.«

Mingus bleibt die Spucke weg, sein Mund ist in zwei Sekunden komplett ausgetrocknet. Er findet einfach nichts, was er entgegnen kann und fragt sich, warum sie derart offen zu ihm ist.

Julie zündet sich eine Zigarette an.

»Weiß dein Vater, dass du rauchst?«

»Er würde mich umbringen! Du darfst ihm nichts sagen, okay?«

»Du bist ja eh alt genug, um es selbst zu entscheiden.«

»Du kennst doch meinen Vater. Du weißt doch, wie er ist. Er denkt immer noch, ich wär ein kleines Kind – sein kleines Mädchen.«

»Ich finde dich schon ziemlich weit für dein Alter. Für mich bist du kein kleines Mädchen, ich mein, du bist doch eine richtige ...«

»Nicht mein Vater. Er ist voll ätzend. Voll der Buttplug, der Typ.«

»Was?«

»Buttplug. Weißt du nicht, was ein Buttplug ist?«

»Doch, aber ...«

»Ich und meine Freundin Marie sagen das immer zu Leuten, die einen Stock im Arsch haben. Dann ist er ein Buttplug. Und mein Vater ist der nervigste, ätzendste Buttplug überhaupt.«

»Alles klar.«

»Hattest du schon mal einen?«

»Was meinst du jetzt?«

»Ein Buttplug im Arsch?«

Mingus hustet vor Schock.

Julie lacht laut los und schlägt sich vor Freude auf den Oberschenkel.

»Julie, du machst mich fertig.«

18

Mingus steht in seinem Wohnzimmer vor einem Plakat, auf dem ein UFO abgebildet ist und drunter ein Schriftzug »I WANT TO BELIEVE« steht. Er guckt es eine Weile an, überlegt, nimmt es vorsichtig ab, und zum Vorschein kommt ein Loch, so groß wie ein kleines Fenster in die andere Wohnung. »Hallo? HAAALLLOOO?« ruft er in das Loch, doch nur sein Echo kommt als Antwort.

Wieder nimmt er seinen Baseballschläger und schlägt auf die Rigipswand ein, bis er meint, dass das Loch groß genug ist. Zeit, die Lagerhalle genauer zu untersuchen, denkt er, steigt durch das Loch und spaziert herum, als wäre die Halle jetzt seine ganz eigene. Er geht zu einem großen Fenster mit vielen kleinen Rahmen, guckt raus auf die Straße und stellt fest, dass man aus dem 100 Quadratmeter Lager wirklich was machen kann. Ganz instinktiv fühlt er sich an der richtigen Stelle, und alles in seinem Leben scheint plötzlich einen größeren Sinn zu ergeben.

Neugierig spaziert er durch die Halle, die zwei Stützbalken hat, und findet eine Werksecke mit seltsamen Plänen, die er nicht deuten kann. Er untersucht sie und nimmt plötzlich eine andere Persönlichkeit an, eine, die größer denkt als die, die er hat, wenn er in seiner mickrigen Wohnung sitzt. Vielleicht würde er hier jemand Neues werden, denkt er, sowas wie eine Art Erfinder.

Ein Impuls kommt in ihm hoch, als hätte er einen Auftrag. Das Plakat mit dem UFO und dem Satz »I WANT TO BELIEVE« ist für viele einfach ein Witz, weil die Erscheinungen der Würfel so seltsam sind, aber nicht für Mingus. Er spürt, dass die Zeit eine neue ist und dass die Menschheit in der Zukunft angekommen ist. Die Gegenwart ist zu Science-Fiction geworden.

Plötzlich fühlt sich Mingus beobachtet und dreht sich erschrocken um. In der Mitte des Raums schwebt vor ihm der kleine Spionagewürfel, als würde er ihn beobachten. Er fühlt sich ertappt und sagt: »Ich mach hier nichts Verbotenes. Ich guck mich nur mal um, das ist alles.«

Wie der Würfel so wort- und bewegungslos in der Luft steht, ist es für Mingus so, als würde der kleine Flieger ihm sagen, dass er genau an der richtigen Stelle ist, und Mingus lächelt ihm zufrieden zu. »Ja, wir machen hieraus was!«

19

Mittags sitzt Mingus an der Theke im Currymex und trinkt Kaffee. Um diese Zeit ist im Curry in der Dresdener Straße, um die Ecke vom Kotti, kaum was los. Der Laden sieht irgendwie aus, als wäre er von 1920, auch wenn die Einrichtung aus Couch und Tischen ein wildes Sammelsurium aus jedem Jahrzehnt ist, aber mit seinem ganz besonderen eigenen Charme. Eben eine kleine, geile Bude und mit alten Glühbirnen von der Decke hängend. Sam brät die berühmte Currymex-Wurst und der ganze Laden ist in Rauch gehüllt. Sonnenstrahlen von draußen fallen auf die Rauchschwaden im Laden. Mingus führt seine Kaffeetasse zum Mund. Bevor er einen Schluck nimmt, bemerkt er kleine Ölinseln in seinem schwarzen Kaffee schwimmen. Er guckt sie genauestens an und wundert sich. »Was ist denn mit der Lüftung?«

Da schlägt Sam gegen die Abzugshaube über dem Grill. »Das Scheißding ist seit letzter Woche kaputt und dieser dämliche, völlig verblödete Elektriker hat mich jetzt schon drei Mal versetzt. Kannst du dir das vorstellen? Aber Business muss weitergehen! Ich brate Würste, ob mit Abzugshaube oder ohne. Sonst kann ich ja gleich alles an die Löwen verfüttern.«

»Jedenfalls hat dieser Patrick mich mit dem Kondom nur verarscht. Unglaublich, oder?«

»Was ein kleiner Wichser!«

Mingus ignoriert die Öltropfen im Kaffee, verzieht das Gesicht und nimmt einen Schluck.

»Und wie läuft das Babysitten sonst so?«

»Die Kleine ist echt süß. Ich sag dir, wenn sie ihre Pyjamahosen trägt ...«, da klingelt Mingus Handy und er nimmt es aus der Tasche, beendet aber erst noch den Gedanken: »... dieser süße kleine Hintern haut mich um. Aber hey! Ich habe eine Verantwortung als Babysitter«, sagt er, dann wischt er über das Display seines Handys. »Ja? Hallo?... Monsieur Schwarz! Ich grüße Sie!« sagt er und telefoniert eine Weile, während Sam sich von ganzen Herzen um die Würste kümmert.

Nervös geht Mingus in dem leeren Laden auf und ab, während er mit dem Vater von Julie, der gleichzeitig sein Chef ist, telefoniert.

Er beendet das Gespräch und geht mit aufgerissenen Augen und ausgebreiteten Armen zur Theke zurück. »Er kann mir nicht versprechen, dass ich meinen Job zurückbekomme! Obwohl ich seine verzogene Tochter babysitte! Kannst du dir das vorstellen?«

»Echt?«

»Der schaukelt sich irgendwo in Südfrankreich die Eier, während ich mit der Kleinen klarkommen muss, und dann kann er mir nicht mal versprechen, dass ich meinen Job behalten kann! Was geht'n hier ab, Sammy?«

»Das geht ja gar nicht. Er meint, er kann mit dir machen, was er will, Mingus.«

»Aber wirklich!«

»Du kannst ja deinen Babysitter-Job einfach ein bisschen vernachlässigen, wenn du verstehst, was ich meine«, sagt Sam und zwinkert ihm zu.

»Nee, jetzt gerade nicht. Du hörst dich gerade genauso krank wie dieser Bunkmann an.«

»Scheiße, Mann. Ich muss den irgendwie wieder loswerden! Der kommt jeden Tag hier in den Laden und bezahlt einfach nicht. Ich hab ihm schon drei Würste angeschrieben. Und hab ich dir gesagt, dass er in Wirklichkeit vielleicht ein Mörder ist? Und jetzt ist er auch noch bewaffnet. Der Typ raubt mich genaugenommen jedes Mal aus, wenn er hierherkommt. Der Wichser. Aber was soll ich da machen bei so einem Psychopathen? Ich will ihm auch kein Hausverbot geben. Der knallt einen einfach ab und später behauptet er, er dachte, man wär ein Alien oder so. Heutzutage, mit diesen scheiß Würfeln, ist doch alles denkbar. Ich mein, ich könnte meinem Nachbar erzählen, ich hätte sprechende Kühe gesehen und er würde es glauben. Ich sag's dir, Mingus.«

»Und was willst du da jetzt machen?«

»Wir sollten ihn an die Löwen verfüttern, diesen Wahnsinnigen.«

Mingus guckt auf die Uhr. »Scheiße, ich muss los!«

»Wohin?«

»Die Kleine von der Schule abholen!«

»Du kannst sie mir mal vorstellen«, sagt Sam grinsend.

Beide sehen sich einen Moment wortlos an.

»Macht Spaß, wieder mehr mit dir abzuhängen, Sammy«, sagt Mingus und rennt dann zur Tür raus.

20

Er kommt in Moabit am Kanal an, trottet da so lang, bis ihm eine Rauchwolke eines Joints entgegenkommt, stark genug, um einen Ochsen lahmzulegen. »Hey, was machst du hier? Ich hab eine Stunde an deiner Schule gewartet«, ruft er.

Julie hängt gelangweilt auf einer Bank. »Sorry, ich hatte früher Schluss.«

»Du hättest ja mal was sagen können – eine Nachricht oder so.«

Julie grinst nur stoned. »Das ist Patrick«, sagt sie. Neben ihr sitzt ein junger Typ.

Mingus guckt ihn nur kurz an. »Ja. Aha«, sagt er. »Komm, lass uns gehen.«

»Boah, chill mal bitte. Ich will noch ein bisschen hierbleiben. Ist gerade so entspannt.«

»Ich weiß, du bist der Typ, der da im Bett lag. Hast du den Kondom gefunden?« sagt der Junge.

»*Das* Kondom«, sagt Mingus.

»Er hat richtig Panik geschoben«, sagt Julie und die beiden lachen.

»Jaja, sehr lustig. Weißt du, Julie, ich finde nicht, dass du kiffen solltest.«

»Lass sie doch.«

»Weißt du, Patrick, ich lass sie nicht. Weil sie eigentlich noch ein Kind ist und es nicht gut für die Entwicklung ihres Gehirns ist.«

»Ok, Professor«, sagt der Junge.

»Es fängt an mit ein bisschen Marihuana, dann kommt Koks und später Crack und Meth dazu. Dann hast du keinen so schönen Körper mehr. Dieses Meth macht die Zähne völlig kaputt. Es zerstört dein ganzes Potenzial und dann, dann verliebt sich niemand mehr in dich, Julie. In unserer verrückten Welt brauchen wir nicht noch ein Mädchen, das einfach ihr Leben wegschmeißt.«

Ein kurzer Moment Stille folgt. Dann, aus dem Nichts, lachen die beiden noch lauter.

21

Auf einem Dach können Mingus und Sam Berlin überblicken. »Wolken ziehen auf. Sieht nach Gewitter aus«, sagt Sam, als wäre er für den Wetterbericht zuständig.

»Ja, das Wetter ist oft so, wie ich mich fühle.«

»Oder du fühlst dich wie das Wetter«, sagt Sam.

»Scheiß egal, mir ist nicht nach Philosophie, ich hab keinen Bock mehr auf Babysitten und auch keinen Bock mehr auf diesen dummen Promoter-Job. Ich meine, jeder Mensch hat bereits Strom, ist mir doch egal, welchen Tarif die haben, sollen sie doch alle zu viel bezahlen, scheißegal. Dieser Job ist für Gehirnamputierte.«

»Ich will den Laden heute gar nicht mehr aufmachen. Ohne Abzugshaube ist das doch Mist.«

Beide nehmen gleichzeitig einen Schluck aus ihrer Bierflasche.

»Vielleicht sehen wir einen Würfel«, sagt Sam.

»Diese scheiß verfickten Dreckswürfel bringen der ganzen Menschheit nichts als Probleme.«

»Ja Mann, stimmt schon irgendwie. Heute ist wieder eine Antiwürfel-Demo.«

»Ich hab das immer noch nicht ganz kapiert, wofür die auf die Straße gehen.«

»Die glauben, dass die Regierung die Würfel kontrolliert oder so. So ganz hab ich das auch noch nicht verstanden«, sagt Sam.

»Na, ist ja interessant. Das wird ja ganz viel bringen, wenn alle Regierungen der Welt dahinterstecken, werden sie es wohl kaum zugeben. Jeder verdammte Science-Fiction-Film hat eine vernünftige Invasion, und wir, was haben wir? Gar nichts! Einfach nur dumme, rumfliegende Würfel. Was ist das denn hier für eine scheiß Lowbudget-Produktion, in der wir stecken?«

»Aber wirklich! Wir brauchen einen besseren Regisseur für das Ganze.«

Die beiden amüsieren sich eine Weile mit ihren Gedankenspielen und stellen sich vor, wie die Realität unter verschiedenen Regisseuren aussehen würde, und Sam stellt fest: »Das ist auf jeden Fall kein Steven Spielberg, da hätten die Aliens schon längst angegriffen.«

»Nein! Ganz klar, wir sind in irgendeinem völlig bescheuerten Indie-Film, in dem gibt es weder Geld für Special-Effects noch irgendwelche Computeranimationen, da soll man sich nur sinnloses Gequatsche anhören«, sagt Mingus und freut sich, dass er mit Sam zusammen ist, der wohl der Einzige ist, der seinen Humor wirklich teilt.

»Ich steh auf Indie«, sagt Sam.

»Ich auch. In einer großen Hollywoodproduktion wären wir schon längst tot«, lacht Mingus.

»Ein Arbeitsloser wie du, der Babysitten muss, vielleicht, aber ich nicht, ich hab ne Currybar, mein Handlungsstrang wird bis zum bitteren Ende gebraucht, und dann zum Schluss werde ich einen sehr heroischen Tod sterben mit einer Flagge in der Hand.«

»Was denn für ne Flagge? Die deutsche oder was?«

»Keine Ahnung. Vielleicht die amerikanische.«

»Ach, du bekommst die Flagge von irgendeinem Dritt- oder Viertligaverein. Er starb in Ehren für Unterhachingen.«

Die beiden lachen kurz und sind dann schlagartig wieder todernst.

»Okay, mir wird's jetzt zu doof«, sagt Sam.

»Sammy, ich hab mir da was überlegt. Wie wär's, wenn ich bei dir im Laden anfange?«

»DU?!«

»Ja, das würde mich für den Film hier wichtiger machen und meine Überlebenschancen um einiges steigern«, sagt Mingus und grinst.

»Na ja okay, aber dann mach erstmal deinen Lebenslauf und ein Bewerbungsschreiben fertig.«

»Wird gemacht, Chefchen.«

An der Theke im Currymex ist Mingus wieder ganz der Kunde, keine Spur von Mitarbeiterambitionen. Denn er muss sowieso erstmal seinen Lebenslauf up-to-date bringen, ein Bewerbungsschreiben anfertigen und dann noch ein Bewerbungsgespräch bei seinem wohl besten Freund überstehen, weiß er, nimmt einen Schluck Rum und schmatzt laut. »Hmm, ja der ist ganz gut.«

Auch Sam nimmt einen Schluck Rum, allerdings hinter der Bar. »So, dann bete mal zu Gott, dass dieser Geistesgestörte hier nicht wieder auftaucht.«

Mingus nimmt noch einen Schluck. «Ich schmecke, ich schmecke, dass er heute und für immer und ewig wegbleibt – dieses eklige Geschwür. Der Rum beruhigt die Seele und wir trumpfen alle auf!«

»Na, dann ist ja gut.«

»Ich hab‘s! Ich ruf mal die Kleine an«, sagt Mingus. »Mal sehen, was die so macht.«

Sam nickt und macht super smoothen Jazz an. »Mach mal, du grandioser Babysitter«, sagt er, tanzt auf der Stelle und wäscht ganz langsam ein Glas in der Spüle, während Mingus aufgeregt mit der Kleinen telefoniert.

Kurz darauf beendet Mingus das Gespräch.

»Und, was sagt sie?«

»Dass sie morgen Geburtstag hat und reinfeiern will. Siehst du, wusste ich gar nicht – diese Teenies sind schon mysteriös.«

»Warum hast du nicht gesagt, dass sie hierherkommen kann?«

»Was eine Idee!« reißt Mingus die Augen auf, nimmt das Handy wieder aus der Tasche und fängt an zu tippen. »Das sollte witzig werden, ich kann‘s kaum abwarten, sie dir vorzustellen.«

»Sag mal, warst du mal auf so einer Antiwürfeldemo?« fragt Sam.

»Und was soll das eigentlich genau sein?«

»Wenn ich das richtig verstanden habe, wollen die, dass die Dinger abgeknallt werden.«

»Die armen kantigen Flieger, die tun doch niemandem was.«

»Die glotzen uns wortlos an, diese Voyeuristen. Bisschen eklig sind sie ja schon, diese fucking Cubes.«

Mingus kneift die Augen zusammen, nimmt wieder einen Schluck und denkt nach.

Der Abend nimmt so seinen Lauf, und die beiden gucken immer tiefer ins Glas – Rum, versteht sich. Bis es irgendwann laut an der Scheibe der Eingangstür klopft.

»Geschlossene Gesellschaft!« schreit Sam ordentlich angetrunken durch den Laden.

Wieder klopft es. Mingus steht auf und torkelt zur Tür. »Ich guck mal, wer da stört!« ruft er durch den mittlerweile extrem lauten Jazz. Dann schiebt er den Vorhang an der Tür zur Seite. Julie ist mit einer Freundin da. »Julie, mein Sweetheart, da seid ihr ja!«, sagt Mingus und macht den beiden auf. »Kommt doch rein, bitte, kommt rein. So also, das ist Sammy, dem gehört der Laden.«

Sam grinst stolz hinter der Theke.

»Und *wir* stehen hier im berühmten Currymex! ... Alles was ihr wollt, geht natürlich aufs Haus!«

Sam verzieht erst das Gesicht, aber dann dauert es nicht lange, bis er allen einschenkt.

Die vier trinken und schreien sich immer lauter an, um den jeweils anderen die eigene Meinung über alles Mögliche beizubringen.

Dann irgendwann später sagt Julie: »Wir müssen jetzt los.«

»Was denn, jetzt schon? Ihr seid doch gerade erst gekommen! Wo wollt ihr denn hin? Wo könnte es denn besser sein, als hier im Curry?«, sagt Mingus.

»Wir wollen noch auf eine Party, so richtig reinfeiern, ist doch mein Geburtstag!«

Da kommt ein Rumpeln aus der Küche.

»Stimmt, dein Geburtstag, aber wir können doch auch hier feiern!«

Wieder rumpelt es und Sam blickt verwundert Richtung Küche. »Was'n da los? Hört ihr das?«, sagt er.

»Mingus, ich werde achtzehn«, sagt Julie. »Da will ich nicht in irgendeiner Bar hocken.«

»Auf eine Party wollt ihr, soso, na ja, ihr seid ja noch klein, dann versteh ich das schon irgendwie«, sagt Mingus. »Aber nicht zu lange, ich bin schließlich für dich verantwortlich, Julie, und ich will nicht, dass man sagen kann, ich hätte meinen Job als Babysitter nicht gemacht, verstehste?«

Wieder rumpelt es in der Küche. »Scheiße, was ist denn das?«, sagt Sam, dreht die Musik leiser und geht zur Küche.

»Sag mal Julie, jetzt wo du ja fast achtzehn bist, kannst du dir da vorstellen, mit jemandem wie mir ... «

Wieder rumpelt und poltert es in der Küche.

»Kann ich mir da was vorstellen?«

»Na ja, also ich hatte gedacht, vielleicht könnten ich und du ... «

Da kommt Bunkmann aus der Küche. »Hallo Ladies, ich hör, hier hat jemand Geburtstag. Wer ist das Geburtstagskind?«

»Ach du Scheiße«, sagt Mingus und klatscht sich an die Stirn.

Alle sind plötzlich ruhig.

Nur Julie sagt: »Ich. Ich werde achtzehn.«

»Dann haben wir ja was zu feiern, Kinder!«, sagt Bunkmann.

Mingus kann nicht fassen, dass dieses Untier aus dem Nichts in seinem geliebten Laden auftaucht. »Moment mal, ich glaube nicht, dass das eine gute Idee ist.«

»Wieso denn, Mini? Was ist das Problem?«

Die beiden gucken sich einen Moment wortlos an. Man versucht wohl festzustellen, wer den Blick länger halten kann, ohne einzuknicken.

»Aha!« schreit Bunkmann plötzlich los. »Ich verstehe, das ist die Kleine, die du erst gefickt und dann geschwängert hast.«

»Was labert der für eine Scheiße?« kommt Julies südfranzösische Ghetto-Mentalität hervor.

Mingus versucht ihr mit einem dramatisch aufgesetzten Gesichtsausdruck zu zeigen, dass sie ruhig bleiben soll. »Niemand hat hier irgendjemanden geschwängert«, sagt er.

»Was ist los mit dem Hurensohn? Was redet der?«, schreit Julie.

Mingus kann nicht anders, als ihr zuzustimmen – er ist ein Hurensohn, denkt er.

»Was is mit dir, Mädchen? Erbärmlich, sich von so einem kleinen Wichser ficken zu lassen und dann ist der nicht mal in der Lage, Vater zu sein. Ich war im Knast, Mädchen. Und du nimmst so einen elenden Bastard? Was is los mit dir? Willst du mit dem Typ da ein Kind? Wer hat dir in deinen kleinen Kopf geschissen? Ich mein, ich bin nicht ohne Fehler, aber der da, sowas versteh ich nicht, er ist ein Opfer, ein richtiges Oberopfer! Mingus, was ist das für ein Name?«

Mingus trinkt weiter Rum und verdeckt sein Gesicht mit der Hand.

Marie umarmt Julie: »Lass uns gehen.«

Dann steht Mingus auf und breitet die Arme aus. »Na toll!«, schreit er. »Jetzt hast du ihnen Angst gemacht.«

»Halt die Fresse, ich kann sie wenigstens beschützen«, sagt Bunkmann.

»Hä! Was jetzt?«

»Wenn die Aliens kommen«, sagt Bunkmann und zieht die 9mm. »Siehst du jetzt, was ich meine?«

Keiner sagt einen Ton, nur der Jazz spielt leise im Hintergrund.

»Du schwängerst sie und kannst dich nicht mal um das Kind kümmern. Was is los mit dir?«

Mingus Gesicht wird blass als er merkt, wie ernst es Bunkmann meint. »Ey komm«, sagt er.

Die Mädchen verstecken sich hinter der Theke.

»Guck, hier«, sagt Bunkmann, zieht den Schlitten der 9mm zurück und die erste Patrone rutscht in den Lauf. »Hiermit kann ich jedem Elend der Erde ein Ende setzen, verstehste? Da! Ein Würfel! Bam! Da! Ein Alien! Bam!« Er zielt in der Bar in alle Richtungen.

Mingus wird schwindelig und flau im Magen.

Plötzlich springt Sam, der seinen Laden schützen muss, von hinten auf ihn. Die beiden stürzen zu Boden. Mingus geht auch drauf und will ihm die Knarre abnehmen. Bam! Bam! Bam! Schüsse lösen sich.

Die Mädchen schreien. Blut spritzt auf die Theke und Mingus sackt zusammen.

Ein niemals enden wollender Tinnitus quält Mingus. Tot sein macht keinen Spaß, denkt er immer wieder, und bereut jede Sünde, die er im Leben begangen hat. Er betet, nicht sterben zu müssen und verliert, während die anderen versuchen ihm zu helfen, mit aufgerissenen Augen und in Schockstarre langsam das Bewusstsein.

23

Sekunden, Minuten, Stunden, vielleicht sogar Tage vergehen, bis Mingus irgendwann mit zugeschwollenem Auge in einem

Krankenhaus wach wird. Langsam fängt er an, seinen Körper wieder zu spüren, zu realisieren, wo er ist und zu bemerken, dass er nicht tot ist.

Immer wieder verfällt er in einen tiefen Schlaf. Er träumt seltsames Zeug, von Löwen, die ihn fressen und einem Vieh, das sein Fleisch nicht mag und ihn angeekelt anguckt, während er von den anderen Raubkatzen verspeist wird. Von schwebenden Würfeln, die ihm absolute Erlösung bringen und ihn in eine andere Realität ziehen, und von Julie, die ihn besucht. Oder hatte sie ihn tatsächlich besucht?

Benommen blickt er in das kalte und sterile Krankenhauszimmer. Er fühlt sich einsam, sehr einsam, während es draußen stockduster ist. Er schläft wieder ein.

Irgendwann wird er wach. Die Sonne kommt zum Fenster rein. Es muss Tag sein. Er hat jedes Zeitgefühl verloren. Durch das Tageslicht ist das Zimmer noch kälter und steriler.

Nach einer Weile dösen kommt eine Krankenschwester mit beißend lauter Stimme ins Zimmer. Er kann ihrem Gerede kaum folgen, und während sie auf ihn einquatscht, wird er von einer Person irritiert, die in einem Stuhl am Fenster sitzt. Sie starrt ihn an. Er kann sie nicht erkennen. Seine Sicht ist verschwommen.

»Ich sehe, dir geht’s besser«, sagt die Person.

»Darf ich Besuch bekommen?«, fragt Mingus die Krankenschwester. Ihre Antwort wird von der Gestalt am Fenster übertönt.

»Weißt du, du hast dich da selber reingeritten«, sagt sie und kommt auf ihn zu. »Wieso versuchst du mich auch an Löwen zu verfüttern? Ich lasse mir sowas doch nicht gefallen ... Die kleine Schlampe ... sagen wir mal, ich konnte die Schwangerschaft im letzten Moment verhindern. Kannst dich bei mir bedanken.«

Mingus dreht sich zur Krankenschwester. »Ich möchte ihn nicht als Besucher.«

Die Schwester ist nicht mehr im Zimmer.

Weitere Sekunden, Minuten oder Stunden verstreichen und Traum und Realität vermengen sich immer mehr zu einem einzigen, schmerzhaften Gebilde.

»Weißt du, ich hab die Zeit mit dir und Sammy wirklich genossen, tut mir ja leid, dass ich es nicht so gezeigt habe, aber es fällt mir nicht immer ganz leicht, Gefühle zu zeigen. Im Knast darfst du keine haben. Was hast du denn von mir erwartet, Junge? Ich bin ein Tier. Ich bin aus‘m Knast, Mann!«

Mingus schüttelt irritiert mit verzogenem Gesicht den Kopf.

»Kannst ja mal was dazu sagen«, sagt Bunkmann, der jetzt bei ihm am Bett steht.

»Jetzt hab ich mal eine Frage. Was mischst du dich in meine Angelegenheiten ein? Erklär mir das mal. Willst du sterben oder was?... Willst du jetzt, hier in diesem scheiß Krankenhaus, einfach so sterben? Ich tu dir den Gefallen, wenn du es unbedingt willst.«

Mingus schüttelt mit großen Augen stumm den Kopf.

»Ich hätte Bock auf eine Curry, du auch?« Plötzlich steht nicht Bunkmann an seinem Bett, sondern Sam. »Du kannst trotzdem bei mir arbeiten. Musst auch keine Bewerbung schreiben. Ich habe dir ein paar Sachen mitgebracht. Hast nen cooles Poster an der Wand, mit dem UFO drauf. I want to believe, nicht schlecht. Passt irgendwie in unsere Zeit, wo wir die Aliens vor der Tür haben. Da braucht man ja nicht allzu viel Fantasie, um es zu glauben.«

Schweißgebadet und stöhnend blickt Mingus seinen Kumpel an. »Woher kommst du?«

»Mann, ich war bei dir. Kannst dich ruhig bedanken, aber einen Spionagewürfel hab ich bei dir nicht gefunden.«

»Er ist bisschen scheu. Er vertraut nicht jedem.«

»Ja, klar!«, lacht Sam.

Ein Moment ohne Worte verstreicht.

»Wie geht's der Kleinen?«, fragt Mingus.

»Bestens. Du hast ihr ja nicht gerade das Leben gerettet. Hättest den Idioten doch mit seiner Knarre rumfuchteln lassen können. Wär doch gar nicht nötig gewesen, den Helden zu spielen. Aber naja, wir hatten ja alle einen sitzen.«

»Ach Sammy, ich weiß gar nicht, was passiert ist.«

»Es geht ihr gut, kein Grund zur Sorge. Du magst das Mädchen, kann das sein?«

Mingus laufen Tränen das Gesicht runter. »Ja, irgendwie schon. Irgendwie mag ich sie, ich weiß auch nicht warum.«

»Mingus, du Arschloch! Du bringst mich hier noch zum Heulen«, sagt Sammy, und ihm kommen tatsächlich völlig unerwartet die Tränen. »Scheiße, weißt du, Mingus, die Menschheit ist schon eine komische Spezies. Ganz komisch. Meinst du nicht? Wir sind schon merkwürdig. Zu so viel Boshaftigkeit fähig und dann zu so viel ... Ach, ich weiß auch nicht. Fuck Mann, ich hab bestimmt seit sieben Jahren nicht mehr geheult. Nein, stimmt nicht! Das letzte Mal war bei so einer Tierdoku, als so ein unschuldiges Elefantenkind von Löwen gerissen wurde. Das war das letzte Mal. Aber das ist auch bestimmt schon drei Jahre her.«

»Gut, dich zu sehen, Sammy«, sagt Mingus und blickt aus dem Fenster.

»Der Hundesohn ist nicht mehr im Laden aufgetaucht und ich glaube, er kommt auch nicht mehr. Hoff ich mal.«

»Das ist gut, Sammy.«

»Jetzt ist aber gut, sag niemandem, dass ich hier geheult hab, klar!«, schluchzt und lacht Sam zugleich.

»Okay, versprochen.«

24

Ein paar Tage darauf zappt Mingus, mit der Fernbedienung in der linken Hand, in dem Krankenzimmer durch die Fernsehkanäle. Die Meldungen über Würfelsichtungen sind so dramatisch, als stünde die Welt kurz vor einer Alieninvasion, aber jede Würfelsichtung oder Begegnung ist tatsächlich eher unschuldig. In einem Moment stehen sie da, und sobald sich ein Hubschrauber oder Kampfjet oder so nähert, fliegen sie blitzartig weg, denkt Mingus.

Auf einem Kanal wird ein Junge interviewt: »Manche haben solche Angst vor den Würfeln, dass sie nicht mal mehr das Haus verlassen, andere dagegen amüsieren sich einfach über die kantigen Flieger, wenn sie mal einen entdecken und halten wie ein Tourist ihr Handy drauf. Beängstigend sind sie ja auf jeden Fall mit ihren unfassbaren Geschwindigkeiten. Da fragt man sich schon, ob man schnell genug in Deckung kommt, wenn so ein Teil auf einen zurauscht.«

Mingus blickt an die Decke. Er erinnert sich, wie er mal einen Würfel gesehen hatte und manche, so Hippies, in einem Mediationsschneidersitz dasaßen und vermutlich versuchten, telepathisch mit den schwebenden Blöcken zu kommunizieren.

25

Ein paar Tage darauf sitzt Mingus dann wieder in seiner Wohnung auf seiner Klappcouch. Er betrachtet den Verband an seiner rechten Hand und stellt fest, dass er jetzt nicht mal mehr Aliens an seiner Konsole abballern kann. Er sitzt da und guckt so vor sich hin. Er braucht ein anderes Hobby, bemerkt er und schläft immer wieder für Sekunden ein.

»Was machst du hier?«, sagt Bunkmann. »Hast du nichts Besseres zu tun, als zu schlafen? Wir müssen die Aliens finden und sie alle abknallen. Sie ruinieren sonst noch die Menschheit.«

Mingus wird schlagartig wach und reißt die Augen auf, aber vor ihm ist nicht Bunkmann ... Er muss ihn für immer loswerden – aus seinem Leben, aus seinem Gedächtnis und aus den Tiefen seines Unterbewusstseins.

Kein Bunkmann steht vor ihm, nur ein kleiner Würfel, bewegungslos in der Luft – einfach so im Raum.

Mingus starrt ihn an. Er hat Angst vor dem kleinen Flieger. Woher soll Mingus auch wissen, ob der Kleine sich nicht entscheidet, mal eben mit einer wahnsinnigen Geschwindigkeit auf ihn zu fliegen und ihm wie eine Pistolenkugel größte Schmerzen zuzufügen?

Da saust der Würfel plötzlich los. Mingus zuckt zusammen. Aber der kantige Flieger bleibt vor dem UFO-Poster an der Wand stehen, als wolle er Mingus damit etwas sagen.

»Was willst du denn? Ich bin gerade nicht in Stimmung«, sagt Mingus, steht auf und geht in die Küche. Als er so Wasser aufsetzt, einen Teebeutel raussucht, ihn in eine Tasse legt und dann dasteht und seinen Kamillentee trinkt, sagt er sich irgendwann: »Na gut!«

Er stellt die Tasse wieder hin und geht mit schnellen Schritten zum Poster im Wohnzimmer und fragt den kleinen Flieger: »Und was soll ich hier? Was ist denn hier?«

Der Würfel steht nur in der Luft rum und gibt keine Antwort.

Mingus guckt ihn fragend an und wartet auf eine Antwort. Er überlegt einen Moment, dann nimmt er das Plakat von der Wand, klettert durch das Loch und spaziert einfach wieder in die 100 Quadratmeter große Lagerhalle, als wäre sie schon ganz seine eigene.

Der Würfel schwebt ihm hinterher, als wäre er ein treuer Hund und bleibt dann mitten in dem großen Raum stehen.

»Dafür, dass ihr einfach so durch Raum und Zeit schießen könnt, seid ihr ganz schön wortkarg«, sagt Mingus. Seine Stimme hallt laut durch den großen Raum. »Gibt's bei euch auf eurem Planeten keine Art von Kommunikation? Gar nichts sagen? Muss gar nicht so einfach sein, jemanden auf einen Kaffee einzuladen, ohne Sprache, wah? Nicht mal Zeichensprache? Bei uns daten sogar Taubstumme. Aber, na ja, als Würfel muss man sich wohl nicht um sowas wie Fortpflanzung kümmern ... Und obwohl du kein Wort mit mir wechselst, mag ich dich irgendwie. Ich bin mir ziemlich sicher, dass du derselbe bist, wie der vom letzten Mal. Stimmt‘s? Kannst ja mal was dazu sagen ... Du solltest das mal deinem Betriebsleiter weitergeben: Auf Planet Erde ist Kommunikation – quatschen und so – essentiell! Verstehste?«, erklärt ihm Mingus. Er versucht, ihm noch ein paar weitere Gepflogenheiten der Erde beizubringen, damit die Würfel mal einen besseren Ruf bekommen, bis es irgendwann plötzlich laut gegen die Tür der Lagerhalle hämmert. »Hendrik! Bist du da?«, ruft jemand.

Mingus ist schlagartig absolut still. Gerade hatte seine Stimme noch laut durch das Lager gehallt und jetzt hofft er, dass derjenige hinter der Tür ihn nicht gehört hat. Er hält sich seine Hand schockiert vor den Mund, kichert und guckt versteinert den kleinen Flieger an.

Wieder klopft es. »Hendrik!«

Mingus rührt keinen Muskel. Dann macht er einen Schritt zurück, da knarrt eine Diele unter ihm. Geschockt guckt er unter sich, als wäre die Diele schuld.

»Ich kann dich hören, Hendrik, mach auf, wir müssen reden!«, sagt die Stimme. Mingus beißt sich auf die Unterlippe, verzieht das Gesicht, schleicht zur Wand und dann durch das Loch in seine Wohnung zurück.

»Das ist scheiße, Mann, wir sind doch ein Team! Ich komme wieder!«, ruft die Stimme.

Mingus klebt das UFO-Poster wieder vor das Loch an die Wand, setzt sich auf seine Klappcouch und döst eine Weile. Die Tabletten, die er nimmt, machen ihn schläfrig, und die wilden Träume kommen zurück.

Dann plötzlich klopft es wieder laut. Hektisch guckt er sich um, nur diesmal kommt das Klopfen von woanders. Der Junge von der Lagerhalle hat ihn doch kaum bemerken und dann so schnell rausfinden können, wo er wohnt. Nein. Das Klopfen kommt diesmal von seiner eigenen Wohnungstür. Langsam und ängstlich geht er durch seine Wohnung, der Tür entgegen. Wieder klopft es. Er gelangt an die Tür.

»Mingus, ich bin‘s!«, ruft eine weibliche Stimme im Hausflur.

Er öffnet die Tür einen Spalt.

Da steht Julie im Flur, guckt ihn mit großen Augen an und lächelt. »Na, willst du mich nicht reinlassen?«

Mingus öffnet ihr, guckt durch den Hausflur, um zu prüfen, ob der mysteriöse Typ von nebenan auch wirklich nicht da ist.

Julie spaziert in seine Wohnung. »Was für eine Bude, unglaublich«, sagt sie.

»Soll ich vielleicht einen Tee machen? Ich mach einen Tee«, sagt er und geht in die Küche.

»Mingus?«, ruft sie durch die Wohnung.

»Ja?«, ruft er zurück.

»Weißt du, du bist echt der merkwürdigste Typ, dem ich je begegnet bin. Aber ich mag dich.«

Mingus lächelt, während er das Wasser aufsetzt.

»Und der beste, der jemals auf mich aufgepasst hat ... Geht's dir etwas besser? Warst du schon bei der Polizei?«

»Mir geht's ganz gut«, sagt Mingus leise zu sich.

Da schallt plötzlich elektronische Musik durch die ganze Wohnung. Er geht ins Wohnzimmer. Da findet er Julie, die mit geschlossenen Augen so wild tanzt, als wäre sie Teil eines Wettbewerbs und wollte unbedingt den ersten Platz machen.

Dann, als sie die Augen öffnet, sieht sie Mingus am Türrahmen, wie er ihr mit Tränen in den Augen und einem Lächeln beim Tanzen zusieht.

Der Beat steigert sich. »Guck mal, ich kann jetzt Shuffle Dance«, sagt sie. Der Beat erreicht einen ersten Höhepunkt und die Totenstimmung in Mingus Wohnung ist durch ihre Anwesenheit verflogen. Gerade hatte er noch auf seiner Couch gelegen und sich selbst bemitleidet und hier beobachtet er jetzt Julie in seiner Wohnung beim Tanzen, die er gar nicht erwartet hatte. Sie sieht toll aus und weiß sich zu bewegen.

»Was ist mit dir?«

Mingus lächelt mit Tränen in den Augen. »Nichts, Julie, nichts. Ich mag einfach deine Energie und du bist, auf deine eigene Art so jung und unschuldig.«

Fast erschrocken, wie ein Kätzchen, guckt sie Mingus an und nimmt ihn in den Arm.

Er stöhnt vor Erleichterung. »Du kannst echt gut tanzen«, sagt er.

Sie löst sich wieder aus der Umarmung, sagt: »Ich weiß«, lacht und tanzt weiter, immer weiter.

26

In Gedanken vertieft sitzt Mingus am Abend auf einer Brücke. Vor ihm ist ein goldgelber Sonnenuntergang entstanden, der langsam in tiefes Rot übergeht. Mit seiner linken Hand kratzt er an dem Verband an seiner rechten. Lange wollte er nicht wissen, wie es unter dem Verband aussieht. Jetzt kann er nicht mehr widerstehen, er muss rausfinden, was sich unter ihm verbirgt. Wie sieht das aus, womit er gezwungen ist für immer zu leben?

Langsam zieht er den Verband mit panischer Angst davor, was er darunter entdecken wird, mehr und mehr ab. Sein ganzes Gesicht verzieht sich. Er kommt den Tränen immer näher, denn er ahnt nichts Gutes unter dem Stoff.

Er zieht den Verband bis zum Ende ab und sieht, mit weit aufgerissenen Augen, was er lieber nie gesehen hätte: Seine rechte Hand, die nicht mehr das ist, was sie einmal war.

»Und, wie sieht‘s aus?«, sagt Sam, der gerade mit zwei Bier über das Geländer klettert.

Mingus versteckt seine Hand schnell in seiner Achsel und guckt ihn entsetzt an.

»Was ist? Willst du's nicht zeigen?«

Mingus Gesicht zerknittert noch mehr. Er zögert. »Es ist schlimm, ok«, sagt er

»Ok, komm zeig, ich will's sehen«, sagt Sam.

Mingus schüttelt mit aufgerissenen Augen den Kopf.

»Komm, zeig.«

»Ich kann nicht. Es ist furchtbar.«

»Zeig's mir.«

Mingus verzieht noch mehr das Gesicht, sein Leiden lässt ihn Grimassen schneiden.

»Komm, Mingus. Zeig jetzt her, du bist ja immer noch du, egal was da jetzt mit deiner Hand ist.«

Mingus zögert erst und guckt weg, dann wischt er sich mit der linken Hand ein paar Tränen aus den Augen.

»Jetzt komm«, sagt Sam.

Mingus macht die Augen zu, nimmt langsam seine rechte Hand aus der linken Achsel und hält sie seinem Kumpel hin.

Sam versucht, sein Entsetzen zu verbergen, als er die Hand mit nur noch drei Fingern sieht. Da, wo vorher der Ring- und der kleine Finger waren, sind nur noch Stummel übrig, aus denen ein paar schwarze Fäden gucken.

Mingus öffnet die Augen. Sofort erkennt er die Fassungslosigkeit in Sams Gesicht.

Sam zögert und stöhnt. Dann sagt er: »Is jetzt nicht so schlimm.«

»Nee, stimmt – is nicht so schlimm. Es ist grauenvoll! Ein absolutes scheiß Desaster is das! Ich habe keine Finger mehr, Mann! Ich hasse dich und diesen scheiß Bunkmann! Was bringst du den in mein Leben, Mann?! Was is los mit dir, du Bastard?! Bist du verrückt oder was?!« Mingus steht auf und wird noch lauter: »Echt, fick dich. Fick dich und deine ganze Crew! Deinen scheiß Laden! Ich hasse dich und den anderen. Diesen wer? Diesen B?! Diesen Hurensohn ... Du sagst, es ist nicht so schlimm?!« Mingus hält ihm die Hand hin »Ohne Finger?! Mit nur noch drei Fingern oder was?! Das ist grotesk!«

Sam guckt ihn nur ernst an. Dann steht auch er auf.

»Du Wichser, Sammy, du Straßennutte mit deinem ekligen Laden! Echt, fick dich Mann.« Dann schreit Mingus so laut er kann »FICK DICH!«

Sammy nimmt ihn in den Arm. Mingus weint.

»Ja is gut, komm lass raus«, sagt Sam und der Sonnenuntergang verwandelt sich vor den beiden in tiefes Rot.

27

Wieder in seiner Küche, versucht Mingus mit der linken Hand eine Dose zu öffnen. Da schließt Julie die Wohnungstür auf und kommt in die Küche. »Lass das mal mit dem Dosenfutter«, sagt sie, holt den Einkauf aus den Tüten und breitet alles aus.

Mingus stellt sich ans Fenster und raucht.

Sie fängt an, Gemüse zu schneiden und alles vorzubereiten. Sie guckt zu ihm rüber. »Sieht so aus, als wär ich jetzt *dein* Babysitter.«

»Ja«, stößt Mingus einen Lacher aus. »Sieht ganz danach aus«, sagt er und stöhnt dann schwer.

Im Bad untersucht Mingus seine was er ab jetzt als Drei-Finger-Hand bezeichnen kann – ein grauenvoller Anblick und furchtbare Schmerzen, die ihn für immer quälen werden.

»Alles okay?«, klopft Julie an die Tür.

Mingus wischt sich Tränen aus dem Gesicht.

Dann liegen sie nebeneinander auf seiner Klappcouch. Nach einer Weile berührt sie Mingus rechten Arm. Er stöhnt. »Oh entschuldige, ich hab vergessen – deine Hand. Willst du kuscheln?«

»Ja«, flüstert er.

Irgendwann sagt sie: »Gar nicht so einfach, sich mit links einen runterzuholen, oder?«

Mingus lacht. »Du bist ja verrückt, Julie.«

Dann dreht sich Julie zu Mingus, gibt ihm einen kleinen Kuss, sagt: »Ich kann dir helfen«, und fährt mit ihrer Hand langsam zwischen seine Beine.

»Julie...«

»Ja?«, stöhnt sie.

»Ich glaube, ich bin ein bisschen verknallt in dich. Ich hoffe das ist ok für dich?«

»Ja klar, du Doofkopf«, kichert sie.

28

Mingus sitzt in einem Büro. Er puhlt an den schwarzen Nähten in den Stummeln seiner rechten Hand und guckt sich um, als wäre er das erste Mal hier. »Geschäftsleitung Schwarz« steht auf dem Namensschild auf dem Schreibtisch.

»Ich höre, das Babysitten hat bestens geklappt! Das freut mich sehr. Das heißt, Sie können jetzt weitermachen. Stromverträge schreiben, bis die Finger bluten«, grinst Herr Schwarz.

Mingus guckt stöhnend aus dem Fenster. Er muss hier irgendwie so schnell es geht raus. Er drückt sich auf den Fingerstummeln rum und verzieht das Gesicht vor Schmerz.

»Was denken Sie, wie viele Verträge können Sie diese Woche schaffen? Zehn? Zwanzig? Dreißig? Dreißig wäre phänomenal!«

Mingus guckt ihn direkt an. »Was ist mit meinem Geld?«

»Eijaei! Genau, Sie haben ja verdient«, sagt Herr Schwarz, öffnet sein Portemonnaie und blättert Scheine auf den Tisch. »400, 500, 600, 37, so, genau 637 Euro, wie vereinbart. Bitteschön. Sie ist doch nicht so schlimm, die kleine Julie, oder? Hat sie sich benommen?«

»Hat sie«, sagt Mingus, steht auf, nimmt das Geld vom Tisch und steckt es sich in die Jeans.

»Was ist mit Ihrer Hand? Was ist passiert?«

»Ah das. Das war ein Unfall. Nicht so tragisch«, sagt Mingus, guckt durch das Büro, als hätte er mit dem ganzen Unternehmen noch nie irgendwas zu tun gehabt. »Ich werde nicht mehr für Sie arbeiten, Herr Schwarz. Eigentlich habe ich hier noch nie gearbeitet. Es ist, wie Sie gesagt haben, jeder hat bereits Strom, es ist nichts Greifbares und, na ja, der Kunde will ja eigentlich was mitnehmen, aber ich hab ihm eben nichts zu bieten und so weiter und so fort. Und damit haben Sie nicht ganz Unrecht, sollen die Idioten doch zu viel bezahlen!«, lacht Mingus plötzlich los.

»Ich habe das gesagt ... Es sollte zur Motivation sein. Ich möchte Sie motivieren, mehr Verträge zu schreiben.«

»Es hat mich auch motiviert, eigentlich noch viel mehr als das, es hat mir die Augen geöffnet.«

29

Im Currymex bastelt ein Elektriker an der Abzugshaube über dem Grill. Sam steht daneben und passt auf, dass da auch alles richtig gemacht wird. »Wird ja auch echt mal Zeit, dass das Ding repariert wird, ist ja verdammt schwer, bei euch mal einen Termin zu bekommen«, sagt er.

»Wir haben ja auch eine Menge Aufträge, seit die Würfel da sind«, sagt der Elektriker und grinst.

»Na is ja klar«, sagt Sam und stößt Mingus, der mit dem Kopf auf der Theke liegt, an. »Hey, die Haube läuft bald wieder, dann kann das Business endlich weitergehen!«

»Is ja super«, stöhnt Mingus.

»Ja, das ist super! Hat ja auch lange genug gedauert.«

Da hebt Mingus den Kopf. »Ich hab drüber nachgedacht, Sammy ...«

»Was'n los?«

»Lass mal vor die Tür gehen und unter vier Augen reden.«

»Sag doch einfach, was los ist, du siehst ja, dass ich hier ein Auge draufhaben muss?«

»Mann, scheiß auf deine blöde Abzugshaube! Komm jetzt!«

»Na schön, ok, aber dass Sie mir das hier schön richtig machen da!«, sagt Sam zum Elektriker.

»Ik mach hier watt ik kann, könnse mir ruhig glooben.«

Beide stellen sich vor Sams geliebten Curryladen. Mingus zündet sich eine Kippe an und guckt die vorbeigehenden Passanten misstrauisch an.

»Kannst du glauben, mit was für Typen ich hier zu tun habe – Elektriker?!«, schüttelt Sam den Kopf. »Sowas von inkompetent. Unglaublich!«

Mingus guckt beunruhigt nach links und rechts.

»Was‘n los?«, sagt Sam.

»Ich hab drüber nachgedacht«, sagt Mingus mit grimmiger Fresse und zieht an seiner Kippe.

»Ja und dann? Was denn?«

»Wir müssen den wegschaffen, Alter.«

»Was meinst du denn jetzt?«

»Bunkmann! Du Spast! Dieser Bastard gehört gebraten und in die scheiß Hölle«, sagt Mingus, beißt auf die Zähne und gestikuliert hasserfüllt, als würde er jemanden erdrosseln. »Ich ... ich hasse ihn, diesen ekligen, dreckigen ... Ich will ihn ... «

»Ach den. Scheiß mal auf den. Du, ich hab, wie du siehst, gerade ganz andere Probleme. Ich muss sehen, dass mein Laden wieder läuft und ich bin froh, wenn die Abzugshaube endlich wieder funktioniert, wenn der Trottel da drin mal fertig wird.«

»Mann, scheiß auf deine blöde Abzugshaube! Ich will den Typ tot sehen! Verstehste?!«

Eine Frau mit einem Kinderwagen guckt die beiden im Vorbeigehen erschrocken an.

»Er spielt eine Rolle. Wir sind Schauspieler«, sagt Sam schnell, falsch grinsend, zu der Dame. Dann dreht er sich zu Mingus. »Mann, was quatschst du denn da? Vergiss den Typ! Der ist bestimmt irgendwo untergetaucht. Der kommt nicht mehr wieder.«

»Ich hasse ihn, Sammy. Ich will, dass er ein für alle Mal … «

»Hör zu, Mingus, es tut mir wirklich leid, was dir passiert ist. Echt. Das ist totale Scheiße, aber du musst den einfach vergessen.«

»Ich bringe ihn um, Sammy«, sagt Mingus und zieht, mit aufgerissenen Augen, angestrengt an seiner Kippe. »Echt. Ich mach‘s. Kannst du mir glauben.«

Sam sagt einen Moment nichts und blickt angestrengt auf die Straße. »Weißt du, vielleicht sollten wir mal wieder ausgehen und was ganz anderes sehen und machen. Weißte, um auf andere Gedanken zu kommen und so, das bringt doch hier alles nichts, mit Mord und Totschlag.«

30

In einem Club kippt Mingus Whisky in sich rein. Ein Typ neben ihm wartet darauf, vom Barkeeper beachtet zu werden und tänzelt auf der Stelle. »Ganz geiler Laden hier, wah?«, sagt er.

Mingus kneift die Augen zusammen und guckt den Typ misstrauisch an. »Was *IS*?«

»Ich sag, ganz geiler Laden, oder?«

»Kann sein.«

»Mann, der Laden is der Hammer!«, sagt der Typ und bewegt sich noch wilder zum elektronischen Sound.

Mingus Sicht verschwimmt, wahrscheinlich durch den Whisky, der reinhaut. »Wer bist du und was willst du von mir?«

»Ey Mann, gar nichts. Ich sag nur, das ist einer der besten Läden in Berlin!«

»Heißt du Bunkmann?«

»Was is los?«

Mingus steht auf. »Ich will mit dir nichts zu tun haben. Du hast mich zwei Finger gekostet, du Bastard!«, sagt er und spreizt seine Drei-Finger-Hand vor dem Gesicht von dem Typ. »Du Ratte du, und jetzt verpiss dich!«

»Was is dein scheiß Problem, Alter?«

»Wie ich sehe, hast du schon Freunde gefunden«, kommt Sam dazwischen, tut so, als müsse er lachen und massiert Mingus mit aller Kraft den Nacken.

»Sag mal deinem Kumpel, er soll sich wieder einkriegen!«, sagt der Typ.

»Benehmt euch!«, ruft der Barkeeper den Jungs zu.

Sam umarmt Mingus und drückt ihn auf den Barhocker zurück, der stöhnt und grunzt. »Ist alles ein Missverständnis, seine Woche war bisschen wild.«

Der Typ dreht sich weg und geht.

»Ja, geh nur. Ich bin Yakuza, du Wichser!«, ruft Mingus ihm hinterher und zeigt wieder seine verstümmelte Drei-Finger-Hand.

»Ja, is ja gut«, klopft Sam ihm auf den Rücken.

»Hab ich in einem Film gesehen. In der Yakuza verliert man schnell ein, zwei Finger.«

»Ist das nicht die japanische Mafia?«

»Ja genau. Yakuza heißt die«, sagt Mingus.

Sam trinkt einen Schluck. »Krass«, sagt er.

»Das ist so eine Ehrensache, als Zeichen der Reue gegenüber dem Boss oder einer anderen Clanfamilie«, sagt Mingus und packt Sam bei den Backen. »Ich werde ihn umbringen. Ich sag's dir, ich werde ihn ganz bestimmt ... «

»Was ist das denn?! Unglaublich!«, kommt es vom Barkeeper, der in sein Handy guckt. »Jo! Jo! JO! Alle mal herhören!«, ruft er durch den Laden. »Jetzt is echt vorbei! Jetzt is echt Apokalypse angesagt! Is das krank Mann, scheiße!«

»Was is los?«, dreht sich seine volltätowierte Kollegin zu ihm.

»Hier«, sagt er und hält ihr das Handy hin.

»Scheiße nein! Aber wie geil irgendwie!«

»Was is'n los? Kann man mal sehen, was da so interessant is?«, sagt Sam.

Der Barkeeper dreht sein Handydisplay zu Sam und Mingus und sagt dann zu seiner Kollegin: »Machste mal Kurze, das muss gefeiert werden.« Auf dem Handy ist die Seite einer Tageszeitung geöffnet. Die Schlagzeile heißt: »DAS MUTTERSCHIFF IST DA!« Und darunter ein Foto von einem riesigen Würfel, der neben der Kugel des Fernsehturmes in der Luft steht. Der Barkeeper grinst breit und kichert. »Kranker Scheiß, oder?!«

Sam schüttelt erstaunt den Kopf. »Unfassbar. Sieht fast wie eine Fotomontage aus«

»Das ist aber keine Fotomontage. Das ist einfach mal ein LKW-großer Würfel direkt am Fernsehturm«, sagt der Barkeeper und nimmt sein Handy wieder zu sich. »Hier steht, dass er da schon seit Stunden regungslos neben der Kugel in der Luft schwebt.«

Die Barkeeperin stellt Shotgläser in einer Reihe auf und füllt blitzartig eins nach dem nächsten auf. »Das ist so scheiße spooky Mann«, sagt sie. »aber irgendwie auch so geil! Los, kommt! Das geht aufs Haus!«

Während die Elektromusik bei voller Lautstärke spielt, nimmt jeder an der Bar ein Glas. Die Barkeeperin hebt ihr Glas und ruft: »Auf ..!«

»Das Mutterschiff!«, ruft einer und lacht.

»Die Invasion!«, ruft ein anderer.

»Auf den Weltuntergang!«, ruft wieder jemand anderes.

»Auf die scheiß Drecks-UFO-Würfel, die mich nie in Ruhe lassen und mich zuhause ausspionieren!«, schreit Mingus aus vollem Hals.

»Prost!«, sagt der Barkeeper, und alle schütten sich den Kurzen runter.

Die Barkeeperin verzieht das Gesicht und stöhnt genüsslich. »Wow, auf die Invasion hier muss man erstmal klarkommen«, sagt sie und geht weg.

31

Es ist Nacht, als draußen gebrüllt, gefeiert und geschossen wird, als wäre Silvester oder der 1. Mai. Mingus und Sam schwanken durch die Straßen. Raketen jaulen in den Himmel und erhellen immer wieder die Hermannstraße.

»Wir brauchen gar keine Invasion mehr, wir haben hier so schon Krieg!«, ruft Sam Mingus zu, während sie durch das Geballer gehen und immer wieder zusammenzucken, weil die Böller und die Geschosse derart laut und unvorhersehbar sind. Immer wieder kracht es in Seitenstraßen, als würden Läden explodieren.

Sie kommen am Maybachufer an und setzen sich am Kanal auf eine Wiese. Mingus guckt mit offenstehendem Mund aufs Wasser. Er zuckt zusammen, als wieder ein Böller hundert Meter entfernt über der Straße explodiert.

Sam nimmt eine eiskalte Dose aus einer Tüte und hält sie sich an die Stirn. Dann reicht er sie Mingus, der nimmt sie, öffnet sie – es zischt und er trinkt sofort das erste Drittel aus. Er zündet sich eine Kippe an. »Danke, Sammy«, sagt er. »Aber weißt du was?«

»Was is los?«

»Ich glaub, ich will nicht bei dir arbeiten.«

»Was is denn jetzt?«

»Ich glaub, ich werde Vegetarier.«

»Watt für'n Ding?«

»Doch echt, ich wollte schon lange Vegetarier werden. Das ist doch krank, die ganzen Viecher abzuschlachten.«

Sam lacht. »Du Spinner, du.«

»Du findest Fleisch irgendwie gut, kann das sein?«

»Was soll denn aus dem Curry werden, wenn plötzlich alle durchdrehen wie du? ... Ich mag Tiere ja, aber manche sind nun mal Nutzvieh, und das wird kein Vegetarier oder Veganer oder sonst irgendein Verein jemals ändern können. Ich hab hier schließlich ein Business, das ich am Laufen halten muss.«

»Also wenn ich Vegetarier bin, können wir keine Freunde mehr sein, wenn ich das richtig verstehe?«

Sam öffnet sich ein Bier und genießt die Aussicht auf den Kanal und das laute Chaos. Er schüttelt den Kopf. »Ich weiß es nicht, Mingus, ich weiß es nicht.«

Sie gucken sich einen Moment wortlos an, als würden sie tiefgründig nachdenken. Dann lachen sie mit einem Mal laut los und kriegen sich kaum noch ein. »Wir sind so dumm«, sagt Sam.

Mingus stöhnt vor Lachen.

Nach einer Weile stehen sie auf und gehen dem Morgengrauen entgegen, Richtung Schlawinchen – eine Kneipe, die man noch früh morgens aufsucht und wo noch einiges los sein kann. »Wie geht's der Kleinen? Passt du noch auf sie auf?«

»Mein Gott, Sammy! Ich habe gerade an sie gedacht!«

»Du bist ja richtig verknallt.«

»Kann schon irgendwie sein.«

»Sie ist schon süß, aber einfach ein bisschen zu jung und crazy«, sagt Sam.

»Nee, nee, sie is schon perfekt so, wie sie is.«

»Du bist ja richtig verknallt, und wie sogar, dir kommt's ja richtig zu den Ohren raus!«, sagt

Sam, öffnet einen Jägermeister, trinkt und reicht ihn dann seinem wohl besten Kumpel.

32

Irgendwann wird Mingus auf seiner Klappcouch auf einer platten Chipstüte wach. Die Sonne kommt an den Gardinen vorbei ins Zimmer. Er öffnet langsam erst ein Auge und dann das andere. Er kann sich nicht erinnern, irgendwann in der letzten Nacht den Entschluss getroffen zu haben, zu schlafen. Das ist wohl alles eher so unterbewusst und instinktiv abgelaufen, wie er auf seiner Klappcouch gelandet sein muss – besoffen per Autopilot nach Hause geflogen.

Als er seine fehlenden Finger an der rechten Hand bemerkt, stöhnt er, als hätte man ihm gesagt, dass das Wetter heute nicht exzellent sein wird, denn durch den heiteren Suff in der Nacht deprimiert es ihn nicht gleich aufs Tiefste, aber er ahnt, dass die große Depression noch kommen wird. Er muss was machen, weiß er, und entscheidet sich aufzustehen.

Erstmal geht er unter die warme Dusche, die er nach ein paar Minuten eiskalt stellt, und lässt sich das Wasser über Kopf, Arme und Beine laufen, das seinen Körper, Hirn und Geist wecken soll.

Er trocknet sich vor dem Spiegel ab, fühlt sich ein wenig frischer und schafft es fast, einen ordentlichen Gesichtsausdruck hinzubekommen und eine Art Lächeln. Er versucht, sich selbst gegenüber gute Miene zum bösen Spiel zu machen.

Dann setzt er Kaffee auf. Das Wasser tröpfelt langsam durch die Maschine. Da fällt ihm etwas ein. Er geht zur Klappcouch, nimmt seine Jeans, die neben der Couch am Boden liegt, geht die Taschen durch und nimmt das Bündel Scheine raus, zählt es rasend schnell durch, stopft es wieder in die Tasche, zieht die Hose an, dann ein rotes Achsel-Shirt und ein paar alte, schmuddelige aber noch ganze geile Timberland-Boots. Dann schnappt er den Wohnungsschlüssel von dem kleinen weißen Metalltisch in der Küche, macht die Kaffeemaschine wieder aus und geht raus auf die Straße. Jetzt weiß er, wo er hin muss, was er machen will und was ihn wahrscheinlich wesentlich verändern wird.

Die Straßen sind laut, die Sonne knallt. Rein in die U-Bahn, raus aus der U-Bahn. Da brennt ihm am Leopoldplatz plötzlich der Magen. Es muss ewig her sein, als er das letzte Mal gegessen hat.

Gegenüber von Karstadt steht er also an der Straßenecke und isst Pommes mit Mayonnaise, was die verkaterte Stimmung ein bisschen auflösen soll. Dann besorgt er sich einen Kaffee. Während er trinkt und den hetzenden Leuten zuguckt, öffnet und schließt er mit schmerzverzerrtem Gesicht seine Drei-Finger-Hand.

33

Etwas später steht er mit nacktem Oberkörper vor einem Spiegel. »Sowas haben also Yakuzas?«, fragt er.

»Hundertprozentig«, sagt der Tätowierer.

Auf Mingus linkem Oberarm verläuft ein Drache, mit Verzierungen, über die Schulter bis zur Brust, auf der die große boshafte Fratze als Skizze abgebildet ist.

»Und das sieht total geil aus«, sagt der Tätowierer.

Mingus schwenkt seinen Oberkörper ein wenig hin und her, um die Skizze auf seiner Haut von allen Seiten zu sehen. Der Kopf des Drachen scheint ihm mit seinem Blick zu folgen, meint er. Begeisterung steigt in ihm auf, doch dann, als er seine verstümmelte Hand in der Reflexion des

Spiegels sieht, wird ihm schlecht, aber er setzt ein Lächeln auf und sagt: „Dann will ich es."

»Ich würde nur nicht unbedingt in Tokio am Strand damit rumlaufen«

»Achso ja?«, fragt Mingus. »Wieso *das* denn?«

»Man weiß ja nie, wie genau die das nehmen, wenn jemand nicht zu deren Familien-Clan gehört und dann so ein Tattoo hat.«

Da muss sich Mingus ja schon wundern, denn es könnte ja auch sein, dass er sich an dieser Stelle doch noch dagegen entscheidet, besonders nach einem solchen Spruch. Er guckt den Tätowierer an und merkt, dass der wohl nicht der Hellste sein muss – schon einfach von seinem dussligen Blick her. Aber die Skizze sieht echt gut aus, denkt Mingus und hofft, dass der Typ einfach nur nicht weiß, wie man jemandem etwas verkauft und dafür umso besser stechen kann.

Das Stechen schmerzt, aber als er nach einer Weile merkt, wie gut der Tätowierer ist und er ahnt wie unfassbar genial der Drache mit seinen schwarzen Verzierungen aussehen wird, kommt fast eine Art Glücksgefühl in ihm hoch und zumindest Bewunderung und Begeisterung für die Kunst des Tätowierers steigen in ihm auf.

Er denkt daran, dass es in der Yakuza Ober-Bosse gibt, Bosse, Soldaten und Verbündete, die jegliche Art von Drecksarbeit machen. Von Ober-Boss bis Soldat tragen alle Anzüge, nur die Verbündeten – meist junge Typen – können sportlich und lässig rumlaufen. Ein Verbündeter ist er, denkt er, einer auf der untersten Stufe, er muss sich langsam hocharbeiten. Aber bevor er das macht, muss er erst noch eine Clique finden, versteht sich ja von selbst. Und während er so das Stechen wie ein Mann erträgt und über die Yakuza nachdenkt, kommen in ihm Rachegelüste hoch. Ich muss diesen Bastard Bunkmann irgendwie killen, denkt er und allein der Gedanke heitert ihn einen Moment auf.

Auf eine seltsame Art sind es angenehme Stunden unter der Nadel, in denen er in Ruhe über alles nachdenken kann. Die gedanklichen Schmerzen, die er durchdringt, sind größer als die der Nadel.

34

Wieder auf der Straße, stellt Mingus sich mit einer Kippe in der rechten Hand an einen japanischen Laden, winkelt ein Bein an, drückt seinen Timberland-Boot gegen die Wand (neben dem Schaufenster), und guckt lässig zur Seite.

Ein altes Touristenpärchen macht mit seinem Handy ein Bild von ihm. Er überprüft es und bedankt sich. Das Bild spiegelt sein Leben besser wider, als jede Zusammenfassung es könnte: Ein junger Mann steht mit alten Boots an einer bemalten Hauswand, er trägt nur ein rotes Achselshirt, auf seiner Brust wird ein Tattoo von Plastikfolie abgedeckt und in seiner Drei-Finger-Hand steckt eine qualmende Kippe.

Bald wird er dreißig sein und ein neuer Lebensabschnitt wird beginnen, wenn er als frisch gebackener Gangster und Yakuza sein dreißigstes Lebensjahr erreicht, denkt er und lacht. Da sieht er plötzlich im Schaufenster einen Bonsaibaum. Den findet er großartig und beschließt, ihn sich selbst zu schenken.

35

Er stellt den Bonsai in seinem kleinen Wohnzimmer, das auch gleichzeitig sein Schlafzimmer ist, auf eine alte Kommode und betrachtet ihn eine Weile. »Ganz günstig warst du ja nicht, aber was soll's, dafür bist du ein richtig schöner.« Der Baum kann zwar nicht sprechen, aber Mingus betrachtet ihn eine Weile, als wäre er eine Art neuer Freund. In diesem Moment, als Mingus fast so etwas wie

Zufriedenheit nahekommt, bekommt er eine Nachricht auf sein Handy.

36

Wieder auf der Straße, kommt Mingus an einer Parkbank an. »Was soll das denn heißen?«, sagt er zu Julie, die allein dasitzt. »Machst du jetzt auf einmal Schluss mit mir?«

»Boah, hör doch auf«, sagt sie.

Mingus guckt in den dunklen Park. Seine Sicht zieht sich zu einem immer kleiner werdenden winzigen Punkt zusammen und er fühlt sich, als würde er jeden Moment das Bewusstsein verlieren. Seine Gedanken verlieren sich in endlosem Nirgendwo, in einer tiefen, wilden Fantasiewelt, die nie aufhört.

»Mingus?«, sagt sie.

Er guckt in ihr niedliches, unschuldig anmutendes Gesicht und schießt gedanklich ein Stück in die Realität zurück. »Natürlich, du bist ein junges Mädchen und ich, ich bin fast dreißig. Ich sollte vernünftig sein«, sagt er. »Eigentlich wollte ich dich fragen, bevor dieser ganze Mist, dieser fucking Dreck passiert ist, ob du dir vorstellen kannst, mit jemandem wie mir ... aber das erübrigt sich ja jetzt.«

»Ich weiß, aber ... «

»Weißt du, diese ganze Sache, die da passiert ist, hat etwas in mir ausgelöst. Da oben«, zeigt er sich an den Kopf. »Das hat so eine Blockade ausgelöst und andererseits hat es eine Welt in mir geöffnet, in die ich niemals reingucken wollte. Siehst du meine Hand? Mit dieser Hand könnte ich nicht mal zuschlagen, um dich zu beschützen. Mit nur drei Fingern an einer Hand kann man keine wirkliche Faust machen. Das ist doch scheiße. Und der, der mir das angetan hat, muss sterben.«

Julie nickt nur leicht.

»Ich ... ich sollte gehen. Ich hab auf dich aufgepasst und das ist okay, aber jetzt solltest du dich vielleicht besser von mir fernhalten. Ich kann ja nicht mal mehr richtig auf dich aufpassen, mit meiner kaputten Pfote.«

Da nimmt Julie ihn in den Arm.

37

Auf einem Balkon im 12. Stock zündet sich Mingus eine Zigarette an. Er beobachtet in der Ferne den riesigen Würfel, der immer noch neben der Kugel des Fernsehturms einfach so bewegungslos in der Luft steht, ganz so, als gäbe es keine Schwerkraft auf der Erde. Von hier aus ist der Turm ganz klein und der Würfel nur ein Punkt. Da schwebt er nun schon seit fast vierundzwanzig Stunden regungslos in der Luft, als Fehler in der Realität, und niemand kann etwas machen. Es ist ja schließlich keine Katze, die die Feuerwehr mal eben vom Dach holen kann – dafür ein wortloses UFO, mit dem Berlin einfach leben muss.

Mingus zieht an der Zigarette und schüttelt den Kopf. Wenn der Fernsehturm nicht schon *die* Touristenattraktion war, dann spätestens jetzt, und vielleicht macht das Ding Berlin noch zur reichsten Stadt der Welt, denkt er. »Unfassbar«, sagt er zu sich, trinkt einen Schluck Kaffee und ruft dann durch die offenstehende Balkontür: »Was ist, wenn der einfach für immer da in der Luft stehenbleibt? Das wär doch unfassbar!«

»Seit wann rauchst du denn, Junge?«, schallt es aus der Wohnung.

Mingus zieht nochmal, sucht nach einem Aschenbecher, kann keinen finden, schnipst die Kippe übers Geländer und geht dann ins Wohnzimmer. »Hast du sowas schon mal erlebt, Oma?«

»Du musst doch nicht rauchen, Junge.«

»Ja, ich weiß.«

»Warte mal Mingus, ich muss mal mein Hörgerät reinmachen. Sonst versteh ich dich so schlecht«, sagt die für ihr Alter geistig noch sehr fitte Dame und setzt die Geräte, die immer fiepen, wenn sie sie reinmacht, in ihre Ohren. Das Geräusch lässt sie ihr Gesicht verziehen.

Mingus Blick schweift durch ihr Wohnzimmer, das voller Bücher und hübsch eingerichtet ist.

»So, jetzt ist‘s besser. Was hast du gesagt?«

»Ist doch unglaublich mit dem Würfel, oder?«

»Was? Warte mal. Irgendwie hör ich dich noch nicht richtig«, sagt sie und fummelt wieder an den Geräten rum.

»Sowas hast du in deinen 94 Jahren auch noch nicht erlebt, oder, Oma?!«, lacht Mingus.

Sie reicht ihm eine Keksdose. »Nimm dir doch noch.«

Mingus stopft sich einen Keks nach dem nächsten in den Mund, als hätte er seit Tagen nicht gegessen.

»Hast du denn jetzt mal drüber nachgedacht, worüber wir das letzte Mal gesprochen haben?«

»Was meinst du?«

»Na, wegen einer Ausbildung. Ich hab mir gedacht, du könntest doch was mit Kindern machen. Du bist doch irgendwie so ein jung gebliebener junger Mann, und jetzt hast du noch gute Chancen, einen Ausbildungsplatz zu bekommen.«

Mingus stöhnt. Er weiß zwar, dass sie irgendwie Recht hat, aber er fühlt sich schon immer zu Größerem bestimmt. Er weiß nicht zu was, aber bestimmt nicht zum Kinder-Babysitten. Er weiß nur, dass er in dieser verrückten, von Würfeln besetzten Welt nicht einfach mit einem normalen Alltag weitermachen kann. Wie kann man einfach so weitermachen, als ob nichts wäre, ohne den Ursprung der Dinger zu kennen? denkt er oft. Sie müssen irgendwas, irgendeine wichtige Bedeutung haben, denkt er immer wieder. Und er ist sich sicher, wenn er erstmal weiß, wo sie herkommen und was ihr Sinn ist, dann weiß er auch, wozu er im Leben wirklich bestimmt ist. Er kann schlecht Kindern etwas beibringen, wenn er selbst nicht mal weiß, was in der Welt vor sich geht.

»Jetzt mach doch nicht so ein Gesicht, auf Kinder aufpassen ist doch eine tolle Sache. Mir hat das immer Spaß gemacht. Es muss ja nicht unbedingt *das* sein, du kannst ja auch etwas anderes finden, aber eine Ausbildung wär, jetzt wo du fast dreißig bist, schon gut. Ich habe dir hier mal eine paar Anzeigen rausgesucht, da kannst du ja mal heute anrufen«, sagt sie und schiebt ihm eine Zeitung rüber.

»Du machst mich fertig, Oma.«

»Also gut, machst du das, ja?«

»Ja, okay!«, mufft er sie an.

»Nun sei doch nicht gleich wieder so sauer, ich versuch dir nur zu helfen.«

»Ich weiß.«

»Mensch, du hast ja einen Verband am Arm, was ist dir passiert, Junge?«

»Nichts, Oma.«

»Komm sag, was ist passiert?«

»Ach beim Fußball, hab mir nur bisschen die Hand verstaucht.«

»Oh je, tut's denn weh?«

»Nee, nee, alles nicht so schlimm, Oma.«

38

Cube-Conversations heißt der Podcast, den Mingus in der Ringbahn, die die Stadt umkreist, hört. Es dauert nicht lange, bis die Bahn an dem riesigen, unbebauten Tempelhofer Feld entlangfährt, von wo aus er in der Ferne den Fernsehturm mit dem unnatürlichen kantigen Etwas an der Kugel sieht. Die Typen im Podcast sind bereits alle Theorien, was die Würfel sein können, durchgegangen und machen nur noch Alienwitze, die Mingus amüsieren.

Am Bahnhof Hermannstraße steigt er um und zählt immer wieder ungeduldig die

Stationen durch, bis er schließlich am Alexanderplatz aussteigt. Wie ein Journalist mit Sensationsgier rennt er die überfüllte Treppe rauf und zwängt sich durch riesige Menschenmassen in der Bahnhofshalle, als wäre er auf einem Konzert und wolle einen Platz in der ersten Reihe bekommen.

Als er es aus der Halle schafft, blickt er, wie jeder andere auch, direkt auf den riesigen Würfel, der neben der Kugel des Turms weit oben einfach so in der Luft steht und sich dadurch über die menschliche Wissenschaft lustig macht.

»YEAHHHH!«, grölt Mingus nach oben, denn passende Worte kann er für das Ereignis nicht finden. Was soll man als Zeuge eines solchen Weltwunders auch Sinnvolles sagen?

Die Titanic, die Pyramiden von Gizeh, alles ein Witz verglichen mit einem riesigen Block, der entgegen jedem Schwerkraftgesetz, das man sich ausdenken könnte, einfach so für Stunden in der Luft steht.

Das Publikum könnte gemischter kaum sein: jede Nation, Menschen jeder Gesinnung und aus jeder Gesellschaftsschicht, stehen an diesem Ort zusammen, und Mingus überlegt einen Moment, ob der einzige Sinn der Würfel wohl darin besteht, die Menschen endlich zusammenführen. Der Gedanke bringt ihn einen

Moment fast den Tränen nahe, er kann sie aber gerade noch zurückhalten.

Weil jeder gleichermaßen geistig mit einem Block in der Luft überfordert ist, hat die Menschheit diese eine verwirrende Sache gemeinsam und wird dadurch zusammengeführt, denkt er und dann rutscht ihm eine Träne aus dem linken Auge.

Als hätte ein LKW-Fahrer seine halbe Fracht in der Luft vergessen, so groß ist das verfluchte UFO, das hoffentlich unsere Rettung sein wird, denkt Mingus.

Nach jedem Meter, den er durch die Massen schafft, betrachtet er den schwarzen Würfel aufs Neue. Als hätte jemand einen riesigen Haufen Computerpixel aus der Realität entfernt, so perfekt schneidet der Block die Sicht auf die Kugel des Turms ab. Er fragt sich, ob die Realität aus Pixeln besteht und ob die Würfel letztlich nur eine Illusion, eine Art optische Täuschung, sind.

Er gelangt bis zu einer Absperrung, die von Polizisten mit Maschinenpistolen bewacht wird und den Zugang des Turms absperrt.

Er holt sein Handy raus und macht Bilder von dem riesigen, schwebenden, schwarzen Block, dem Turm und den Menschenmassen um ihn, bis er plötzlich eine Nachricht bekommt: »Bock auf Zoo?«

39

Wieder in Kreuzberg, versucht Mingus die Tür vom Currymex zu öffnen. Er kann nicht. Seine Hand zittert und er kann sich nicht überwinden, sie zu öffnen. Er blickt auf seine rechte Drei-Finger-Hand, mit der er versucht, die Klinke zu umgreifen. Sie schmerzt grauenvoll, einschließlich der Finger, die nicht mehr da sind.

»Das sind Phantomschmerzen«, hatte der Arzt Mingus im Krankenhaus erklärt. »Das ist ziemlich normal. Abgetrennte Gliedmaßen können noch lange nach der Abtrennung schmerzen«, hatte er gesagt.

»Was is los?!«, dringt Sams gedämpfte Stimme durch die Scheibe der Tür. »Komm doch rein!«, ruft er. »Steht der da vor der Tür,« sagt Sam zu einem Gast an der Theke.

Mingus schüttelt nur den Kopf und macht mit großen Augen und verzweifeltem Blick einen Schritt zurück.

Sam kommt zur Tür und öffnet sie. »Was ist los mit dir?«

Mingus blickt mit aufgerissenen Augen auf den Boden vor sich und schüttelt den Kopf. »Ich kann nicht. Ich kann nicht.«

»Was kannst du nicht? Was is los?!«

Mingus guckt Sam kurz an.

»Du! Ich muss mich auf dich verlassen können, wenn du bei mir arbeiten willst!«

»Ich kann nicht, Sam«, guckt Mingus ihn jetzt direkt an. »Ich muss hier weg!«, sagt er und rennt los. Weiter und immer weiter. Er schnauft, das Herz rast.

40

Am nächsten Tag wird Mingus schon früh durch die Sonne, die durch die Gardinen dringt, auf seiner Klappcouch wach.

Er fasst sich mit seiner entstellten Hand ins Gesicht, reibt den Schlaf aus den Augen, sieht sie an und stöhnt schwer. »Fuck.« Der Anblick ist für ihn jeden Tag aufs Neue ein Schock.

Anziehen und dann raus. Zu Hause bekommt er sonst noch Depressionen.

An einer Straßenecke steht er mit einem Croissant und einem Kaffee. Dann Kippe. Und wieder bekommt er eine Nachricht von Sam.

Sie wollen sich mal wieder auf dem Dach treffen, um die Sonne zu genießen, wie es Sam meint, und vielleicht auch, um nach schwebenden Blöcken Ausschau zu halten.

Mingus ist schon eine Weile da und raucht, als hinter ihm die Metalltür zum Dach aufschlägt und Sam rausplatzt, als wäre er ein Schauspieler, der auf der Theaterbühne erscheint. »Was ist los mit dir?!«, ruft er.

»Wieso?«

»Ich steh da rum, du stehst vor der Tür, kommst nicht rein, wir stehen beide da so rum, glotzen uns an, du bewegst dich nicht, stehst nur da, ich dir gegenüber und dann rennst du auf *einmal* weg?!«

»Ich weiß«, sagt Mingus, blickt mit schmalen, zerknautschten Augen über Berlin und gähnt.

»Du, also, ich brauch zuverlässiges Personal. So geht das nicht.«

»Ich glaub, ich kann nicht in deinem Laden arbeiten«, sagt Mingus und wischt sich mit den Händen übers Gesicht, um sich zu wecken.

Auch Sam fällt es schwer, sich an den Anblick der drei Finger zu gewöhnen. »Ich weiß, das ist alles Mist, aber das Leben muss ja weitergehen.«

»Ich kann das nicht, Sammy, tut mir leid.«

»Erzähl mir nicht, wegen diesem Vegetarier-Ding, ich hab genug Probleme mit diesen verrückten Veganern im Bundestag und ihren verkackten Gesetzen und der Fleischsteuer, diese miesen ... «

»Nee, nee, einfach alles, was passiert ist und so«, läuft Mingus nervös auf dem Dach rum. »Ich will nicht irgendwie zufällig diesen ekligen Bunkmann da sehen, ich mein, was macht der als Nächstes?!«

»Ja, stimmt schon.«

»Wieso? Was is?!«

Sams Stirn zieht Falten, während er über Berlins Dächer blickt.

»Was ist los, Sammy? Sprich!«

»Okay, aber dreh nicht gleich durch.«

»Jetzt red schon!«

»Er hat sich bei mir gemeldet.«

»Scheiße! ... Was hat er gesagt?!«

»Er will nur sicher sein, dass du nicht zur Polizei gehst.«

»Er will nur sicher sein, dass ich ... Ja nee, is ja klar! Ich hätte mal zur Polizei gehen sollen!«, sagt Mingus und schreit dann: »Und vielleicht mach ich das auch noch!«

»Das würde ich an deiner Stelle nicht machen.«

»Was soll das denn heißen?!«, schreit Mingus. »Hat er gedroht oder was?«

»Er ist einfach ein bisschen unberechenbar.«

»Klar! Der knallt mir die Pfote weg, aber er ist nur ein bisschen unberechenbar. Sieh dir mal meine Hand an! ... Unberechenbar ...

Unberechenbar ist jemand, der unregelmäßig auf Textnachrichten antwortet. Der Typ ist ein absoluter Psychopath! Was hat er genau gesagt, Sammy?!«

»Is ja jetzt egal.«

Mingus geht immer näher an die Kante des Daches. »Na toll, da kann ich gleich hier runterspringen.«

»Jetzt hör aber auf!«

»Weißt du, es ist alles deine Schuld. Wieso hast du mich mit diesem scheiß Typ überhaupt zusammengebracht? Mein Leben war völlig in Ordnung, bis ich dich und diesen Bastard treffe!«

Sam zuckt mit den Schultern und blickt auf die Stadt. »War eine scheiß Idee, ich weiß.«

»Verwechslung mit einem Hund – waren deine Worte.«

»Ich hab mich geirrt mit dem Typ. Tut mir leid.«

Die letzten Wolken ziehen davon, die Mittagssonne kommt hervor und knallt aufs Dach. Sam blickt in den Himmel. »Komm, wir gehen einen Döner essen.«

»Ich will keinen Döner, ich will mein Leben zurück.«

41

Kurz darauf sitzen die beiden auf einer Parkbank am Maybachufer und stopfen Döner in sich rein. Mingus blättert durch die Zeitung, die er von seiner Oma bekommen hat und die er jetzt neben sich auf der Bank liegen hat.

»Ich verstehe nicht, wieso du nach einem Ausbildungsplatz suchst, auf den du gar kein Bock hast«, sagt Sam.

»Vielleicht ist ja doch was dabei.«

»Lass doch den Scheiß. Mann, du kannst bei mir arbeiten! Alles kein Problem.«

»Ich mein‘s ernst. Ich glaube, ich krieg keinen Fuß mehr in deinen Laden. Das ist so eine mentale Sache, eine richtige Blockade im Kopf.«

»Ok, scheiße.«

»Was ist das denn?! Hier, hör dir das an«, sagt Mingus und liest aus der Zeitung vor. »Probleme mit Materie? Reichen Ihnen die drei Dimensionen des Lebens einfach nicht aus? Dann erweitern Sie jetzt Ihr Spektrum mit dem 4D-Netz!«

»Was soll das sein?«, sagt Sam.

»Keine Ahnung. Hier steht sonst keine weitere Beschreibung«, sagt Mingus, tippt die Nummer aus der Anzeige ins Handy, lächelt übertrieben und führt mit seiner Drei-Finger-Hand das Handy ans Ohr.

»Rufst du an?«

Mingus nickt und tut begeistert.

Sam dreht sich zu einem Passanten, so einem besonders stylischen, zugezogenen Typen um. »Er ruft an! Ist doch der Hammer, oder?«

Der Typ guckt nur irritiert und geht weiter.

»Mann, Mann, Mann, alle ein Stock im Arsch hier oder was?«, sagt Sam, während er streng durch die Gegend guckt.

42

Die beiden, die sich mittlerweile schon wieder etwas besser leiden können, laufen durch Kreuzberg und schwitzen wie Sau.

Mingus hat immer noch das Handy am Ohr und hängt schon eine Ewigkeit bei der 4D-Netz-Firma in der Warteschleife. Sam kauft an einem türkischen Ramschladen im Vorbeigehen für zwanzig Euro zwei Sonnenbrillen. Er setzt sich die eine und Mingus die andere auf; hilft bei der Sonne, die einen dazu zwingt, die Augen zusammenzukneifen. Und außerdem sehen sie ein ganzes Stück cooler mit den Dingern aus.

Die nervige Musik der Warteschleife dudelt Mingus im Ohr.

Sam bleibt an einem Klamottenladen stehen, nimmt ein ziemlich schickes weißes Hemd ohne Ärmel, zieht Mingus zu sich ran, hält es ihm vor die Brust, um zu sehen, wie es an ihm aussehen würde und bringt ihn dann, mit Handzeichen, dazu, sich auf der Straße den Pullover auszuziehen, während der immer noch das Handy am Ohr hat.

Sam staunt nicht schlecht, als er den Drachen auf Mingus Brust sieht. Auf dem Tattoo klebt immer noch die Plastikfolie, um das gestochene Kunstwerk zu schützen.

»Ja! Hallo! Bin ich hier bei 4D-Netz gelandet...?«

Mit nacktem Oberkörper, dem Yakuza-Drachen auf der Brust, dem Handy am Ohr und Sam neben ihm, gehen die beiden weiter, bis sie schließlich an einer lauten Kreuzung stehenbleiben.

»Alles klar, danke«, beendet Mingus das Gespräch und steckt das Handy ein.

Da stehen beide plötzlich ein bisschen doof da, und Sam fällt nichts Besseres ein, als Mingus mit einem Mal die Folie von der Brust zu reißen.

»Ey! Aua!«, schreit Mingus los.

»So, jetzt sieht man es wenigstens richtig«, sagt Sam und hält ihm dann das Hemd hin. »Hier, damit kannste beim Vorstellungsgespräch Eindruck machen.«

»Danke, Mann!«

»Tattoo, Sonnenbrille, Hemd, sieht doch geil aus. So kriegste den Job bestimmt.«

Mingus zieht das Hemd an, setzt die Sonnenbrille auf und präsentiert sich Sam mit ausgebreiteten Armen. »Na, würdest du mich so einstellen?«

Sam zögert, grinst leicht und schüttelt den Kopf. »Nee.«

»Na toll, Sammy«, lacht Mingus. »Ehrlich, danke dir. Womit hab ich das verdient?«

»Is doch dein Geburtstag, haste ganz vergessen, wah?«

»Ach ja, stimmt ja.«

»Vergisst seinen dreißigsten Geburtstag«, schüttelt Sam den Kopf.

»Ich hatte ja ein paar Sachen um die Ohren.«

43

Als Mingus in Moabit aus dem U-Bahnhof kommt, schmeißt er seinen alten Pullover, den er unter seinem Arm mit sich rumschleppt, endlich in einen Mülleimer. Dann schießt ihm Neugierde durch die Adern, als er feststellt, dass die Adresse, die er sucht, wohl in dem höchsten Gebäude der Straße ist.

Er kommt an einem grauen Hochhaus an. Unter dem Bürogebäude führt eine Hauptstraße hindurch, was es zugleich zu einer Brücke macht. Ganz so, als hätte es für das Gebäude nirgendwo Platz gegeben und man sich entschlossen hätte, es einfach über der Straße zu errichten.

Es sieht fast so aus, als dürfte das Gebäude gar nicht existieren, denkt er. Dass nach einem halben Jahr in Berlin manchmal plötzlich ein komplett neues Gebäude irgendwo auftaucht, ist für Mingus ja nichts Neues, aber dieses Bauwerk ist schon sehr merkwürdig und sieht ganz so aus, als hätte es ein UFO dort abgestellt.

Jetzt will er die Jungs da drin wirklich auf die Probe stellen. Er wird ihnen knallharte Fragen stellen, und wenn er das Gefühl hat, dass das Ganze nur eine riesige Verarsche ist – diese 4D-Netz-Sache – dann wird er einen Aufstand machen, den sie in diesem Puff nicht so schnell vergessen werden. Denn Mingus mag es nicht, von Werbung verschaukelt zu werden, wo er doch selbst immer bestrebt ist, sich an die Wahrheit zu halten. Daher kann er es nicht zulassen, dass andere lügen, wie es ihnen gefällt.

Auf der linken Seite neben der Straße findet er einen Eingang mit vielen Klingelschildern unterschiedlichster Firmen. Manche sind mit Papierschildern überklebt, und am 15. Stock steht 4D-Netz. Nichts Besonderes. Grün auf Weiß mit irgendeinem nichtssagenden Logo.

Die ganze Stellenanzeige mit »Drei Dimensionen erweitern« ist ihm zwar äußerst suspekt, aber er klingelt. Und tatsächlich, die Tür summt und er geht rein. In der Lobby drückt er am Fahrstuhl den Knopf, guckt sich um und wartet.

»Der jeht zurzeit nicht«, sagt ein Mann in blauem Overall, der gerade den Eingangsbereich wischt.

»Na, ist ja klar«, stöhnt Mingus.

»Wo wollen Sie denn hin?«

»Zu 4D.«

»Ah ja, sie meinen 4D-Netz, kann das sein?«

»Ja genau, Netz.«

»Die sind ganz oben.«

Die Reinigungskraft macht auf Pförtner, ist ja klar, denkt Mingus.

»Da müssen se laufen.«

»Danke«, sagt Mingus und grinst falsch.

»15. Stock.«

»Ich weiß, ganz toll«, sagt Mingus, geht zum Treppenaufgang und fängt an, sich das erste Stockwerk raufzuschleppen, zu einer Firma, von der er überhaupt nicht weiß, was er von ihr zu erwarten hat. Wenn die mir irgendwie krumm kommen, dann werde ich wirklich zum Yakuza, denkt er. 15. Stock, 4D-Netz, so ein Scheiß, denkt er.

Völlig aus der Puste, wie nach einem Marathon, kommt er ganz oben an einer Rezeption an, nur ohne Personal – niemand weit und breit zu sehen. Mingus sieht sich suchend um. »Hallo? Hallooo? Jemand hier?«, ruft er.

Da kommt eine übergewichtige junge Frau mit einer Kaffeetasse um die Ecke.

»Jemand muss mal den Fahrstuhl reparieren«, sagt Mingus pustend.

»Der geht zurzeit nicht.«

»Ach nee!«, sagt Mingus und fragt sich, wie die Dicke wohl jeden Morgen die fünfzehn Stockwerke bewältigt. »Was soll das mit der Stellenanzeige?«, sagt er und hält ihr die Zeitung hin.

»Ach, 4D, die sind ganz hinten«, sagt sie und zeigt den Gang runter.

»Na wunderbar, schönen Dank auch«, sagt er und setzt wieder ein Grinsen auf.

Je weiter er den Gang runtergeht, desto heruntergekommener werden die Büros, in die er im Vorbeigehen reinguckt. Personal quatscht aufgeregt miteinander, einer redet laut wirres Zeug in sein Telefon und dann, am Ende des Ganges, sind die Wände nicht mal fertig verputzt. Wie eine Baustelle, die nie fertig wurde.

Neben dem »4D-Netz«-Schild im Flur ist nicht mal eine Tür, und das Büro ist ebenso noch eine Baustelle. Keine Tapeten, Kabel hängen aus den Wänden und überall liegen Aktenordner rum. Und natürlich wieder niemand anwesend. »Na perfekt«, stöhnt Mingus, schlägt die linke Hand auf seinen Oberschenkel und dreht sich wieder um.

»Wo wollen sie hin?«, kommt ein älterer Herr mit Lesebrille unterm Bürotisch hervor.

»4D. 4D-Netz, um genau zu sein.«

»Mr. Jeffersen ist heute nicht da.«

»Was soll das heißen?«

»Wenn Sie Beschwerde einreichen wollen, kommen Sie morgen wieder.«

Mingus zieht die Zeitung aus der Hintertasche seiner Jeans. »Ich wollte lediglich wissen, worum es hier bei 4D überhaupt geht und was ... «, dann zitiert er die Stellenanzeige. »Probleme mit Materie? Reichen Ihnen die drei Dimensionen des Lebens einfach nicht aus? Dann erweitern Sie jetzt Ihr Spektrum mit dem 4D-Netz! ... zu bedeuten hat.«

»Das kann ich Ihnen auch nicht beantworten ... Wollen Sie jetzt Beschwerde einreichen?«

»Worüber soll ich mich denn beschweren? Ist ja nicht so, dass ich etwas gekauft oder irgendeinen Service beansprucht hätte, über den ich mich beschweren *könnte*, außer, dass ich hier scheinbar meine kostbare Zeit verschwende.«

»Also, wie soll ich die Beschwerde genau formulieren?«, guckt der Alte Mingus erwartungsvoll mit einem Kugelschreiber in der Hand an.

»Na schön, schreiben Sie: Sehr geehrter Herr, was weiß ich ... «

»Mr. Jeffersen«.

»Meinetwegen, Mr. Jeffersen, ich möchte mehr über 4D-Netz erfahren. Bitte melden Sie sich bei mir unter folgender Nummer ... «

»Das ist noch keine Beschwerde.«

»Was denn für eine Beschwerde?!«, wird Mingus lauter.

»Ja-*ah*? Ja-*ah*?!...«, fordert ihn der Alte auf.

»Jetzt hören Sie auf, hier meine kostbare Zeit zu verschwenden!«

Der Alte grinst. »Mit ein bisschen Kreativität kann man da eine Beschwerde draus basteln.«

»Ist ja prima. Und wann meldet sich dieser Jeffersen wegen meiner Beschwerde?«

»In den nächsten Tagen.«

»Na wunderbar! ... Sollte man da vielleicht noch »Sie Arsch« dranhängen, damit er sich auch wirklich meldet?«

»Das wird nicht nötig sein.«

»Na bestens, dann haben sie ja jetzt ihre Beschwerde«, sagt Mingus und geht auf die nicht vorhandene Bürotür zu, um sich wieder wichtigeren Dingen zu widmen, als hier mit einem alten Bürokratenheini rumzulabern. Dann dreht er sich aber doch nochmal um. »Wissen Sie, ich hatte eigentlich einen Termin, klettere die ganzen fünfzehn Stockwerke rauf, und jetzt treffe ich hier nicht mal jemanden an, nur, weil die Dame am Telefon mir keinen Namen geben wollte. Ganz ehrlich, das ist doch total unprofessionell und einfach nur Mist, Mann.«

»Einen Termin und niemanden angetroffen. Das ist eine ernstzunehmende ... «

»Beschwerde!«, wird Mingus laut. »Na also, da haben Sie endlich eine richtige Beschwerde!«

44

Wieder auf seiner Klappcouch, die Mingus schon lange mal wegschmeißen wollte, guckt er ganz nah mit seiner Nase am Bildschirm in seinen Computer, um etwas zu untersuchen. Dann blickt er zu dem kantigen Mini-Spionage-

Flieger rüber, der mal wieder einfach so in seinem Raum in der Luft rumsteht, dann wieder ganz nahe und konzentriert auf den Computerbildschirm. Er blickt immer wieder hin und her, um scheinbar etwas zu vergleichen.

45

Am Abend öffnet sich die Tür zum Currymex. Der Laden ist mit acht Gästen, verglichen mit anderen Tagen, voll. Sam schenkt hinterm Tresen ein. Es wird getrunken und auch die ein oder andere Wurst gegessen.

Da steht Mingus mit zitternder Drei-Finger-Hand, um die er wieder einen Verband hat, im Eingang. Er versucht, sich irgendwie zu einem nächsten Schritt in den Laden zu überwinden.

»Hey, seht mal da, das Geburtstagskind hat's hierhergeschafft!«, ruft Sam durch den Laden.

Schwer atmend und zitternd geht Mingus einen Schritt nach dem nächsten Richtung Tresen. »Ich glaub, ich weiß, was die Würfel sind«, sagt er, als er es zu Sam an die Theke geschafft hat.

Ein paar lachen, manche stöhnen.

»Hier, komm trink«, schenkt Sam ihm einen Rum ein. »Na, dann erzähl mal, Herr Wissenschaftler.«

»Lasst uns alle anstoßen!«, ruft einer durch den Laden und schlägt Mingus auf die Schulter, der sofort zusammenzuckt.

Sam lacht und schenkt allen nach.

Obwohl Mingus hier im Curry innerlich furchtbar unruhig und aufgemischt ist, ist er dennoch froh, unter Leuten zu sein und seinen dreißigsten Geburtstag nicht alleine zu Hause mit seinem kleinen, stummen Würfelfreund verbringen zu müssen.

Sam dreht die Musik an der Anlage hinter der Bar ganz leise und ruft: »Was wünschst du dir, Mingus?«

»Ohne Mist, ich glaube, ich weiß jetzt, was die Dinger sind.«

Allgemeines misstrauisches Gemurmel macht sich breit, denn Theorien gibt es über die Teile am Himmel viele, und so manch einer ist von dem Thema schon völlig genervt.

»Also, das ist nicht ganz leicht verständlich, aber es sind einfach nur Pixel, wie bei einem Computer, eine Illusion, nur eben dreidimensional und in der Realität, eine Art in die Luft gesetztes Hologramm, nur eben echt. So ganz hab ich das auch noch nicht verstanden, aber jedenfalls ist das der Grund, weshalb man die Dinger nicht bekämpfen kann. Oder was meint ihr, wieso ein riesiger Würfel tagelang einfach so am Fernsehturm rumsteht?«

Der Saufkumpane stöhnt genervt. »Ja, ja, wunderbar, noch so eine Theorie!«

»Ja echt, oder was glaubt ihr denn, wieso man die Dinger nicht abknallen kann?«, sagt Mingus. »Ich mein, das ist doch der Wahnsinn.«

»Interessante Vorstellung«, sagt Sam. «Aber was wünschst du dir denn jetzt?!«

Mingus schafft es, ein Grinsen aufzusetzen. »Na schön, ich wünsche mir ... « fängt er an und überlegt. »Ich weiß! Ich will bei dir einsteigen, Sammy. Als richtiger Businesspartner.«

»Businesspartner? Du spinnst ja. Du meinst, du willst für mich arbeiten und mein Knecht sein!«, lacht Sam laut los. »Was meint ihr, soll ich dem Jungen eine Chance geben?«

Ein Augenblick völlige Ruhe, niemanden scheint es wirklich zu interessieren.

Sam guckt Mingus einen Moment misstrauisch an, schnalzt mit der Zunge und verdreht die Augen. »Na gut, alles klar, bist eingestellt.«

Sein Geburtstag wird noch lange, laut und wild gefeiert, und Mingus gelingt es erstmal, seine Würfeltheorien zurückzuhalten. Er gibt alles und ist so nett und charmant zu einer jungen blonden Dame, wie er nur sein kann, die aber, egal wie sehr er sich anstrengt, nicht so recht an ihm interessiert zu sein scheint. Nach einer Weile ist Mingus so betrunken, dass er ihre abschätzenden Blicke nicht mal mehr bemerkt, während er sie vollquatscht und versucht, seine Würfeltheorien zu rechtfertigen. Eine Freundin der jungen Frau fordert sie auf, ihre Weißweinschorle mit ihr vor der Tür weiter zu trinken. Mingus schwankt ihnen hinterher. Dann, als sie draußen stehen, drehen sich die beiden Frauen direkt wieder um und gehen wieder rein. Da merkt Mingus, dass sie nur vor ihm flüchten. Da steht er nun allein und betrunken auf der Straße und bemerkt den Verband an seiner rechten Hand wieder. Er reißt ihn ab. »Die Schlampen interessiert nicht mal, wie viele Finger ich an der Pfote habe«, sagt er zu sich.

»Ist dein Bewerbungsgespräch wohl doch nicht so gut gelaufen, wah?«, steht plötzlich Sam hinter ihm. »Und da kommste schön zu Papa zurück.«

»Nee, war bisschen seltsam, eigentlich sogar sehr seltsam, der Laden. Aber ich hab immerhin eine Beschwerde dagelassen.«

»Watt meinste?«, sagt Sam und trinkt einen Schluck aus seiner Bierpulle.

»Muss man nicht verstehen. Ich hab‘s selbst nicht ganz kapiert.«

»Na gut. Und Vegetarier willst du auch nicht mehr werden?«

»Doch, klar.«

Da lacht Sam. »Perfekt. Willkommen im Team«, sagt er und legt dann eine ernstere Miene auf. »Wie geht's der Hand?«

»Schon ein bisschen besser«, guckt Mingus seine verstümmelte Hand an.

»Das ist gut. Das wird alles schon wieder Junge, glaub's mir ... Mingus?«

»Ja?«

»Herzlichen Glückwunsch zum Dreißigsten.«

»Danke, Sammy.«

46

Es vergehen ein paar Wochen, bis Mingus gelernt hat, wie lange die Würste brutzeln müssen, bevor man sie serviert.

Und als er eines schönen Tages Feierabend macht, spaziert er am Kanal in Kreuzberg über eine Brücke. Da bemerkt er eine junge Frau, wie sie barfuß auf dem Bauch liegt und ein Buch liest, und bleibt stehen. Immer wieder erstaunt es ihn, eine derart hübsche Frau zu sehen, die sich so unbeschwert die Zeit nimmt und einfach da liegt und liest. Das würde er auch gerne können. Kein Stress, keine Eile, einfach auf der

Wiese daliegen und lesen, das würde mir unfassbar schwerfallen, denkt er. Er muss immer irgendeinen Quatsch erledigen, immer rennen, Termine wahrnehmen und Geld verdienen. Aber diese junge Frau hier, die ihre Füße auf und ab schwenkt, scheint um nichts besorgt. Sie dreht sich auf den Rücken und Mingus stellt fest, dass sie nicht nur einen süßen Hintern hat, nein, auch bei ihrem Gesicht hat sich der liebe Gott einige Mühe gegeben, und das Resultat ist großartig geworden, denkt er.

Er riecht an seiner Kleidung und bemerkt, dass er nach Bratfett stinkt. Dann blickt er auf seine Drei-Finger-Hand und überlegt, ob sie sie bemerken würde, wenn er sie anspricht. Er ist ja kein hässlicher Junge, aber für wen sich dieses hübsche Wesen wohl interessiert, fragt er sich. Ihrem schwarzen Haar und ihren Gesichtszügen nach zu urteilen, ist sie bestimmt aus Tel Aviv oder so. Sie legt ihr Buch beiseite und sonnt sich.

»Du hast echt nichts zu tun, oder?« sagt Mingus und zieht schmunzelnd seinen Mund zur Seite. Er könnte sie stundenlang bewundern. Sie erhebt ihren Oberkörper und sieht sich mit zusammengekniffenen Augen um. Und dann, plötzlich, guckt sie Mingus direkt an. Er fühlt sich ertappt und guckt um sich, als würde er jemanden oder etwas suchen. Da winkt sie ihm direkt zu. Er wird noch perplexer und geht blitzartig in seinem Kopf durch, woher er sie kennen könnte – dieses zarte Wesen aus Tel Aviv oder sonst wo. Vielleicht aus dem Curry?!

Sie lächelt ihm süß zu und ruft: »How are you?«

Hier stimmt etwas nicht, denkt er. Dass sie englisch spricht, ist in Kreuzberg nicht überraschend, aber woher soll er sie kennen?

Da wandert ihr Blick langsam an ihm vorbei. Mingus dreht sich um und sieht einen Typ in Sandalen mit grauen Socken an, blass wie ein Blatt Papier. Der Typ?! Dein Ernst?! Diesen falschen Philosophen, diesen Möchtegern-Vegetarier, der sich in seiner Freizeit für ... sonst was, einsetzt. Den findest du gut?!

Diese schlechte Szene muss er sich nicht weiter antun, denkt er und geht, so schnell er kann, kopfschüttelnd weg.

Zu Fuß auf dem Weg zurück in seinen Bezirk Moabit überlegt er, wie er das erweiterte Lagerhaus neben seiner Wohnung, in das er gelegentlich mal reinguckt, jetzt endlich zu einem Loft umbauen kann.

Das Würfelphänomen aufzuklären, kümmert ihn kaum noch. Was er wirklich will, ist eine eigene, riesige, schicke Wohnung. Ein richtiges Loft eben. Da kann er dann eine Frau hin einladen und damit eine bezaubernde Freundin finden, so eine wie die Israelin am

Kanal. Das geht aber nicht mit einer kleinen, schmuddeligen Einraumwohnung wie seiner. Wenn die eigene Wohnung einen als Person definiert, dann würde ein Loft aus ihm einen begehrenswerten Typ machen.

»Wen kümmert's, was die Aliens hier wollen, wichtig ist, was ich will«, sagt er sich. Und dann, nach einem langen Fußweg durch Berlin, kommt er schließlich an seinem Fahrrad an. Er schließt es ab und rast dann durch die Stadt, um ein paar Besorgungen für die Lagerhalle zu machen. Auf dem Weg zu einem Baumarkt kommt er an der breiten, vierspurigen Bismarckstraße an und bewundert einen Moment den goldenen, über den ganzen Horizont verlaufenden Sonnenuntergang. Ganz hinten, über einer Häuserreihe, bemerkt er unter den Wolken einen Würfel langschweben. Wieder sieht es für Mingus so aus, als hätte ein Programmierer eines Videospiels vergessen, ein paar Pixel auszufüllen, wie ein Fehler im Spiel des Lebens, denkt er. Der Würfel taucht auf, als wollte er Mingus persönlich an sie erinnern. Einerseits ist er von ihnen fasziniert und andererseits nur noch genervt. Er weiß auch nicht mehr, was er von ihnen halten soll. Dass die kantige Form in dem Sonnenuntergang wunderschön aussieht, kann er allerdings wahrlich nicht leugnen.

Wie immer, wenn einer dieser – vielleicht kann man sie schon Spionage-Würfel nennen – auftaucht, wird auf der ganzen Straße gerufen, gegrölt und das Ding bewundert. Und wieder sind natürlich hunderte Handys auf den schwarzen Block, der langsam hinter der Häuserreihe verschwindet, gerichtet.

Am Ende sind die Dinger nur eine Erfindung eines riesigen Tech-Giganten, der irgendeine App promoten und dann verkaufen will. Oder Special-Effects der Regierung, um das Volk heimlich mit irgendwas zu entertainen. Oder aber um von der Untätigkeit der Politiker abzulenken, denkt er.

47

In seiner Wohnung angekommen, macht Mingus wieder mal den Cube-Conversations-Podcast auf seinen Kopfhörern an, nimmt das UFO-Poster vorsichtig von der Wand, klettert durch das Loch in die Lagerhalle und spaziert herum, als wäre sie ganz seine eigene, in Gedanken, was er alles aus ihr machen wird. Der Mini-Spionage-Würfel ist schon lange nicht mehr aufgetaucht, und irgendwie vermisst er den kleinen dümmlichen Flieger. In Gedanken richtet er die ganze Lagerhalle mit Möbeln ein, kauft teure Kommoden und sogar einen Flügel und feiert große Partys mit ausgewählten Gästen. Plötzlich erschreckt er sich. Ein Summen hat ihn aus seiner Gedankenwelt gerissen. Er hat eine Nachricht auf sein Handy bekommen. »Na, du alter Sack!«, heißt es in der Nachricht, mit einem vor Lachen weinenden Emoji neben dem Text.

Etwas später trifft er Julie an ihrem Platz am Kanal wieder. Lange hat er sie nicht gesehen und fast wäre es ihm gelungen, sie zu vergessen.

»Wie geht's deiner Hand?«, sagt sie.

Mingus guckt seine Drei-Finger-Hand an, reibt über die Stummel und sagt: »Es geht, es geht.«

»Schaffst du‘s wieder, dir damit einen runterzuholen?«

»Ach Julie, ich hab dich echt vermisst«, sagt er. »Und falls du‘s wirklich wissen willst, ja, das geht ganz hervorragend.«

Sie streckt die Zunge raus und schließt ein Auge, halb amüsiert und halb angewidert, als wollte sie das Emoji imitieren.

»Es sei denn, du willst mir dabei helfen«, sagt Mingus.

»Verpiss dich!«, lacht sie los.

Da packt er sie, zieht sie zu sich ran und will sie küssen.

Sie dreht sich weg. »Ulala Mingus, wir können auch einfach Freunde sein.«

»Ich hab mir das überlegt, Julie, ich weiß dass ich älter bin als du und all das, aber wir können zusammen sein. Ich würde dich und deinen Lifestyle respektieren, schließlich bist du ja eine eigenständige Frau mit eigenen Ideen und so. Was nicht heißen soll, dass das so eine offene Beziehung sein soll, aber ich denke, dass wir uns wirklich guttun würden. Ich helf' dir ein bisschen, von der Kifferei wegzukommen und du, na ja, du hilfst mir, voll und ganz ich selbst zu sein.«

Julie blickt aufs Wasser, als hätte er nichts gesagt.

Er senkt den Kopf. »Ja, vielleicht hast du recht, vielleicht passen wir nicht zusammen ... Oh, hey, ich hab bald ein richtiges eigenes Loft, nicht mehr die kleine Bude.«

»Ein Loft? *Du*? Wo willst *du* denn ein Loft herbekommen?«

»Wirst du schon sehen. Ich lade dich dahin ein und dann werden wir eine richtig gute Zeit haben und nicht mehr über all diesen Scheiß hier nachdenken müssen.«

»Das will ich sehen«, lacht sie. »Wenn du ein Loft hast, dann ... « sagt sie und küsst ihn auf die Wange.

48

Als Mingus im Curry am Grill steht und Würste umdreht, sagt Sam zu ihm: »Vergiss das Mädchen!«

»Ich kann nicht.«

»Die ist achtzehn, wie oft soll ich das noch sagen? Sie ist jung, dumm und wirr im Kopf oder was meinst du, wieso du auf sie aufpassen musst?«

»Ich bin kein Babysitter mehr.«

»Aber die Kleine macht dich verrückt, und dadurch leidet deine Arbeitsmoral, und das kann ich als Boss nicht zulassen«, sagt Sam.

Mingus weiß oft nicht, ob Sam sowas tatsächlich so meint, wie er es sagt. Seinem Gesichtsausdruck nach zu urteilen ist er todernst, aber andererseits schwingt in seiner Stimme immer eine leichte Ironie mit.

»Guck mal, klar, sie hat vielleicht den Körper einer Frau, aber da oben im Kopf ist sie immer noch ein Kind, und du bist nichts weiter als ihr Spielzeug.«

»Liebe. Die Liebe, Sammy.«

»Du spinnst ja völlig! Du hast deine Emotionen nicht im Griff. Du würdest dich auch in einen Ochsen verlieben, wenn er mit dem

Hintern wackelt. Hier, verlieb dich doch in mich«, sagt Sam, zieht seine Schürze hoch und wackelt mit dem Hintern. »Guck, ich hab auch einen süßen Arsch.«

»Sammy, immer noch die kleine Schwuchtel«, kommt eine Stimme vom Eingang.

Beide drehen sich um. Da steht einer in der Eingangstür vom Curry – ein gewisser Bunkmann. Nicht nur in Mingus Vorstellung, dafür diesmal tatsächlich als echte Person in der Realität anwesend. Mingus steht in absoluter Schockstarre da, keinen Muskel kann er noch bewegen. Hier ist kein Tagtraum vor ihm, keine Paranoia, nein, hier steht der echte Bunkmann in der Tür.

»Gut seht ihr aus, meine kleinen Gangster«, sagt er, der Bastard.

49

Es ist klar, Mingus kann nicht ewig im Currymex arbeiten, besonders nicht mit einem Psychopathen drin.

Wieder an dem mysteriösen Hochhaus über der Straße, muss er rausfinden, was diese 4D-Netz-Sache wirklich ist. Vielleicht seine letzte Hoffnung, in eine Art normales Leben zu finden, wenn er hier vielleicht einen richtigen, einen wichtigen und bedeutungsvollen Job bekommen würde und dann nicht mehr das ewige Würstchen-umdrehen-Spiel mitmachen muss.

An der Fahrstuhltür findet er ein Schild: »Außer Betrieb«

»Das ist nicht euer Ernst, oder?«, sagt er und guckt auf die Tür zum Treppenaufgang. Fünfzehn Stockwerke bis in das Büro, denkt er. »Scheiß auf diese Scheiße«, sagt er und geht mit ein paar Schritten zurück auf die Straße. Die vorbeirauschenden Autos betäuben seine Gedankenwelt und er merkt, dass, wenn er jetzt weitergeht, er direkt wieder in seinen Alltag reinläuft. »Scheiß Curry! FUCK!«, schreit er, bleibt stehen und guckt an dem Haus die fünfzehn Stockwerke hoch.

»Fünfzehn Stockwerke und kein Fahrstuhl, und das schon über mehrere *Wochen*?! Ich will mal sehen, wie die Dicke an der Rezeption *fünf* Stockwerke am Stück schafft, nur fünf!«, quatscht er, kurz darauf im Hausflur die Treppe nach oben, mit sich selbst. »*Fünfzehn*?! Wie soll die denn fünfzehn schaffen ohne Herztransplantation?! Und dann mehrmals die Woche?! Nie-mals!«, hallt es durch den ganzen Aufgang. »Tut mir leid, aber ich glaub‘s nicht! So, wo sind wir jetzt? Vier! Na toll, gerade mal der vierte Stock. Also, wenn diese dicke Sau da noch an der Rezeption sitzt, dann frag ich sie, wie sie hier raufkommt. Kein Guten Tag, kein Hallo, nein! Direkt – wie bist du hier raufgekommen? Ist ja keine ungewöhnliche Frage. Ich kann es ja mit einer Art Bewunderung sagen, um besonders nett zu sein. Wie schaffen Sie es eigentlich immer wieder die Treppe hinauf? Also für mich ist das die totale Quälerei, ich sag‘s Ihnen. Ach! Sie laufen Marathon und sind solche Strecken gewöhnt. Na Donnerwetter, das hätte ich jetzt irgendwie nicht gedacht – wo sie doch so FETT SIND! Fünfte Etage. Willkommen in der fünften Etage, Sie haben es fast geschafft. Nur noch ZEHN! Alles für das 4D-Netz. Erweitern sie ihre drei Dimensionen oder wie war das? So ein Quatsch. Wenn ihr die drei Dimensionen meines Lebens erweitern wollt, dann tut mir einen Gefallen und bringt Bunkmann um, diesen miesen, ekligen, dreckigen Hurensohn, diesen Bastard, den nie jemand eingeladen hat. Ach, das können Sie für mich tun? Na, da bin ich Ihnen ja zu ewigem Dank verpflichtet. Nein ehrlich, eine Zusage hatte ich hier gar nicht erwartet, wie zuvorkommend von Ihnen. So, sechs«, stöhnt Mingus und geht in die Knie. »Nur noch neun Stockwerke, wunderbar.«

Der Würfel neben der Fernsehturmkugel ist *die* neueste Touristenattraktion von ... Sonstwo! Ist doch wunderbar, denkt Mingus, die

Franzosen haben den New Yorkern eine Freiheitsstatue geschenkt, und uns hat man eben einen Würfel geschenkt. Ja, so ein dämlicher Würfel passt ganz gut zu Berlin und Deutschland im Allgemeinen – kein großes Geschnörkel, einfach, quadratisch und praktisch, denkt er. Sowas lässt sich doch bürokratisch ohne großen Aufwand überall eintragen. Sie möchten ein Kunstwerk hier aufstellen? Gerne. Welche Form? Einen Würfel? Aber sicher. Größe? Wie ein LKW-Anhänger? Ein LKW-Anhänger ist aber ein Quader, kein Würfel. Ein halber LKW-Anhänger? Sagen Sie das doch gleich. Ja, dann haben wir wieder einen Würfel. Eingetragen, Stempel drauf, genehmigt. So, jetzt können Sie Ihren Würfel hinstellen, wo Sie wollen. Ach, direkt neben den Fernsehturm, aber sicher. Warum auch nicht?

Mingus schafft es in den elften Stock und blickt auf den fiesen Ameisenhaufen, den Touristen Berlin nennen, eine Stadt, die einem jeden Nerv raubt, wenn man nicht aufpasst. Der riesige Würfel neben der Fernsehturmkugel hat sich in den letzten Wochen noch immer keinen Zentimeter bewegt. Ich hoffe, er fällt einfach irgendwann runter und zerquetscht alles und jeden unter sich, denkt Mingus und schleppt sich stöhnend ins zwölfte Stockwerk.

Das wäre ein Anblick, denkt er im dreizehnten Stock, einfach herrlich.

Aber auch ein bisschen schade um die Opfer, denkt er im vierzehnten.

Als Vorstellung aber schon sehr amüsant, denkt er im fünfzehnten, und kniet tief atmend vor einer unbesetzten Rezeption. »Sag ich ja, niemand da. Es gibt keine Dicke, die jeden Tag hier raufklettert. Könnt ihr vergessen. Das hier ist Bergsteigen.« Er pustet.

Er guckt den Gang links runter, dann den Gang rechts runter.

»Haaallooo! Jemand hier?«, ruft er. «Irgendjemand DA?«

»Der Mann, der sich Mingus nennt«, kommt eine Stimme vom Ende des linken Ganges. Dann erscheint eine Silhouette, die langsam immer näher kommt, bis sie schließlich vor Mingus im Licht steht – ein ziemlich alter Mann in einem abgetragenen Anzug und einer Akte unterm Arm, mit einem warmen Lächeln. »Der Mann, der sich Mingus nennt. Interessanter Name. Woher kommt der? Lassen Sie mich raten. Skandinavisch?«, grinst er, als hätte er richtig geraten.

»Ich glaub, ich sollte erst Marcus heißen, hat sich dann aber im letzten Moment irgendwie doch noch geändert.«

»So is das also«, sagt der Alte und mustert den jungen Mingus etwas amüsiert. »Ist das okay für Sie, wenn ich Sie duze? Machen wir hier alle so. Ist einfach ein bisschen persönlicher, wissen Sie.«

»Ja, klar.«

»Na schön, wunderbar. Also, Herr Mingus, Ihre Beschwerde wurde bearbeitet, aber ich kann Ihnen nur 10,000 Euro als Entschädigung anbieten und wir vergessen das Ganze. Ist das in Ordnung für Sie?«

Mingus guckt den Mann misstrauisch an.

»Ha, da hab ich Sie jetzt aber mal schön auf den Arm genommen was?!«, lacht der Alte los. »Siehst du, so einfach geht das. Aber nun mal Schluss mit den gesellschaftlichen Reibereien. Kommen Sie mal mit«, sagt er und geht mit schwerem Gang den Gang wieder runter.

Mingus folgt ihm und fragt sich, wie er diese Art von Humor deuten soll. Aber vielleicht ist er in einer würfelbesetzten Welt ganz angebracht, denkt er, bis sie in einem Büro ankommen.

Der Raum hat nur einen Tisch und zwei Stühle. Sie setzen sich einander gegenüber. Der Alte breitet die Akte vor sich aus, nimmt einen Kugelschreiber und guckt Mingus erwartungsvoll an. »So, dann erzählen Sie mal.«

»Ich dachte, wir wären beim Du?«

»Ach ja, sehen Sie, das vergesse ich immer.«

»Na gut, egal. Worum geht es denn hier bei 4D jetzt eigentlich?«

»Dazu kommen wir noch. Erzählen Sie erstmal ein bisschen von sich – wo Sie herkommen, was Sie so machen.«

Mingus sieht aus dem Fenster und zögert einen Moment.

»Ich bin Mingus aus Berlin.«

»In Berlin geboren?«

»Ja.«

»Interessant. Ich sehe, Ihnen fehlen zwei Finger, was ist da passiert?«

»Was?«

»Ihre Finger. Was ist da passiert?«

»Was soll *das* denn jetzt? Das geht Sie ja mal gar nichts an. Ich dackel hier wie ein Idiot zweimal fünfzehn Stockwerke rauf, habe keine Ahnung, worum es bei Ihrem 4D-Netz-Zeugs eigentlich geht, Sie wissen einfach nicht, ob Sie mich duzen oder siezen wollen und fragen mich jetzt die persönlichsten Dinge.«

»Und das erregt sie?«

Mingus kichert genervt. »Ja, erregen. Klar, das ist einfach nur dümmlich und nicht sonderlich professionell, das kann ich Ihnen aber mal sagen.«

Der Alte notiert etwas in der Akte. »Haben Sie noch Schmerzen in der Hand?«

»Ja, habe ich, wenn Sie's wissen wollen. Unfassbare Schmerzen.«

»Auch in den fehlenden Fingern?«

Mingus blickt auf seine Stummel. »Ja«, sagt er.

»Das sind Phantomschmerzen. So nennt man das.«

»Ich weiß.«

»Der Geist hat sich mit dem Verlust der Finger noch nicht abfinden können, deshalb der Schmerz.«

Mingus steht auf. »Also, ich glaub, ich bin hier fertig.«

»Setzen Sie sich noch mal, das ist alles Teil der Tests, denn hier bei 4D nehmen wir nicht jeden auf.«

Mingus guckt aus dem Fenster. »Ich glaub, das ist hier nichts für mich.«

»Weißt du, was bei Phantomschmerzen hilft?«

»Was?«

»Eine Prothese.«

50

Etwas später steckt ein Arzt Mingus eine Zweifingerprothese an seine Handstummel. »Das kann auch gegen die Phantomschmerzen helfen«, sagt er.

Mingus stellt sich vor einen Spiegel und guckt die Hand mit den Plastikfingern etwas skeptisch an. Er verzieht das Gesicht, als er feststellt, dass das Aufstecken der falschen Finger jetzt zu seiner täglichen Routine gehört.

51

Als er am Abend an seiner Konsole Aliens abballert, bemerkt er nach einer Weile, dass die Phantomschmerzen tatsächlich weg sind. Rein mental scheint das Plastik zu wirken, aber besser kann er die Aliens im Spiel mit den künstlichen Fingern nicht treffen. Kleiner- und Ringfinger fehlen einfach, um schnell genug Munition nachzuladen und die Viecher zu erschießen.

»Da arbeitet man sich gerade in den neuen Job ein, weiß, was da zu tun ist, und dann taucht dieses miese Drecksschwein auf«, sagt er zu dem kleinen Spionage-Würfel, der mal wieder, scheinbar ganz unschuldig, in der Wohnung schwebt. »Ich sag dir, man sollte ihn wie ein Würstchen zerhacken und dann an Löwen verfüttern ... Ich treff die Dinger hier einfach nicht mit diesen verfickten Plastikfingern, das ist doch scheiße, Mann!«, schreit er und schmeißt den Controller in die Ecke. Dann guckt er den kleinen Flieger an, überlegt und zwinkert nervös.

»Aber diese 4D-Sache scheint ja doch ganz interessant zu sein. Was meinst du, soll ich da anfangen?«

52

Am nächsten Morgen spielt das Radio in seiner Küche klassische Musik, die ihn ein wenig beruhigt. Er öffnet das Fenster, und so bekommt die Nachbarschaft auch etwas Kultur ab. Seine Hand zittert, er trinkt Kaffee, sieht aus dem Fenster und versucht sich mental darauf vorzubereiten, wieder für Stunden am Grill zu stehen.

»Mini, mach mir eine Wurst. Schön scharf. Hörst du?«, sagt Bunkmann, der ihm am Tisch gegenübersitzt. Er terrorisiert ihn nicht nur im Alltag, auch in seiner Gedankenwelt lässt er ihn nicht in Ruhe. Mingus dreht das klassische Geigenspiel lauter, sodass es ganz Berlin hören kann und drückt seine Handballen auf die Augen, damit er Bunkmann vor sich nicht sehen muss.

Unter der Dusche spült er wieder seinen Kopf, Arme und Beine eiskalt ab, was sein Hirn und Körper schockgefriert und seine Gedankenwelt neu anordnet.

53

»Schon wieder?!«, stöhnt Mingus völlig genervt im 15-stöckigen Gebäude vor dem kaputten Fahrstuhl.

Als er sich gerade damit abgefunden hat, das Hochhaus allein mit körperlicher Kraft zu erklimmen, öffnen sich zwei Metalltüren neben den Fahrstuhltüren.

»Herr Mingus! Da sind Sie ja schon. Pünktlich auf die Minute«, sagt der Alte. »Kommen Sie, heute müssen Sie nicht laufen.«

»Was ist das? Ein Lastenaufzug?«

»Die normalen Fahrstühle sind ja zurzeit kaputt.«

»Und ich hatte mich schon gewundert, wie die Dame an der Rezeption immer zu ihrem Arbeitsplatz kommt.«

»Was denn, die Dicke?«, lacht der Alte. »Hatten Sie wirklich gedacht, die nimmt jeden Tag die Treppe?«

»Ich hab's nicht komplett ausgeschlossen, sagen wir mal so.«

Da lacht der Alte noch lauter. »Das wär ein Schauspiel! Glauben Sie mir, die würde sich direkt am ersten Tag krankschreiben lassen.«

Mingus findet es nicht so besonders witzig, lacht aber mit.

Die Türen des Lastenaufzugs schließen. Der Alte drückt auf den Knopf und der Aufzug setzt sich ruckartig und laut in Bewegung.

»Heute, Herr Mingus, heute müssen Sie nicht laufen, denn heute sehen Sie, was sich wirklich hinter 4D-Netz verbirgt. Aufgeregt?«

Mingus nickt.

»Der Name 4D-Netz ist so alltäglich, da kommt doch nie jemand auf ein geheimes Projekt, oder was meinen Sie?«

»Ich denke nicht«, sagt Mingus.

»Das denke ich auch nicht. Ziemlich genial. Ich fasziniere mich manchmal für so kleine Dinge.«

Mingus nickt wieder.

»Jaja, hab ich mir ja auch ausgedacht.«

»Den Namen?«, fragt Mingus.

»Herr Mingus!«, wird der Alte plötzlich streng. »Ich schätze Sie als loyal ein, lieg ich da richtig?«

Mingus versucht zu vermuten, worauf der Alte hinaus will und sagt einfach sicherheitshalber mal »Ja«, und tut so, als könne ihn nichts aus der Ruhe bringen.

»Das ist gut. Wichtig für das, was Sie tun werden. Verstehen Sie?«

»Ich denke ja.«

»Also kann ich mich auf Sie verlassen?«

»Ja, können Sie.«

»Sie dürfen zu niemandem auch nur einen Ton darüber verlieren, was Sie hier genau machen. Geht das in Ordnung?«, schreit ihn der Alte fast an, obwohl der Aufzug gar nicht so entsetzlich laut ist.

»Ja.«

»Gut. Das ist gut. Und deshalb möchte ich, dass Sie in ihrem Leben keine großen Veränderungen vornehmen. Behalten Sie Ihre Routine einfach bei. Behalten Sie Ihren Job, machen Sie das, was sie üblicherweise auch tun, nur mit dem Zusatz, dass Sie Informationen von mir bekommen, ein paar Dinge erledigen und mir Informationen bringen. Es wird sich für Sie lohnen, glauben Sie's mir.«

Mingus versucht ernst zu bleiben, um zu zeigen, dass er seine Aufgaben auch ernst nehmen wird, aber bei dem Gedanken von gutem Verdienst und irgendwann nicht mehr im Curry arbeiten zu müssen, kann er sich ein Lächeln nicht verkneifen.

»Wie heiße ich?«

Mingus schüttelt fragend den Kopf. »Ich weiß nicht.«

»Wie unhöflich von mir, mich nicht vorzustellen, oder?«, grinst der Alte. »Aber das wird auch so bleiben. Gewöhnen Sie sich daran, dass ich alles über Sie weiß, aber Sie nichts über mich. Können Sie damit leben, Herr Mingus?«

»Ja, das ist kein Problem.«

»Gut. Sie haben die anfänglichen Tests gut bestanden. Es tut mir leid, dass ich Sie anfangs so grob angegangen bin, aber ich musste sehen, wie Sie reagieren.«

»Das ist okay.«

»Wie ist es mit der Prothese?«

Mingus schaut seine rechte Hand an. »Es ist okay. Juckt ein bisschen, aber sonst ganz gut.«

»Freut mich ... Sie werden heute nochmal ein paar Tests machen müssen, damit wir Sie bestens einschätzen können. Einen IQ-Test und so.«

Mingus nickt wieder. Langsam wird's interessant, denkt er und hofft, vom Curry bald ganz weg zu sein.

»Wie man das Blatt dreht oder wendet, die Welt geht unter, ob mit Würfel oder ohne. Aber durch das Würfelphänomen sieht man, dass die Menschen mit außerirdischem Leben und der Vorstellung von anderen Welten überfordert sind. Ob es nun UFOs sind oder irgendetwas anderes, spielt da nicht mal eine Rolle.«

»Ich habe ja auch eine Theorie zu den Dingern.«

»Das hat jeder, Herr Mingus. Das hat jeder.«

Da öffnet sich die Tür des Lastenaufzugs, und vor Mingus erscheint ein Stockwerk, gefüllt mit Bürotischen mit Akten drauf und Leuten an ihren Computern, so groß wie bei einer Tageszeitung. Der Alte grinst, macht Anführungszeichen mit seinen Fingern und sagt: »Willkommen beim 4D-Netz.«

Sie gehen durch den großen, lauten Raum durch einen langen Gang, bis der Alte Mingus in einen Einzelraum bringt und ihn ein paar Tests machen lässt, damit man Mingus bestens einschätzen kann, wie er sagt.

Danach zieht der Alte sich und Mingus einen Kaffee aus einer Maschine. Sie setzen sich in sein Büro, das mit Akten gefüllt ist. Im Hintergrund läuft leise das Radio.

»Und es gibt keine Chance, die Welt zu retten?«, sagt Mingus.

Der Alte zögert und nimmt einen Schluck aus seinem Becher. Dann dreht er das Radio weiter auf. »Kennen Sie das?«

Mingus bemerkt, dass es die Symphonie ist, mit der er am Morgen Moabit beschallt hatte, lässt sich aber nichts anmerken.

»Das Geigenspiel geht direkt ins Herz.«

Mingus ist überrascht, wie offen der Alte ihm gegenüber ist. Er fühlt sich aufgenommen und wird bestimmt bald in die Tiefen des sogenannten 4D-Netzes und in all ihre Geheimnisse eingeweiht werden, denkt er.

»Bin ich nicht Ihr Agent, der Ihnen hilft, die Welt zu retten?«

Dem Mann rollt eine Träne aus dem Auge, er wischt sie schnell weg und senkt seinen Kopf. Dann hebt er den Kopf wieder und grinst. »Sie wären auf jeden Fall der Richtige«, sagt er, macht das Radio noch lauter, zündet sich eine Zigarette an, gibt auch Mingus eine und die beiden lauschen Vivaldis Geige, bis der Alte seine Zigarette ausdrückt, ihn anguckt und sagt: »Willkommen im Team, Junge.«

54

Eine Zigarette brennt auch in Mingus Küche, im Radio spielt ein klassisches Lied zu Ende und er merkt, dass er wieder ins Curry muss.

Später brennt ebenso eine Zigarette im Hinterhof vom Currymex, in Mingus halber Plastikhand. Sein Blick ist im Himmel gefangen, er zählt Würfel, die durch Wolken sausen. »Fünf, sechs, sieben ... « Es wundert ihn, sie plötzlich in so großer Anzahl zu sehen und er fragt sich, ob vielleicht tatsächlich eine Invasion bevorsteht.

»Eyyy! Was ist *das* denn hier?!«, brüllt eine Stimme durchs Curry.

Mingus drückt hastig seine Kippe im Aschenbecher aus und rennt in den Laden. Das ganze Curry ist in Rauch gehüllt. Sam steht mit Kartons in den Armen im Eingang.

»Was ist, Boss?«

»WAS IST HIER LOS?! Wieso ist das hier so verqualmt?!«

»Der Abzug ist kaputt.«

»Quatsch!«, schreit Sam, stellt die Kartons auf der Theke ab, geht zur Abzugshaube und schaltet sie ein. Dann nimmt er mit einer Zange eine völlig verkohlte Wurst auf und hält sie ihm hin. »Mingus! Wo bist du mit deinem Kopf?«

Mingus schmunzelt. Gerne hätte er Sam erzählt, dass er jetzt eine Art Agent ist, aber er hatte ja dem Alten versprochen, niemandem was von seinem Auftrag zu sagen.

»Was gibt's denn da zu grinsen? Pass auf, ich hab fürs Wochenende eine große Lieferung, und so gerne, wie ich die Löwen besuche, kann ich es mir nicht leisten, das ganze Fleisch an sie zu verfüttern.«

»Okay.«

»Heute schon Kunden da gewesen?«

Mingus schüttelt den Kopf. »Nee.«

»Mist. Na ja, der Tag ist noch jung. Hör zu, ich schmeiß heute erstmal den Laden. Du hol meinen Van aus der Werkstatt und dann fahr zu unserem Getränkelieferanten. Die haben mit der letzten Bestellung Mist gebaut. Und noch was, lass dir da keinen Scheiß erzählen.«

Mingus nickt. »Geht klar.«

»Na, da bin ich aber froh, dass das klargeht. Echt. Guck dir das mal an, ich muss hier doch erstmal ne Stunde lüften und alles. Wo bist du mit deinem Kopf? Junge, Junge, Junge ... «, muss Mingus sich noch eine ganze Weile Gemecker anhören, bis Sam in der Küche endlich den Abholschein für seinen Kleintransporter findet.

55

Etwas später kommt Mingus in einer Garage an, in der er von einer kleinen Frau die Schlüssel für Sams alten, teils blauen und teils schon rostfarbenen Kleintransporter bekommt. Er setzt sich rein und fährt aus der Garage. Er beneidet Sam um sein Leben – er hat einen Laden, einen Transporter und irgendwie alles im Griff. Mingus dagegen ist schon dreißig und hat nichts. Bis auf einen Nervenzusammenbruch. Er hält an einer Autobahnraststätte, um sein Leben nochmal zu überdenken, dreht sich mit seinen gelben Nikotinpfoten mit Plastik dran eine Zigarette. Kein Girl, kein Geld und nur dieses am Grill stehen bringt einen doch auch nicht weiter. Und dann muss man sich noch dieses ewige Gequatsche von Sam anhören. Und wer ihn kennt, weiß, wie er einen ohne Ende volltexten kann, denkt er und rast bald wieder auf die Autobahn. Er macht das Radio an, hört wieder Klassik und stellt fest, dass er sich wirklich Mühe geben muss, der beste Spitzel zu sein, der er sein kann und dem Alten wertvolle Informationen bringen muss, während er noch mehr aufs Gas drückt.

Der Alte hatte ihm bestätigt, wie toll Klassik sein kann. Die Symphonie im Radio ist böse, und die Streicher holen in Mingus den Schuft, den Schurken des 17. Jahrhunderts, hervor und er merkt, dass er nicht nur auf Anweisungen des Alten warten kann, nein, er muss seine eigenen Pläne schmieden – und es ist höchste Zeit, sein verdammtes Leben voll und ganz in die Hand zu nehmen. Niemand würde ihn davon abhalten können, merkt er, weder Bunkmann, der fette Hurensohn, noch sonst irgendjemand. Und er bemerkt durch die bösartigen Streicher, dass er keine Angst mehr vor dem Tod hat. Er ist zu einer Schachfigur seines eigenen Lebens geworden. Keine Konsequenz der Realität kann ihm noch Schmerzen bereiten, nicht mal zwei fehlende Finger. Er ist in seinen Gedanken unsterblich geworden und reißt das Lenkrad rum, runter von der Autobahn.

Julie, der kleinen Schlampe, wird er jetzt mal zeigen, was wirklich in ihm steckt, denkt er und brettert mit dem Van an einem Schulschild vorbei.

Das Radio bringt wieder ewiges Gerede über Würfel und dass man nichts über sie wisse, es alles sehr gefährlich und zum Verzweifeln sei, weil so viele Gesetze durch die Teile geändert werden müssen. Mingus kotzt das Gequatsche der Verzweiflung an, denn er ist nicht auf dem Pfad der Unwissenheit, er ist auf dem Pfad des Herausfindens.

Ein kleiner Junge rennt einem Ball auf der Straße hinterher.

Eine andere Symphonie erklingt und Mingus summt und pfeift die Melodie mit. Er rast und freut sich jetzt, den Lieferauftrag für Sammys Laden übernommen zu haben, so steht er wenigstens nicht am Bratfett.

Der Junge bekommt den Ball zu greifen und schreit vor Freude los.

Da sieht ihn Mingus noch im letzten Moment und macht eine Vollbremsung.

Die Mutter des Kleinen reißt ihren Jungen vor dem Wagen weg, schreit und beschimpft Mingus laut.

Er pustet vor Schreck.

Die Frau hämmert gegen die Motorhaube.

Mingus ist starr, und die fröhlichen Streicher verwandeln sich in eine mitleiderregende Symphonie. Er starrt einen Moment ins Nichts, schaltet das Radio aus und schlägt sich dann mit der rechten Hand ins Gesicht. Die Prothese wabbelt. »Hör auf zu jammern!«, schreit er sich an, während die Mutter ihm weiter die schlimmsten Beleidigungen, die man sich ausdenken kann, zuruft. Er nimmt sein Handy und tippt eine Nachricht ein. Während mehr Leute auftauchen und ihn wüst beschimpfen, muss er den jaulenden Wagen wieder anbekommen. Er nimmt sein Handy wieder raus und löscht die Nachricht, die er gerade noch verschickt hat. Wieder versucht er den Transporter zu starten. Wieder nimmt er sein Handy und tippt eine Nachricht ein, während es um ihn tobt. Ein paar Sekunden darauf löscht er sie wieder, bis Julie acht gelöschte Nachrichten mehr oder weniger empfangen hat – denn früher oder später wird sie sehen, dass er ihr Nachrichten geschickt hat und sie dann wieder gelöscht wurden.

Der Wagen springt an und er grinst die fluchende Meute breit an. Zeit, wieder zum Schurken zu werden, denkt er. Ob man es nun Yakuza, Agent oder sonst wie nennt, ist ihm völlig egal.

Dann sieht die kleine Julie mit ihrem süßen französischen Akzent eben, dass er ihr acht Nachrichten geschickt hat, na und wenn schon! Sie ist ein kiffendes Kind ohne Lebenserfahrung, und was Liebe ist, weiß sie schon gar nicht.

Beim Getränkelieferanten angekommen, belädt er den Van, bedankt sich und fährt dann schnellstens zurück auf die Autobahn, Richtung Currymex.

Innerhalb der Stadt führt die Autobahn geradewegs durch Wohnviertel, und er fährt durch eine Gegend, an der die Häuser besonders nah an der Autobahn stehen. Tiefschwarze Wolken bilden sich in dem sonst blauen Himmel. Er liebt es, an dieser Stelle mit dem Wagen durch die Stadt zu rauschen und fragt sich, zu was die Würfel alles in der Lage sind und ob sie vielleicht das Wetter manipulieren. Vielleicht steuert er geradewegs in ein riesiges, von aliengemachtes Unwetter, der Hölle auf Erden, zu. Aber vielleicht hat er auch einfach nur zu viel Mist aus dem Radio aufgeschnappt und wird langsam noch paranoider, als er ohnehin schon ist.

Schon merkwürdig, noch vor ein paar Jahren stellten sich fast alle Aufnahmen von UFOs als Fälschung heraus, und jetzt ist es das gleiche mit Aufnahmen von Würfeln, die die Erde angreifen – keine einzige Aufnahme kann davon echt sein, ist er sich sicher. Und wer hätte gedacht, dass UFO-Erscheinungen derart nichtssagend, simpel und alltäglich sein können, denkt er. Als das Ganze vor ein paar Jahren begonnen hatte, musste Mingus jeden Morgen aufs Neue feststellen, dass nun dieses Würfelspiel Teil seines und das Leben aller geworden ist. Hier, während der Fahrt, wird ihm aber viel wichtiger, wann er endlich seine Wohnung zum Loft umbaut. Er muss etwas von seinem Curry-Gehalt nehmen, kombiniert mit dem, was er offiziell bei 4D verdienen würde. Dann kann es schon bald Realität werden, das ganz eigene Loft mitten in Berlin.

56

Am nächsten Morgen kommt endlich die erste SMS von dem Alten, zwar noch kein Auftrag oder Zielperson, dafür aber

Anforderungen an ihn selbst: »Halten Sie sich fit, machen Sie Sport, gute Ernährung, ausreichend Schlaf, damit Sie, wenn es richtig los geht, absolut bereit sind, jeden Auftrag anzunehmen.« Mingus muss beim Lesen der SMS schmunzeln, aber dann nimmt er sie doch ernst und macht erstmal Liegestütze unter seinem »I WANT TO BELIEVE« UFO-Plakat. Seine Hand schmerzt, aber er beißt auf die Zähne und macht weiter. Er will und muss durchhalten, er darf den Alten nicht enttäuschen. Nie zuvor hat er mit jemandem so schnell ein derart großes Vertrauensverhältnis aufgebaut, wie mit dem Alten, obwohl er ja eigentlich nichts über ihn weiß. Irgendwie macht das Mingus aber gar nichts aus. Sie sind zwei Männer, einer jung, der andere alt, die für eine Sache arbeiten und Mingus muss sich eingestehen, dass er nicht der große Erfinder ist, wie er einst gehofft hatte. Jetzt muss er sich für etwas Gutes und Sinnvolles aufopfern, und vielleicht kann er aus dem Hintergrund das Weltgeschehen beeinflussen, wer weiß das schon, heute ist doch schließlich alles möglich, denkt er.

Früher waren es die UFO-Skeptiker, und heute sind es dieselben, die meinen, dass man nichts gegen die angekommenen Würfel tun oder rausfinden kann. Sie bekommen häppchenweise ihre gekauften Probleme und

Lösungen serviert ohne sich zu trauen, selbst einen Gedanken zu äußern, denkt Mingus, während er sich mit schmerzverzerrtem Gesicht zur achtzehnten Liegestütze hochdrückt und stöhnt. »Wo seid ihr alle hin, ihr großen Philosophen, seid ihr alle vor Jahrtausenden mit Griechenland untergegangen?«

Da piept sein Handy auf dem Couchtisch und er guckt gespannt nach, ob es wieder der Alte ist. Er kann sich nicht erinnern, mal derart aufgeregt gewesen zu sein, eine Arbeit zu beginnen.

Julie hat ihm auf seine gelöschten Nachrichten, mit einem Emoji geantwortet, das sich totlacht. All seine Konzentration verfliegt und er überlegt, was er antworten kann. Sie hat sich nicht die Mühe gemacht, ihm etwas zu schreiben, andererseits hat er ihr keine richtige Nachricht geschickt. Was ist da eine angebrachte Antwort, fragt er sich.

57

Wieder mal auf ihrer Parkbank am Kanal sagt Mingus: »Diejenigen, die früher glaubten, dass wir die einzigen im gesamten Universum sind, sind dieselben, die jetzt sagen, dass man nichts über Würfel wissen kann.«

»Das hast du schon mal gesagt, Mingus.« sagt Julie neben ihm.

»Kann man ja nicht oft genug wiederholen.«

»Und was willst du jetzt machen?«

»Ich weiß nicht, wir können hier noch ein bisschen sitzen oder spazieren oder ein Eis essen oder so.«

»Nein, ich mein, du hast gesagt, du willst nicht ewig im Curry arbeiten.«

»Ach ja, das«, sagt Mingus und überlegt.

»Du hast ja neue Finger.« sagt sie.

»Ja. Neu«, lacht Mingus, »das wär schön.«

»Kannst du damit jetzt besser...«

»Ich kann damit weder besser noch schlechter wichsen, ok, ok. Außerdem ist Masturbation verschwendete Energie.«

»Is ja gut«, sagt sie. Dann lächelt sie mit ihrem dezent aufgetragenen Lippenstift. »Und Sex? Ist Sex auch verschwendete Energie?« sagt sie und springt in ihrer hautengen, hellblauen Jeans und dünnem weißen Top auf. »Na komm!«

»Was meinst du?«

»Tu doch nicht so, als wolltest du nicht die ganze Zeit schon.«

»Was?«

»Du weißt schon.«

»Was.«

»Mit mir ficken, du Idiot.«

Mingus erstarrt als wäre er eine Steinskulptur. Sein Mund wässert. »Ich muss zur Arbeit. Ich muss in dieses scheiß Curry.«

»Hmm. Zu schade«, sagt sie und springt umher, als würde sie sich für einen Ballettauftritt vorbereiten. »Jaja, in deinen Träumen bist du bestimmt reich, wohnst in einem riesigen Palast und musst nicht am Grill stehen.«

»Du hast heute aber besonders viel Energie, kann das sein?« sagt Mingus, steht auf und fängt an, seinen Pullover auszuziehen.

»Ich habe zwei Tage nicht gekifft. Ich dreh voll durch,« sagt sie und springt weiter. »Hast du schon dein Loft, du Träumer?«

Da steht Mingus mit nacktem Oberkörper in der Sonne. »Noch nicht«, sagt er.

»Jo, Mingus! Was geht denn bei dir ab? Was ein geiles Tattoo!«

Er grinst stolz. »Sowas haben Yakuzas.«

Sie fasst seine Brust an. »Jetzt musst du nur noch trainieren, dann bist du richtig geil,« lacht sie.

»Okay«, sagt er, setzt seine Zehn-Euro-Sonnenbrille auf, die er von Sam zum Geburtstag bekommen hatte und zündet sich eine Zigarette an.

Da lacht Julie laut los. »Was ist denn mit dir los? Willst du mich geil machen oder was?«

Er schluckt und denkt, dass er irgendwie cool bleiben muss, um die Kleine zu überstehen. Er muss seine Gefühle tief in seinem Unterbewusstsein vergraben, um der Beste sein zu können, der er sein muss, um da anzukommen, wo er hingehört – weit weg vom Curry und allem, das an ihm schon ewig nagt. Vielleicht auch weg von dieser Stadt, die ihn sonst irgendwann noch auffrisst.

»Also, bekomm ich auch eine?«

»Klar«, sagt Mingus und hält ihr die geöffnete Schachtel hin.

58

Auf seiner Klappcouch unter dem UFO-Poster versucht er Julie immer wieder mal zu küssen. Sie dreht sich immer wieder weg. »Okay, dann eben nicht«, sagt er schließlich.

»Woher willst *du* denn ein Loft bekommen? Sowas ist total teuer.«

»Ich weiß. Aber glaub mir mal, ich werde eins bekommen und wenn es das letzte ist, was ich tue.«

»Was du immer für Sprüche draufhast. Aber ich kenne so Typen wie dich, die immer nur reden.«

»Jaja, wirst du noch sehen.«

Da brummt sein Handy. »Scheiße, wie spät ist es?« sagt er, guckt ins Handy und sieht dass ihn sein Chef anruft. »So eine Scheiße, was soll ich denn jetzt Sammy sagen?«

Julie springt auf ihn, geht durch ihr langes Haar und stößt sich auf und ab, als würde sie ihn reiten. »Sag ihm die Wahrheit. Dass du hierauf nicht verzichten kannst.«

»Pssscht«, macht Mingus und hält sich den Zeigefinger vor den Mund. »Sammy! Ja, hey! Du, ich hab hier gerade eine kleine Katastrophe und, und, und total die Zeit ver... vergessen.«

Sam flucht so laut, dass Julie jedes Wort hört. Sie reitet Mingus noch wilder und stöhnt.

»Nichts ist bei mir los. Gar nichts. Ja, ja, okay, kein Problem. Okay Sammy, ja komme, ich bin gleich da. Ja, es tut mir echt leid. Nein, es kommt nicht wieder vor, versprochen.«

Julie streckt ihren Hintern nach oben, schiebt seinen Pullover hoch und küsst seinen Bauch.

»Ja mach ich, ja wirklich, alles klar, bis gleich«, sagt Mingus und legt das Handy neben sich. »Was machst du da?« bettelt er fast, dass sie aufhört. »Ich, ich muss los.«

Julie bahnt ihre Küsse weiter an ihm runter.

»Bitte nicht«, sagt er »ich muss in dieses scheiß Curry, tut mir ja leid.«

Von seinem Gürtel aus guckt sie ihn mit einem Schmunzeln an. »Du musst ja genug fürs Loft verdienen, ja?«

»Sam ist mein Freund, ich kann ihn nicht hängen lassen.«

»Und was ist mit mir? Erst machst du mich feucht und jetzt musst du auf einmal los?«

Mingus guckt sie einen Moment an. »Dann müssen wir uns aber beeilen.«

»Beeilen?« Lacht sie. »Nein, danke.«

59

Die klassischen Streicher in seinen Kopfhörern sind dramatisch, während er auf dem Fahrrad durch die Straßen Richtung Kreuzberg rast.

Er stürmt ins Curry, da steht Sam da und starrt die Wand an. Der Laden ist völlig leer, nicht ein Gast. Und Sam steht da, als hätte er nicht mal bemerkt, dass Mingus vor ihm steht.

»Was machst du?«, sagt Mingus.

Sam starrt einfach weiter angestrengt an die Wand.

»Hallooo! Sammy! Was geht‘n ab?!«

Sams Blick wandert langsam zur Decke, während er durchs Curry spaziert. »Ich glaube, ich werde den ganzen Laden umgestalten. Oder was meinst du?«

»O Mann, scheiße.«

»Oder? Sag doch mal. Findest du das Curry einladend?«

»Keine Ahnung.«

»Kannst doch mal was dazu sagen, schließlich arbeitest du hier.«

»Du hast dich am Telefon angehört, als wär hier die Hölle los.«

»Ist doch völlig egal, wie viel hier los ist, es ist deine Arbeitszeit und ich erwarte Pünktlichkeit. Regel Nummer Eins. Also was meinst du, umbauen oder so lassen?«

Mingus wischt sich völlig außer Puste den Schweiß von der Stirn. »Ich weiß nicht, vielleicht könnte man an der Speisekarte was machen.« sagt er.

»Wieso *das* denn?! Du spinnst ja... Ich muss hier irgendwie mehr Kundschaft reinbekommen. Komm, wir gehen mal vor die Tür und gucken, ob wir hier jemanden reinlotsen können.«

Die beiden setzen sich vor den Laden. Ein Würfel zieht durch den Himmel, als wäre es das normalste der Welt und irgendwie ist es das auch.

»Bock auf ne Curry?«, sagt Sam zu einer jungen, blonden in Stiefeln.

»Nee, lass mal, ich lebe vegan«, sagt sie und geht weiter.

»Vegan, mit Stiefeln im Sommer«, amüsiert sich Sam und stößt Mingus an. Der nickt und setzt ein gespieltes Lächeln auf, während er etwas ins Handy tippt. Er sieht, dass Julie seine Nachrichten liest, aber nicht antwortet.

60

Später zapft er Bauarbeitern Bier. Immer mal guckt er ins Handy, in der Hoffnung, dass Julie bald antwortet. Er verliert die Geduld und schreibt eine neue Nachricht, in der er anfängt, seine Gefühle zu formulieren und eine paar Dinge der Kleinen gegenüber klarzustellen. Da reißt ihn plötzlich eine Stimme heraus. »Ey, machst ma nen Bier«, sagt sie.

Die Stimme kommt ihm bekannt vor und Mingus blickt auf. Da steht plötzlich einfach so Bunkmann vor ihm, guckt nach links und rechts und scheint sich sehr wohl hier zu fühlen, als wäre nie etwas passiert. Mingus kann den Hundesohn nicht fassen und ist sich ziemlich sicher, dass das hier keine Halluzination ist. Sofort jagen furchtbare Phantomschmerzen durch seine zitternde Hand. Sein Herz schlägt schneller und schneller. Er starrt den Typ vor sich an. Tief hasserfüllt geht er mit schwitziger Drei-Finger-Hand unter die Theke und umgreift das Messer, mit dem er immer die Würste schneidet. Er hält es fest in der Hand, ohne den Blick von dem Bastard zu nehmen.

»Also, was is los? Mach mal nen Bier klar«, sagt Bunkmann.

Jeden Moment wird Mingus ihn, wie ein Yakuza es tun würde, aufschlitzen. Jeden Moment ist der Hurensohn ein Kopf kürzer oder ihm spritzt einfach das Blut aus dem Hals, überall auf die ganze Theke. Dann wird sich Sammy über die Sauerei beschweren, und Mingus wird mit den Achseln zucken, grinsen und sagen: »Tschuldigung, Boss, das hat sich irgendwie so ergeben.« Dann wird er alles wegwischen müssen, und dann werden sie den Leichnam in einer Schubkarre in den Zoo fahren und den Bastard bei den Löwen reinschmeißen.

So einfach ist das. Und dann, dann ist Mingus Leben ein schönes, ein vollkommenes, ein genießbares und er wird ewig hier im Laden die Leute mit Freude bedienen. »Ich, ich heiße Mingus.« sagt er mit trockener Kehle.

Da lacht Bunkmann. »Und was ist das eigentlich für ein komischer Name?«

Mingus umklammert das Messer noch fester. »Ist ein ganz normaler Name. Der eine heißt so, der andere so und ich eben Mingus.«

»Na, wenn du meinst«, grinst Bunkmann und guckt sich wieder um.

Mingus versucht sich jede Sekunde aufs Neue zu motivieren, zuzustechen.

Bunkmann guckt zu den drei Bauarbeitern rüber. Ihre Anwesenheit hält ihn nicht davon ab, ein fettes Bündel Geldscheine auf der Theke auszubreiten. »Also arbeitest du jetzt hier,« sagt er.

Mingus schluckt. »Ja,« sagt er.

»Was is los, krieg ich nen Bier oder was?«

Mingus guckt ihn mit offenstehendem Mund an. Hass brodelt in ihm. Unter der Theke hält er an dem Messer fest, als wäre es das letzte Stück Seil, das ihn vor dem Absturz von einer Klippe bewahrt – lässt er es los, ist er tot, lässt er es nicht los, stirbt ein anderer. »Ein Bier?« fragt Mingus.

»Ja, kann ja nicht so schwer sein. Machst da ein Glas unter den Hahn und lässt laufen. Oder hast du das noch nicht geübt?«, grinst Bunkmann.

»Doch, hab ich.«

»Gut, dann leg mal los. Ich hab Durst, Mann.«

»Ein Bier. Na klar«, setzt Mingus ein Grinsen auf, lässt das Messer los, klemmt ein Glas unter den Zapfhahn, drückt den Hebel runter und lässt das Gesöff ins Glas laufen.

»Wenn du für mich arbeitest, kannste vielleicht ein bisschen mehr verdienen«, grinst Bunkmann während er die Scheine auf einzelne Stapel sortiert – einen für Fünfziger, einen für Hunderter und einen für Zweihunderter. »Wir gehen heute ins Casino. Kommste mit?«

Mingus konzentriert sich aufs Zapfen, als wäre es das wichtigste der Welt. Dann stellt er ihm das Bier mit einer perfekt gezapften Blume hin und sagt: »So, bitte.«

»Was meinste, Mini?«, sagt Bunkmann, als wären sie gute Freunde, die sich lange nicht gesehen haben. »Bock auf Casino?«

Es ist Nacht, als im Curry die Hölle los ist. Mingus zapft ein Bier und stellt es einem Gast hin. Dann sagt er zum Stammgast Lenny an der Theke: »Pass mal kurz auf« und geht raus. Lenny, den viele den Pazifisten nennen. Nicht unbedingt, weil er so friedliebend ist, sondern eher, weil er mit seinem Hippiestyle und langen Haaren einfach irgendwie so aussieht, wie sich manche einen Pazifisten vorstellen. Voll das Klischee, aber so bildet sich im Curry eben manchmal ein Ruf von jemandem. Ob es nun stimmt oder nicht, ist da völlig egal. Lenny nickt betrunken, wankt hinter die Bar, setzt seinen kleinen Hund - einen Shih Tzu - neben sich auf die Kaffeemaschine und zapft so gut er kann Bier, während er voll Freude Zeugs durch den Laden grölt. Der kleine Shih Tzu hat noch nie in seinem Leben gebellt und guckt mit seinem langen Haar verträumt durch den Laden.

Draußen zündet sich Mingus hastig eine Kippe an und führt sein Handy ans Ohr. »Was is los mit dir? Ich steh hier im Laden ... und, und da taucht dieser Hurensohn hier auf, als wär es das Normalste der Welt. Wo kommt der auf einmal wieder her?! Kannst du mir das mal bitte erklären ... so, und dann muss ich hier mitbekommen, dass du mit diesem Hundeficker ins Casino gehst, während hier die Hütte brennt! Diese Ausgeburt der Hölle fickt meine Hand, schießt mir zwei Finger ab, und du machst mit ihm auf heile Welt?! Wer hat dir eigentlich in dein Hirn geschissen, Sammy?!«

»Kennst du nicht das Sprichwort: Keep your friends close, but your enemies closer?«

»Was soll *das* denn heißen?! ... Bist du geistesgestört, Mann?! ... Hör zu, wenn ich hier arbeiten soll, will ich nicht, dass diese Ratte hier noch einmal auftaucht, klar?!«, schreit Mingus ins Handy.

Stunden später guckt Mingus in der Küche in einen kleinen Spiegel. Die letzten Gäste im Laden hinter der Theke grölen sich immer noch mit irgendwelchem belanglosen Zeugs voll. Mingus guckt seine Reflexion an, als wäre sie eine andere Person. »Lass dir das nicht bieten. Sammy nutzt dich nur aus. Er macht, was er will und du, du sollst den Butler machen. Nein, nein, das brauchen wir nicht, so eine Scheiße.« Dann reißt er sein Hemd auf und betrachtet sein Drachen-Tattoo. »Du bist der Yakuza hier ... Aber warum hast du ihn nicht kalt gemacht, als du die Gelegenheit hattest?... Ich komme noch dazu, glaub mir, wenn ich allein mit ihm bin, dann ist Schluss mit Spaß, dann ist knock-out time, dann schlitz ich ihn von oben bis unten auf«, sagt er und nickt seinem Spiegelbild zu.

Dann geht er wieder zur Theke, macht die Musik, Licht und alles andere aus und schmeißt alle raus.

Vor dem Laden verabschieden sich die letzten Gäste, nur Lenny steht noch schwankend vor Mingus, der gerade abschließt. Immer wieder tritt Lenny fast auf seinen kleinen Shih Tzu, so sehr schwankt er hin und her. »Du bist gut, Mingus, glaub mir, du machst das richtig gut im Laden … Ich hab noch nie jemanden gesehen, der es so schnell schafft, das Bierzapfen zu lernen. Das is ein Phänomen. Glaub mir mal, Mingus, du bist ein einzigartiges Phänomen, ein unverwechselbarer Dude von Kreuzberg … wenn ich's nicht besser wüsste, dann würde ich sagen, dass du nicht von dieser Welt bist.«

»Cool«, sagt Mingus. »Hey, hey, pass auf, dass du hier nicht auf deinen Hund trampelst.«

»Oh nein, niemals würd ich ihr was antun, niemals, Mingus. Lucky is meine konsequente Liebe, die ich nie im Stich lasse. Komm!«, ruft er seinem kleinen Shih Tzu zu, der ihm lustig hinterherrennt, während Lenny die Straße runter torkelt. »Wir sehen uns morgen!«, ruft er Mingus zu. »Ich hatte da eine Idee, die muss ich mir zu Hause erstmal aufschreiben. Bis morgen!«

»Ja, mal sehen, ob ich morgen überhaupt noch hier bin«, sagt Mingus zu sich.

Dann wankt Mingus mit schweren Beinen durch die Nacht, zum Oranienplatz und weiter in den langen Park. Die Stille der Nacht beruhigt ihn einen Moment lang. Über ihm strahlt der Vollmond. Er geht weiter und weiter, zündet sich die letzte Kippe an und genießt es fast, allein hier für sich und frei zu sein.

Da dringt Geschrei durch die Stille der Nacht. Die Stimme einer jungen Frau plärrt durch den Park.

Mingus bleibt stehen und guckt genervt ins Dunkel. »Scheiße, was denn jetzt?«, sagt er zu sich und kriegt dann Angst. Er nimmt seinen Schlüsselbund in die linke Hand und geht langsam auf das Geschrei zu, mehr oder weniger bereit, die Dame zu retten. Die hysterische Stimme wird lauter und dann sieht er eine Gestalt unter einer Laterne auftauchen. »Sie leben! Sie sind echt! Sie sind wirklich da ... «, schreit sie.

»Dana?!«, ruft Mingus.

»Mingus?... Mein Gott, Mingus, jetzt hab ich es gesehen, sie sind echt, diese scheiß Dinger«, schreit sie und rennt weinend auf ihn zu.

»Was is denn los? Wen hast du gesehen?«

Sie fällt in seine Arme. »Die scheiß Würfel, Mann! Sie sind echt und sie, sie haben einen

Mann einfach so in sich reingezogen«, schreit sie.

»Ich weiß, die hat doch jeder gesehen. Jetzt beruhig dich mal, die tun doch nichts.«

»Nein, sie tun was, sie tun ganz bestimmt was, die sind nicht umsonst hier. Ich hab's vor mir gesehen. Die haben einen Mann einfach so aufgelöst und in die Luft gezogen.«

»Ach scheiße, bist du sicher?«

»Und ob ich sicher bin! Sie haben ihn einfach aufgelöst, wie unter einer scheiß Mikrowelle mit irgendwelchen Strahlen oder so. Das, das ging alles so schnell, aber ich weiß, was ich gesehen habe.«

»Scheiße, ich bin total müde und das hört sich gerade bisschen nach Drogenkonsum an, um ehrlich zu sein. Und du bist sicher, dass du dir nicht einfach zu viele Theorien im Internet reingezogen hast?«

»Was bist du denn für eine Laberbacke, das ist echt, Mann, ich denk mir doch sowas nicht aus!«

»Okay, okay, dann jetzt mal ganz in Ruhe, was hast du denn genau gesehen?«

Dana schnappt nach Luft. »Da, da war ein Mann ... und dann hat er sich einfach so in einen Würfel verwandelt, aufgelöst und in so einen scheiß Würfel verwandelt und das direkt vor meinen Augen. So, jetzt erklär mir das mal! Wie das sein kann. Ich hab eine scheiß Angst, Mann. Was ist, wenn sie einen mitnehmen? Diese verdammten Aliens, ich will das alles nicht, ich will wieder in einer normalen Welt leben und nicht in so einer scheiß verfickten Alieninvasion. Ich hasse das!«

»Oh Mann, und das, wo ich die ganze Nacht gearbeitet habe«, stöhnt Mingus. »Okay, komm, wir gehen mal gucken.«

»Ich geh da nicht mehr hin. Ich glaub, ich kann nie wieder nach Hause«, weint sie.

Mingus überlegt kurz und sieht sich um. »Okay, scheiße, und das ist gerade eben passiert oder wie?«

»Ja! Wovon rede ich denn hier die ganze Zeit?! Da, wo ich wohne. Ich, ich komm aus dem Haus und plötzlich löst sich da ein Typ vor mir in Luft auf und wird einfach so direkt vor meinen Augen in einen verschissenen Würfel gezogen, da würdest du auch ausrasten«, schreit sie. »Und du glaubst mir nicht mal!«

»Ich glaube dir ja, Dana. Ist er jetzt noch da?«

»Ich weiß nicht, aber ich glaub, ja. Ich bin so schnell ich konnte weggerannt. Vielleicht sollten wir die Polizei rufen!«

»Ach die Polizei, die schreibt einen Strafzettel und mehr nicht. Komm, wir gucken uns das mal an. Vielleicht ist alles nur ein riesiges Missverständnis und sie wollten ihn gar nicht hochsaugen.«

»Ha ha, sehr lustig, du Trottel, das ist kein Spaß, Mann.«

Mingus geht tiefer in den dunklen Park.

Dana geht ihm langsam mit Abstand hinterher. »Wenn sie uns mitnehmen wollen, schubs ich dich aber vor. Sollen sie dich in ihr Alien-Gefängnis saugen. Ich will jedenfalls nicht in irgendeine andere Welt verschleppt werden.«

Mingus kichert unsicher. »Ja, alles klar.«

Sie gehen weiter, immer tiefer in den dunklen Park, bis irgendwann vor ihnen das fußballfeldgroße Engelbecken erscheint. Mingus guckt sich um. »Siehste, kein Würfel weit und breit«, sagt er.

»Mann, hier war das doch gar nicht!«, spuckt sie vor Wut und fletscht die Zähne. »Der war da oben, der scheiß Würfel.«

»Ja, jetzt mal immer mit der Ruhe. Wo war er denn?«

»Da oben«, zeigt Dana auf die Häuserreihe, die rechts eine Treppe hinauf am Park entlangführt. »Verfluchte schwebende Gefängnisse«, sagt sie.

»Was?«, sagt Mingus.

»Na, was sollen die denn sonst sein, wenn man einfach wie Staubsauger davon aufsaugt wird«, sagt sie und schüttelt sich.

Plötzlich reflektiert ein Licht über dem kleinen See. Es sieht ganz so aus, als lässt das Licht des Vollmonds etwas aufblitzen.

Sie gucken sofort nach oben und starren es an. Ein riesengroßer Würfel schwebt weit über dem See, funkelnd in der Dunkelheit.

Wie ein fehlplatzierter Marmorstein, der eigentlich für ein riesiges Bauwerk bestimmt ist, steht einfach so regungslos in der Luft, als gäbe es keine Schwerkraft.

Mingus und Dana packen sich, halten sich im Arm und gehen langsam rückwärts, während sie nicht den Blick von dem fehlplatzierten Objekt nehmen.

»Da ist der Bastard«, sagt Dana.

»Ganz ruhig, dann tut er auch nichts.«

»Das ist doch kein Puma, du Idiot. Das ist ein schwebender Würfel.«

»Er steht da ganz friedlich in der Luft rum. Alles okay.«

»Und gleich saugt er uns auf.«

»Halt die Klappe, Dana, du machst mir Angst«, sagt Mingus. Dann guckt er Dana an. »Sag mal, hast du Tee da? Können wir bei dir nen Tee trinken, wenn wir das hier überleben?«

»Welche Sorte willst du?«

»Schwarz, bitte.«

»Okay, klar, hab ich da. Sehr guten sogar.«

»Geil. Guter Tee ist der Hammer. Komm, lass uns bei drei rennen.«

»Okay.«

»Eins, zwei ... «

62

Vom vierten Stock aus muss Mingus nur ein bisschen hochgucken, um den gigantischen Würfel am Himmel zu sehen, während er seinen schwarzen Weltuntergangstee trinkt. Er sitzt geduckt am Fenster und guckt immer mal hin. Der Würfel scheint eine merkwürdige, undefinierbare Farbe zu haben – irgendwas zwischen silbern, grau und schwarz. Jedes Mal, wenn er den Winkel, von wo aus er auf das Ding blickt, auch nur ein wenig ändert, verändert sich die Farbe oder vielleicht auch nur die Schattierung. Bald wird die Regierung sie abknallen, um das Metall oder woraus sie auch bestehen, zu nutzen, denkt er. Das Rauschen der Dusche kommt schon eine ganze Weile vom Bad und Mingus sorgt sich einen Moment, ob Dana nicht auf dumme Ideen kommt und sich noch das Leben nimmt. Mein Gott, dann gibt es eben fliegende Objekte, kein Grund, gleich durchzudrehen, denkt er und guckt wieder auf den Block. Für einen Moment meint er, dass sich das Ding bewegt hat, merkt dann aber, dass er nur seinen Blickwinkel ein wenig geändert hat. Irgendwann muss er sich ja wieder bewegen, wir können unsere Erde ja nicht ewig mit diesen seltsamen Dingern teilen, die bringen alle noch zum Durchdrehen, denkt er. Das Rauschen der Dusche hört plötzlich auf, was heißen muss, dass Dana noch lebt.

Kurz darauf liegt Dana im Bett. Mingus guckt zu ihr ins Zimmer. »Ja, er ist noch da«, sagt er.

»Leg dich zu mir, ja?«, sagt Dana. Ohne zu zögern, legt sich Mingus zu ihr und kuschelt sich fest an sie ran.

In zerwühlten Decken und Kissen sind ihre Körper eng miteinander verwoben, als er wach wird. Er löst sich aus ihren Armen, erhebt sich langsam, steht vor ihr am Bett und betrachtet ihren fast nackten Körper einen Moment.

Dann geht er in Boxershorts müde durch die Altbauwohnung. In der Küche blickt er wieder aus dem Fenster. Jede Angst ist für einen Moment verflogen. Er schüttelt den Kopf, gähnt und reibt sich die Augen. »O Mann, ihr müsst doch der Dame nicht so einen Schrecken einjagen«, sagt er und dreht sich weg. »Hoffentlich hat sie ordentlichen Kaffee da«, sagt er und stöbert die alten, weißen, mit

Verzierungen geschmückten Küchenschränke durch, an denen der Lack abplatzt.

Er hat ja heute noch einiges vor und muss langsam wieder in Form kommen. Andererseits liegt da ja noch ein nacktes Mädchen im Bett, das er vielleicht nochmal aufmuntern sollte.

63

Irgendwann wieder in seiner Wohnung, bügelt er in aller Ruhe ein weißes Hemd. Heute muss er nicht am Bratfett stehen. Er zieht das Hemd und dann ein Sakko an. Er findet einen Spiegel hinter einem Schrank, wischt mit einem Handtuch den Staub runter und stellt ihn auf einen Holzstuhl im Zimmer. Er betrachtet sich im Anzug. Sein Spiegelbild gefällt ihm. Voll im Yakuza-Hipster-Style. Mit brennender Zigarette gestikuliert er in den Spiegel, als würde er mit sich selbst verhandeln, was der nächste "Move" in seinem Leben sein soll. Plötzlich durchjagen ihn furchtbare Phantomschmerzen. Die Hand zittert unkontrolliert. Hastig sucht er nach den Tabletten und schmeißt sich zwei rein. Wie soll er Schmerzen loswerden, die nur in seinem Kopf sind? Finger, die nicht mehr da sind, können nicht schmerzen, weiß er. Irgendwann muss damit Schluss sein, denkt er, bevor er von den

Dingern noch völlig abhängig ist. Aber er muss irgendwie im Alltag funktionieren, und für den Moment helfen sie gegen den eingebildeten Schmerz. Er könnte auch Bonbons lutschen, die hätten aber noch weniger eine eingebildete Wirkung. Er steckt die Prothese an und stöhnt.

64

Am Abend schlürft Mingus in einer dunklen Sitzecke im Hotel Soho House mit lahmen Augenlidern an einem Whiskyglas. Er trinkt mit der linken Hand. Das Zittern der rechten lässt langsam nach und er lässt sich nichts anmerken. Hier muss er Stärke zeigen. »Sehr angenehm, hier einfach bisschen zu sitzen und in Ruhe den Abend ausklingen zu lassen«, sagt er grinsend zu dem Alten, der ihm gegenübersitzt.

»Also schmeckt er?«

Mingus schmatzt vergnügt. »Hmm, hervorragend!«

»Sag ich ja, es macht einen Unterschied, welchen man hier bestellt.«

»Wohl wahr«, sagt Mingus und trinkt noch einen Schluck.

»Sie wollen bestimmt wissen, wie Ihr erster Auftrag genau aussieht.«

Mingus alkoholdurchflutetes Hirn versucht sich zu erinnern, warum er überhaupt mit dem Alten in der Lobby sitzt. »Ja, unbedingt!«, sagt er, hauptsächlich, um einen guten Eindruck zu machen.

»Na gut, zu Ihrer Aufgabe komme ich noch. Sie müssen zunächst verstehen, dass viele das Würfelphänomen als eine lustige Alltagserscheinung sehen.«

»Sie sagen es. Ein verfluchtes Weltwunder, die Dinger«, sagt Mingus grinsend und nimmt noch einen Schluck Whisky.

Der Alte lehnt sich vor und spricht etwas leiser. «In Wirklichkeit sind sie die größte Bedrohung, die die Menschheit je hatte.«

»Die Würfel?!«

»Ja.«

»Was denn für eine Bedrohung? Die tun doch niemandem was. Klar, es gibt Videos, in denen sie Leute zermatschen und so Zeugs, aber soweit ich weiß, ist das alles Fake.«

»Ja das stimmt, diese Videos sind nicht echt, und die meisten wissen das auch. Aber die meisten Menschen glauben, dass sie völlig harmlos sind und das ist das Fatale. Wir sollen uns an sie gewöhnen. Wir sollen jede Skepsis verlieren, bis es zu spät ist. Und bevor wir uns versehen, ist die Menschheit so gut wie ausgerottet.«

Mingus schüttelt ungläubig den Kopf. »Was?! Wie das denn?«

Der Alte fängt an zu flüstern. »Sie sind nicht grundlos hier. Es ist eine Invasion. Eine ganz leise und subtile Unterwanderung der Menschheit.«

»Was meinen Sie denn, was sie vorhaben?«, flüstert Mingus.

»Sie saugen unsere Seelen auf.«

Mingus kratzt sich nervös am Ohr. «Unsere Seelen?«

»Ja, sobald man stirbt, ziehen sie die Seele an. Deshalb gibt es, seitdem die Würfel hier sind, viel weniger Geburten.«

»Was?!«

»Frauen werden nicht mehr schwanger, weil es nicht genügend Seelen gibt, die in den Fötus gehen, und dadurch wird sich bald schon die Weltbevölkerung drastisch verringern.«

»Das ist ja unglaublich. Und dann?«

»Ausrottung der Menschheit. Das wird alles streng geheim gehalten, damit nicht das totale Chaos ausbricht.«

Mingus stöhnt schwer.

»Wir haben es mit einer äußerst heimtückischen und sehr fortgeschrittenen elektro- und technikbesessenen Spezies zu tun, die alles kontrollieren will. Sie will alles übernehmen, und das schafft sie am einfachsten, wenn sie den Anschein erweckt, völlig harmlos zu sein.«

Mingus blickt mit zusammengekniffenen Augen nach links und rechts. »Die, die hinter den Würfeln stecken?«

»Ja, sie sind eine elektro- und ... «

»Und technikbesessene Spezies, die uns alle ausradieren will. Ok, hab's verstanden«, sagt Mingus und wischt sich stöhnend übers Gesicht. «Schön und jetzt? Warum das Ganze? Warum sollten sie an uns interessiert sein, wenn sie derart weit fortgeschritten sind?«

»Ich vermute, dass sie sich ihren Planeten zurückholen wollen.«

»Unsere Erde?!«

»Wer weiß, ob es überhaupt unsere Erde ist, Mingus.«

»Ich muss mal zur Toilette«, sagt Mingus und steht auf. »Wissen Sie, ich weiß nicht mal, ob ich an Seelen und sowas glaube. Ich bin nicht religiös oder so.«

»Um eine Seele zu haben, muss man nicht religiös sein. Entweder man hat eine oder man hat keine.«

»Aha, und woher weiß ich, ob ich eine habe?«

»Ich glaube, die meisten Menschen haben eine, und Ihnen würde ich auch eine zutrauen«, lächelt der Alte.

»Sie sind sich ganz schön sicher mit dem Ganzen, oder?«

»Ja, aber machen Sie sich mal keine Sorgen. Sie haben ja noch Zeit. Ich dagegen nicht, meine Stunde hat bald geschlagen und irgendwie ist es auch gut. Meine Frau ist tot, und seit sie nicht mehr da ist, bin ich nicht mehr derselbe.«

«Das tut mir leid.«

»Wenn Sie mal sterben, Mingus ... «

»Ja?«

»Gehen sie nicht ins rosa Licht. Denken sie daran. Es ist die Pforte zur Hölle.«

»Nicht ins rosa Licht. Ok, hab's kapiert.«

»Damit ziehen sie dich oder deine Seele oder wie man es auch sagen soll, in einen Würfel.«

Mingus stöhnte wieder. »Das ist ziemlich harter Stoff. Reicht auf jeden Fall für eine Science-Fiction-Story.«

»Stimmt, nur leider ist es nicht Science-Fiction. Es ist die Realität.«

»Ich geh mal pissen.«

»Machen Sie mal. Soll ich Ihnen noch einen bestellen?«, sagt der Alte und holt aus seiner Sakkoinnentasche ein kleines rotes

Notizbüchlein, öffnet es und legt es auf den Couchtisch.

»Ja, ich glaub, ich könnte noch einen vertragen«, sagt Mingus und geht dann zur Toilette. Nachdem er sich im Pissoir entleert hat, steht er am Waschbecken und sieht sich im Spiegel an. Wieder drückt er eine der Schmerztabletten aus der Durchdrückpackung und schluckt sie. Er nimmt sie gegen die Phantomschmerzen, aber sie helfen nicht wirklich, außer dass sie ihn, kombiniert mit dem Alkohol, schläfrig und stoned machen. Er betrachtet sich und überlegt einen Moment, ob er eine Seele hat oder nicht. Plötzlich hauen die Tabletten und der Whisky voll rein. »Seelen fangen, rosa Licht, ich glaub, das ist mir alles zu doof. Ich muss dem Alten einfach sagen: Interessante Theorie, aber sorry, sie sind mir zu wirr. Ganz simpel«, lallt er nur noch. Er spült sein Gesicht mit kaltem Wasser ab, um etwas wacher zu werden. Es hilft aber nicht.

»Das sind sowieso alles nur wilde Theorien und ist nicht zu beweisen. Mann, Mann, was sich manche so ausdenken, unglaublich«, sagt Mingus zu sich, als er an der Rezeption vorbei durch die Lobby zurück Richtung Sitzecke schwankt.

65

Viele Stunden später wird Mingus auf einer harten Holzbank mit dröhnendem Kopf wach. Seine Sicht ist verschwommen und er fragt sich, ob seine Seele nun tatsächlich von den verfluchten Aliens in einem dieser merkwürdigen Würfel gefangen ist. Das ist sein erster Gedanke, aber nach der Theorie des Alten muss er dazu tot sein, und seine Kopfschmerzen fühlen sich viel zu echt an, um sowas wie tot zu sein. Er erhebt sich schwer stöhnend und sieht seine Acht-Finger-Hände an. Sie sind schwarz vor Dreck, als hätte er etwas vergraben oder ausgegraben. Er fasst sich an seine glühende Stirn und sieht sich um. Seine Sicht wird langsam besser und er ahnt, wo er sein könnte. In dem kleinen Raum sind überall Kritzeleien an den Wänden.

Abgesehen von den Würfeltheorien des Alten kann er sich an rein gar nichts erinnern. Angestrengt versucht er sich zu erinnern, wie er hier gelandet sein kann. Nichts. Da kommt nichts zurück, kein klarer Gedanke oder Erinnerung.

Muss eine lange Nacht gewesen sein. Und dann der absolute Filmriss. Da war die Hotellobby und Whisky, eine Menge Whisky, eindeutig *zu viel* Whisky.

Warte mal! Da war ein Friedhof!, geht es ihm durch den Kopf, und seine Hände sind völlig verdreckt. Ist jemand gestorben? War er mitten in der Nacht bei einer Beerdigung gewesen? Nicht sehr wahrscheinlich.

Was hatte Dana gesagt? Sie hatte einen Würfel gesehen, der Menschen verspeist oder so ähnlich. So ganz will ihm nicht mehr einfallen, was sie gesagt hatte.

Dann der Alte, der ihm erklären wollte, dass die Würfel unsere Seelen anziehen und irgendwie dadurch keine Kinder mehr geboren werden können, weil was? Weil es keine freien Seelen gibt, die in den Fötus in einer Frau gehen können? Das ist doch Wahnsinn. Diese kantigen, nichtssagenden Dinger sollen etwas planen?

Ist Mingus hier an dieser Stelle einfach wahnsinnig geworden und wurde deshalb vielleicht weggesperrt? Mingus liegt auf dem Boden und guckt an die Decke. Er muss überlegen und rausfinden, wie er landen kann. Vor dem einzigen kleinen Fenster ist ein Gitter, und das hat bestimmt nichts Gutes zu bedeuten.

Er muss durch die Tabletten-Alkohol-Mischung völlig durchgedreht sein und dann aus der Hotellobby Kleinholz gemacht haben, nachdem er sich die ganzen Theorien des Alten angehört hat. Das muss es sein, immer mit der

Ruhe. Du bist einfach nur in einer Ausnüchterungszelle, das ist alles, sagt er sich.

Hier ist er also nach einer Sauftour gelandet, in seiner ganz eigenen Ausnüchterungszelle. Ist doch wunderbar. Jetzt muss er den Beamten nur zeigen, dass er sich ausgeschlafen hat und dass er eigentlich ein sehr charmanter junger Mann mit nur ein paar kleinen Problemen im Leben ist. Kann ja nicht so schwer sein, denkt er.

Er steht auf und schlägt gehen die Metalltür. »Hey Leute! Mir geht's besser! Echt! Ging mir nie besser! Nur bisschen Kopfschmerzen«, ruft er.

Gleich wird er hier raus sein, zu Hause lange duschen, frühstücken, Kaffee, Kippchen und dann Dana finden. Er muss ihr helfen und rausfinden, was sie genau gesehen hatte und dann mit dem vergleichen, was ihm der Alte beschrieben hatte.

Er guckt an sich runter, auch die Hosen seines Nadelstreifenanzugs sind völlig verdreckt, als hätte er im Matsch gekniet. Nur, warum?

Eine Klappe in der schweren Tür öffnet sich. »Was is los?«, guckt ein glatzköpfiger, fetter Beamter in die Zelle. »Was soll das Geschrei?«, sagt er.

»Ja, ich wollte nur sagen, dass es mir besser geht.«

»Is ja wundervoll. Und jetzt?«

»Ich bin wieder nüchtern und voll zurechnungsfähig und alles.«

»Wen interessiert's? Soweit ich weiß, geht's bei Ihnen um ein bisschen mehr als saufen, mein Freund. Denn immerhin sind sie hier nicht in der Ausnüchterung. Sie sind hier in U-Haft, falls Sie's noch nicht mitbekommen haben.«

Mingus bekommt weiche Knie. »Was is los? Was denn für ne U-Haft?«

»Wie Untersuchung.«

»Jaja, ich weiß was das heißt. Aber warum? Was soll das?«

»Lassen Sie mich mal überlegen, also, wenn ich nicht ganz falsch liege, dann müsste das was mit Mord zu tun haben. Ja genau, Mord.«

»Was?! Nein! Moment mal! Das kann nicht sein, Sie, Sie müssen sich geirrt haben. Ich war's nicht, ich kann sowas nicht. Ich kann niemandem was zuleide tun. Niemandem. Ich bin ein Menschenfreund, ein Philanthrop geradezu. Gut, ich spende nicht an irgendeine Hilfsorganisation oder so, aber das liegt nur daran, dass ich pleite bin. Pennern gebe ich immer was, wenn ich kann.«

»Is ja schön für Sie«, schlägt der Beamte die Klappe wieder zu.

Mingus dreht sich um. Ihm wird schwindlig und die Wände kommen ihm näher. »Das geht nicht. Das geht nicht. Ich hab nichts gemacht. Oh mein Gott, das, das kann nicht sein.«

Die Gedanken rasen in jede Richtung, um irgendwie eine Antwort zu finden, wie er hier gelandet sein kann. Er kann nicht losschreien, toben, weinen noch sonst irgendwas. Er ist überwältigt und seine Gefühle betäubt.

Er geht von Wand zu Wand. Alles wird sich bestimmt in Kürze auflösen und sie werden feststellen, dass sie den Falschen haben. Sie müssen!

Ich muss ihnen zeigen, dass ich ein guter Mensch bin, denkt er. Warte! Da war ein Friedhof – nur, wer ist gestorben?! Es *muss* jemand umgekommen sein, nur wer? Jetzt sitzt er hier wegen Mordverdacht in einer Einzelzelle. Wie passt das alles zusammen?

Er wünscht sich, selbst derjenige zu sein, der unter der Erde liegt. Alles besser, als vielleicht unschuldig im Gefängnis zu verrotten, denkt er. Dann der Gedanke, dass er vielleicht doch etwas getan haben könnte, woran er sich einfach nicht erinnern kann.

War er über Nacht zum absoluten Yakuza geworden? Hatte er sich eine Waffe besorgt und sich an Bunkmann gerächt? Hatte er ihm das Teil in den Hals gesteckt, ihn am Kopf festgehalten und das Magazin leer gemacht?

Egal, wie betrunken er war und wie viele Phantompillen er gefressen hatte, an sowas kann man sich doch erinnern. Wenn jemand den Tod verdient hat, dann die Ratte Bunkmann, aber er fühlt sich nicht wie ein Mörder. Ob Erinnerungen da sind oder nicht, er muss sich wie ein Mörder fühlen, um einer zu sein, ist er sich sicher.

Er muss kotzen, aber kann nicht. Der Magen ist leer.

Ist das ganze vielleicht nur ein sadistischer Witz des Beamten und er ist in Wirklichkeit nur in einer Ausnüchterungszelle? Hatte er den Beamten in der Nacht beleidigt? Ist das hier vielleicht seine kleine, ganz eklige Rache an ihm, ihn für ein paar Stunden mit dem Gedanken als Mörder in U-Haft sitzen zu lassen?

Das muss es sein!

66

Mit schwarzem Dreck unter den Nägeln, zitternder Drei-Finger-Hand und einem unkontrollierbaren Zucken in der Wange drückt Mingus eine Zigarette aus. Dann zündet er sich direkt die nächste an. Die Unsicherheit darüber, warum er hier in einem Verhörraum sitzen muss, wo er doch einfach nur wie ein friedliebender Bürger seinem Alltag nachgehen will, hat ihn nun wirklich und letztendlich zum Raucher gemacht.

Zwei Zivilbullen sitzen ihm gegenüber. Das Aufnahmegerät piept, und dann beginnen die Fragen. Eine nach der nächsten, über die Nacht, über ihn selbst und was ihn dazu motivieren würde, jemanden zu töten. Keine kann er wirklich oder ehrlich beantworten. Ab und zu wirft er zwischen seine stotternden Aussagen ein »Kein Kommentar« dazwischen – das hatte er mal in einer Dokumentation gesehen, und es klingt irgendwie klug, meint er.

Gerade spaziert er noch durch Kreuzberg, möchte mehr über die Welt und all ihre Wirrungen und Eigentümlichkeiten herausfinden, und jetzt soll er plötzlich Drahtzieher eines Mordkomplotts sein. Sie sagen, er hätte, gemeinsam mit einer anderen, derzeit noch unbekannten Person, einen Mann am Abend des neunten Julis um 23:37 Uhr im Hotel Soho House tödlich vergiftet. Dessen wird er verdächtigt, sagen sie, dringend verdächtigt, sagen sie immer wieder.

Sie schieben ihm ein Foto rüber. Und dann kommt die Frage, ob er die Person auf dem Bild kennt. Er erkennt den Mann auf dem Bild und zögert. Dann schüttelt er den Kopf. »Nie gesehen, den Mann«, sagt er, aber muss schwer schlucken. Er muss sein Entsetzen in sich drin behalten. Das ist Hanno Krüger, sagt einer der Beamten. Ein sehr wohlhabender Mann, der sich auf die dunkle Seite des Lebens begeben hat, und Mingus soll es auf sein Geld abgesehen haben, sagen sie.

Hanno Krüger war sein Name, sagen sie, und ein Geständnis soll er ablegen, solange er noch kann, sagen sie. Bevor sie seinen Komplizen finden und der vor ihm gesteht. Dann ist es für ihn zu spät, sagen sie. Das würde viele, viele Jahre Gefängnis bedeuten, erklären sie ihm, als wäre er ein kleines Kind.

Sie benutzen alle nur erdenklichen Psycho-Tricks. Mingus hat mittlerweile eine ganze Schachtel geraucht.

Wie gesteht man etwas ohne Erinnerung?

Ja, er war in der Hotellobby, und ja, er kennt den Mann auf dem Bild. Und nur weil er momentan ein paar mentale Schwierigkeiten hat, macht ihn das noch lange nicht zum Mörder!

Ihm werden eine Pause und ein Telefonat gewährt. Aber nur kurz.

Dann geht die Tortur weiter.

Er soll Drahtzieher sein. Die Beamten wissen eindeutig nicht, wen sie vor sich haben. Drahtzieher sind Leute, die Dinge planen und andere für ihre eigenen Ziele manipulieren.

Sowas sind Puppenspieler aus dem Hintergrund. Es ist ihm ein Fremdwort. Und dann gleich Drahtzieher eines Mordkomplotts? Nein, die Beamten wissen ganz offensichtlich nicht, mit wem sie sprechen.

»Hallo? Sind Sie noch da? Haben Sie verstanden, wessen Sie dringend verdächtigt werden?«

Mingus starrt in die Ecke.

»Ein anonymer Anruf ist eingegangen«, sagt einer der Beamten. »Deshalb sind Sie hier. Deshalb sind Sie in Gewahrsam. Verstehen Sie das?«, sagt er.

Mingus bewegt seinen Kopf von links nach rechts, vor und zurück, um Verspannungen in seinem Nacken zu lösen. »Ich trinke ein bisschen Whisky und dann lande ich hier.«

»Wie gut kannten sie Hanno Krüger?«, fragt einer der beiden.

Mingus guckt die Beamten an. »Ist das Ganze hier ein Traum? Seid ihr überhaupt echt? Es muss ein Traum sein, denn ihr beiden kommt nicht sehr glaubhaft rüber.«

»Hören Sie, reden Sie mit uns. Wie gut kannten Sie ihn?«

Mingus flüstert. »Ein Albtraum. Ein verfluchter Albtraum.«

»Wie gut kannten sie den Mann?!«

» Ich weiß nichts.«

»Warum waren Sie mit ihm da?«

»Wie ist das Wetter draußen?«

»Die Sonne scheint, und jetzt sagen Sie uns, weshalb Sie sich mit Herrn Krüger getroffen haben.«

»Das ist gut, denn ich fühle mich oft so wie das Wetter. Sam sagt, das Wetter wäre, wie ich mich fühle, aber da glaube ich nicht dran.«

»Ein Mensch ist letzte Nacht gestorben, und Sie hatten ganz offensichtlich etwas mit ihm zu tun. Also, jetzt reden Sie schon.«

»Krüger, meinen Sie?«, sagt Mingus. Wir mochten beide Vivaldi, das war's. Das ist alles, was ich weiß.«

»Woher wussten Sie, wie wohlhabend er war?«

»Ich kannte bis gerade eben nicht mal seinen verfickten Namen!«, sagt Mingus.

»Besser, Sie halten sich hier an die Wahrheit.«

»Worüber haben Sie gesprochen?«

»Nichts Besonderes. Würfel natürlich. Wir haben philosophiert, das ist alles.«

Mingus wischte sich Tränen aus dem Gesicht.

»Was ist mit Ihrer Hand? Wieso fehlen Ihnen zwei Finger?«,

Später liegt er mit dem Arm auf der Stirn abgelegt und geschlossenen Augen wieder auf seiner harten Holzbank. Ich bin ein Yakuza, und jetzt bringt mich in meine Zelle zurück, ihr Wichser, hätte er zu dem scheiß Beamten sagen sollen. So viel hätte er sagen können, aber nichts war ihm eingefallen.

Dann öffnet sich plötzlich die Metalltür, und er wird einfach so wieder entlassen.

67

Wenn seine Wohnung irgendwelche Vorteile hat, dann sind es Elektrizität, fließendes Wasser und eine Badewanne. Er lässt Wasser ein, zieht den verdreckten Nadelstreifenanzug aus und legt sich dann in die Wanne. Er hat überall blaue Flecken und Schürfwunden an den Händen und Knien.

Er taucht den Kopf unter Wasser. Endlich etwas Entspannung, etwas Ruhe. Er lauscht dem Plätschern. Ist doch lachhaft, dass ein so zartes Wesen wie Mingus ein Mörder sein soll. Da müssen sich die Beamten geirrt haben. In irgendeiner Akte, in irgendeinem Büro, wurde irgendwo ein Komma falsch gesetzt, dann gab es einen Anruf, und schon wird der Falsche verdächtigt, so schnell geht das in der Bürokratie. Er weiß, dass er niemandem etwas angetan haben kann, denn er fühlt sich in seiner Badewanne frei von jeder Schuld und wünscht sich, dass dieser Moment nie zu Ende geht.

Dann, nach einer Weile liegen, gehen ihm die Theorien des Alten wieder durch den Kopf. Die Gefährdung unserer Seelen durch schwebende Blöcke.

Da fällt ihm etwas ein; etwas, das er tun muss, und er kommt mit dem Kopf aus dem Wasser.

68

Menschen sitzen vor Cafés und genießen die Sonne. Sie reden, lachen, schlemmen ihr Gebäck und lassen es sich gut gehen, als gäbe es keine Gefahr aus der Luft. Im Gegenteil, gelegentlich vorbeischwebende Würfel bereichern ihre Gespräche, ihr Lachen und allgemeines Amüsement des Lebens. Mingus guckt wie ein Irrer immer wieder nach oben, als würde er von Hubschraubern verfolgt werden, während er durch die Menschenmengen der Einkaufsstraße geht. Vor einigen Stunden saß er noch in U-Haft, und jetzt geht er an Leuten vorbei, die sich ihres Lebens freuen und keine Ahnung haben, wer er ist, was er weiß und was er schon alles durchmachen musste.

69

Vom 12. Stock aus blickt Mingus in die Ferne. Der riesige Würfel neben der Fernsehturm-Kugel hat sich noch immer keinen Zentimeter bewegt. Immer noch sitzt er da in der Luft rum, als ob nichts dabei wäre, als müsse man ihn einfach akzeptieren. Warte nur ab, denkt Mingus, eines Tages wird dich noch jemand runterschießen.

Großmutter bringt mal wieder Kaffee und Kekse in die Stube. Mingus führt die Tasse mit der linken Hand zum Mund, die rechte versteckt er unter dem Tisch.

»Wie geht es dir, Junge?«

»Ach irgendwie ganz gut. Alles bisschen seltsam momentan.«

»Was? Du musst lauter sprechen, ich hör dich doch sonst kaum, ich kann mein Hörgerät nicht finden.«

»Ich sag, mir geht’s ganz gut,« sagt Mingus lauter. »Nur war ich in letzter Zeit viel alleine.«

»Was?«

Mingus holt Luft und schreit fast. »Ich war viel alleine, sag ich.«

»Hast du denn keine Freunde?«

»Doch, aber die sind auch nicht immer für einen da, weißt du ... Jetzt hör mal zu, ich will mit dir über etwas sprechen, Oma.«

»Ich kann dich immer noch so schlecht hören. Warte mal, ich muss hier doch irgendwo mein Hörgerät haben?«, sagt sie, steht schwerfällig mit ihrem krummen Rücken auf und sieht ihre alte Kommode durch. »So kann man ja gar nicht richtig reden«, sagt sie und sucht und sucht fast die ganze Stube durch.

Irgendwann verliert Mingus die Geduld. »Ich muss dir was sagen, das ist wirklich wichtig!«, schreit er und bringt sie dazu, sich wieder zu setzen.

»Was hast du denn? Willst du mir sagen, dass du einen Ausbildungsplatz gefunden hast?«

Mingus ist, so plötzlich, mit der Frage völlig überfordert. »Ähm, nee.«

»Du kannst immer noch Erzieher werden, wo du Kinder doch so magst.«

Mingus überlegt kurz. »Eigentlich nicht besonders.«

»Du hast immer gesagt, wie sehr du Kinder magst.«

»Ok, keine Ahnung. Ich wüsste nicht, dass ich so was jemals in meinem ganzen Leben gesagt hätte. Ist ja jetzt auch egal. Hör zu, Oma ... «

»Das hast du früher immer gesagt.«

»Ist doch jetzt auch scheißegal! Oma! Hör mir mal zu!«

»Ist ja gut, du musst ja nicht gleich sauer sein. Ich will dir nur helfen.«

Mingus schnappt nach Luft und atmet tief ein. »Oma, wenn du mal stirbst ... «

»Was?«

»Wenn du mal stirbst, Oma ... «, schreit Mingus.

»Wenn ich mal sterbe?«, fragt sie und guckt ihn verwundert an.

»Ja, wenn du mal stirbst, dann ist ganz wichtig, dass du auf gar keinen Fall ... «

»Irgendwann muss auch ich mal sterben, aber ich fühle mich noch sehr fidel. Das kannst du mir aber glauben, mein Mingus«, sagt sie und lächelt lieblich.

»Das ist wunderbar, Oma, aber wenn du irgendwann ... «

»Du meinst wohl, deine alte Großmutter machts nicht mehr lange, was? Aber ich sage dir, ich bleib dir noch eine ganze gute, lange Weile erhalten und ich möchte, dass du noch eine richtige, vernünftige Ausbildung machst. Das wird ja wohl nicht zu viel verlangt sein, dass der Enkel mit dreißig noch eine Ausbildung macht.«

»Ja, ja, ok, Oma, aber wenn du dann irgendwann ... irgendwann, in ferner Zukunft mal stirbst, dann darfst du auf gar keinen Fall ins rosa Licht gehen. Du darfst dich aus deiner Seelenperspektive auf keinen Fall vom rosa Licht anziehen lassen, verstehst du? Diese kranken Würfel da draußen versuchen, unsere Seelen mit rosa Licht anzusaugen. Ich weiß, es klingt verrückt, aber alles deutet daraufhin, dass es genauso passiert, und dann ist man ewig in deren merkwürdiger Alien-Gefangenschaft. Bitte versprich mir, dass du darauf achtest, ok?«

»Was redest du denn da? Ich versteh das nicht.«

Mingus holt wieder Luft. »Wenn dein Körper mal nicht mehr ist und du oder deine Seele oder Bewusstsein oder wie man dazu sagt, deinen Körper verlässt, dann darfst du nicht ins rosa Licht fliegen! Viele sagen, dass es weiß ist, aber in Wirklichkeit ist es rosa. Jedenfalls wird es versuchen, dich anzuziehen und will dich in einen Würfel gefangen nehmen. Und aus den Würfeln kommt man nie wieder raus. Sie sind die Hölle. Die Hölle ist auf Erden angekommen.

Es sind die Würfel. Sie wollen uns alle ausrotten. Sie glauben, die Erde wäre ihr Planet und wollen ihn an sich reißen«, schreit er.

»Was denkst du dir denn für Sachen aus? Ich mag die lustigen Würfel irgendwie und bin froh, dass sie in meiner Zeit noch hier angekommen sind. Da sieht man, dass es da draußen vielleicht noch mehr gibt.«

»Nein, Oma, sie sind böse! Glaub mir, sie wollen die Menschheit versklaven!«

»Die Würfel?«

»Ja, Oma!«

»Ach, ich glaube, du hast wirklich zu viel Zeit, dich mit Unsinn zu beschäftigen und ich finde, du solltest deinen früheren Traum, Erzieher zu werden, wieder in Angriff nehmen, ist doch noch nicht zu spät dafür. Versprich mir, dass du das machst, ja?«

Im Aufzug nach unten lehnt Mingus müde den Kopf gegen die Fahrstuhltür. »Ich hab's versucht, man kann nicht sagen, ich hätte es nicht versucht. Scheiße, ich fühle mich wie ein Priester, der Leuten die frohe Botschaft bringt, nur dass meine Botschaft keine frohe ist. Ich muss leider vom Weltuntergang predigen, bisschen schade eigentlich«, stöhnt er.

Kaum ist Mingus aus dem Plattenbau raus, zündet er sich die nächste Zigarette an. Schon ganz automatisch geht sein Blick in den Himmel. Mittlerweile ist er schon völlig panisch, einem Würfel zu begegnen. Wer weiß schon, wie die drauf sind?

Vielleicht gibt es gute und bösartige, genau wie bei uns Menschen, aber vielleicht sind sie auch wirklich echt existierende Höllenkonstrukte, die einen ewig foltern oder so.

70

Mingus steht an der Tür einer Altbauwohnung und klopft. Keine Antwort. Er klopft wieder. »Komm, mach auf!«

Ein junger Hipster-Typ mit runder Brille öffnet die Tür. »Wer bist du?«

»Ich bin Mingus. Wer bist du?«

»Ich bin Johann, Danas Freund. Was willst du hier?«

»Ich wollte sehen, wie es ihr geht.«

»Es geht ihr nicht gut.«

»Oh, ok. Wegen dieser Sache, die sie gesehen hat? Diese Sache mit dem Würfel?«

»Ja. Sie braucht Ruhe.«

Mingus spricht ganz leise. »Ich wollte sie diesbezüglich nämlich etwas fragen.«

»Das ist keine gute Idee. Wie gesagt, sie braucht Ruhe.«

»Vielleicht nur ganz kurz? Es ist wirklich wichtig.«

Der Typ starrt ihn intensiv an. «Sie braucht Ruhe. Verstehst du das nicht?«

»Es geht ganz schnell. Nur eine Minute.«

»Nein! Im Krankenhaus haben sie gesagt, dass sie keinerlei Aufregung ausgesetzt werden darf. Sie muss im Bett bleiben, und das war's.«

»Krankenhaus? Wieso Krankenhaus?«

»Wir haben sie ins Krankenhaus gebracht. Sie hat nicht aufgehört, von diesem Würfelzeugs zu reden.«

»Na und?«

»Sie haben ihr was gegeben, und jetzt ist sie schon etwas ruhiger.«

Mingus blickt auf den Boden und beißt sich auf die Zähne. Dann stößt er gegen die Tür, schubst den Typ beiseite und rennt in die Wohnung.

»Ey, warte mal!«

Mingus stößt die Tür zu Danas Schlafzimmer auf. Dana liegt fast bewusstlos im Bett. Er rennt zu ihr, hebt sie an und nimmt sie in den Arm. Ihr läuft Spucke aus dem Mund. »Dana? Hörst du mich?«

Der junge Mann steht im Türrahmen. »Ich hab doch gesagt, sie braucht Ruhe.«

»Dana?!«, schüttelt Mingus sie.

»Mingus?«, kommt aus Danas Mund, gerade so hörbar.

»Sie hat von nichts anderem mehr gesprochen als von Würfeln, die Menschen auflösen.«

Mingus dreht sich mit Dana im Arm zu dem Typ um. »Und ihr seid nie auf die Idee gekommen, dass es vielleicht stimmt, was sie sagt?! Stattdessen pumpt ihr sie mit Drogen voll?!«

»Sie hat über nichts anderes mehr gesprochen. Was soll man denn da machen?«

Mingus streichelt Dana übers Gesicht. »So ein hübsches Mädchen, und ihr pumpt sie mit Drogen voll.«

»Was hätten wir denn tun sollen?«

»Verständnis zeigen. Verdammt noch mal! Sie kann doch quatschen, wovon sie will«, sagt Mingus, legt sie wieder hin und flüstert ihr ins Ohr: »Ich komme wieder zurück, Dana. Meine hübsche Dana. Ich glaube dir.«

Ihr läuft eine Träne über die Wange.

Mingus steht auf, geht an dem Typen vorbei, in die Küche und blickt aus dem Fenster, auf den großen Platz und das Engelbecken. Der Würfel über dem Becken ist mittlerweile verschwunden. Mingus riecht Kaffee. Er nimmt sich eine Tasse und gießt sich frisch gebrühten ein. Danas Freund kommt in die Küche. Mingus blickt wieder aus dem Fenster. »Keine Drogen mehr.«

»Sie hat nur ein paar Medikamente bekommen.«

»Ist mir scheißegal, wie du es nennst. Nichts mehr davon!«

»Sie wurden vom Arzt verschrieben.«

Mingus dreht sich um und sieht den Hipster hasserfüllt an. »Und du willst ihr Freund sein? Scheiße, wenn so ein hübsches Mädchen meine Freundin wäre, könnte sie mir den ganzen Tag mit Würfeln, UFOs, Marsmenschen und sonst was im Ohr hängen. Ist doch scheißegal!«

Der Typ zuckt mit den Schultern. »Der Arzt hat's verschrieben.«

»Na und?!«

71

Mingus geht in Richtung Ostbahnhof, um über alles nachzudenken. Er weiß, er sollte sich langsam mal wieder im Curry blicken lassen, aber Lust hat er da wirklich nicht drauf. Nie wieder geht er in den Laden. Nie wieder, schwört er sich. Er geht mit gesenktem Kopf, um nicht einen Block im Himmel sehen zu müssen. Er hat genug von dem Schauspiel. Wie Dana will auch er wieder in einer normalen Welt leben, ohne leise, heimliche Invasion.

72

Die Tür zu dem seltsamen Brückenhochhaus über der Hauptstraße steht einen Spalt offen. Mingus geht rein. An der Fahrstuhltür hängt immer noch das Schild »Außer Betrieb«. Der Lastenaufzug daneben hat ein Schlüsselloch über dem Knopf. Er drückt den Knopf, aber muss feststellen: Ohne Schlüssel kommt kein Aufzug. Sein Blick fällt auf den Zugang zur Treppe. »Echt jetzt?«, stöhnt er und seine schweren Schultern sacken ab.

»Ja klar, pump sie doch einfach mit Drogen voll, nur weil dir ihr Gerede nicht in deine kleine, eingeschränkte Welt passt, in deine winzige Spießerwelt, die aus Kaffee trinken und oberflächlichem Gequatsche besteht. Wie, in Gottes Namen, kann die sich auf so einen Typ einlassen?!«, sagt Mingus, während er stöhnend im dritten Stock ankommt. »Der wird ihr noch ein Grab schaufeln und dann sagt er, es war das Beste für sie, es war das, was der Arzt verschrieben hat. Kranker Hund. Ich werd dem Penner auch mal was verschreiben, aber davon wird er sich nicht so schnell erholen, der Wichser, der.«

Bis in den siebten Stock hat er nicht ein einziges Mal rausgeguckt. Er will seine Stadt gar nicht mehr sehen. So, wie er mal seinen Onkel auf einer Familienfeier nicht mehr sehen oder sprechen wollte, genauso will er auch nicht mehr mit Berlin sprechen, und am wenigsten auch nur noch einmal diesen Würfel am Fernsehturm ansehen.

»Sie wollen einem das Leben zur Hölle machen, bis man sich freiwillig das Leben nimmt, weil man den Wahnsinn nicht mehr aushält, und dann schnappen sie sich deine Seele und dann, und dann, was? Tja, wer weiß das schon, welche Motivation die Dinger haben«, sagt er im neunten Stock und starrt dann doch auf den Turm mit dem kantigen Ding dran. »Verdammte Würfelinvasion.«

»Wer auch nur ein bisschen an der Harmlosigkeit der Teile zweifelt, soll einfach ausradiert werden, und dieser Johann, dieser verdammte, niederträchtige, oberflächliche Johann will seine eigene Freundin mit einem Tablettencocktail lahmlegen. Der Hund ist am Ende noch von dieser komischen Alien-gesteuerten Regierung hier gekauft«, stöhnt und schnauft Mingus im dreizehnten Stock.

Im fünfzehnten robbt er auf Knien zur Tür, wo er sonst an die Rezeption gelangen würde. Er schnappt nach Luft und guckt an der Tür hoch. An ihr hängt ein rotweißes Band. Er zieht es zu sich ran und liest. »Polizeiabsperrung … *Polizeiabsperrung*?… Ah fuck, die lassen einen auch nie in Ruhe«, sagt er und bricht zusammen.

Dann kriecht er zur Treppe zurück, setzt sich und holt seine Zigarettenschachtel raus. Jaja, egal, wie weit man kommt im Leben, irgendwann funkt der Staat dazwischen. Entweder mit Steuer oder mit einem Polizeibändchen, oder, oder wenn sie gar keinen Bock mehr auf dich haben, dann mit U-Haft. »Klar, lasst ihn uns einfach einen Mörder nennen, warum nicht?!«, sagt er und zündet dann die Kippe an. Er blickt aus dem Fenster auf den Fernsehturm. »Und ihr Idioten spielt den fliegenden Gefängnissen direkt in die Hände, ich sag's euch«, nimmt er einen tiefen Zug.

Plötzlich schlägt hinter ihm die Tür auf und ein junger Mann kommt geduckt unter der Absperrung durch. Er guckt Mingus mit riesigen Augen an. Dann springt er über ihn weg und rennt mit einer Wahnsinnsgeschwindigkeit die Treppe abwärts.

»Was?!«, ruft Mingus ihm hinterher, steht auf, geht zur Tür und guckt durch den Spalt den Gang runter, wo ein paar dunkle Gestalten auftauchen. Da bekommt es Mingus mit der Angst zu tun. Was ist, wenn das Verrückte sind, die ihm nur böses wollen? Was ist, wenn sie ihn jetzt packen und hier einfach aus dem Fenster schmeißen, weil er vielleicht zu viel weiß? Auf sowas hat er keinen Bock! Besonders nicht heute.

Er rennt den Treppenaufgang wieder runter, dem Jungen hinterher. »Warte! Hey! Warte mal!«, schreit er durch den Aufgang.

Nach fünfzehn Stockwerken wieder abwärts kommt er aus der Tür des Eingangs geschossen, bleibt stehen, guckt sich um und sieht dann den Jungen wegrennen. Sofort rennt er ihm, so schnell er kann, weiter hinterher. »Ey! Ey! Warte doch!«, ruft er ihm zu.

An einer Ampel bleibt der Junge plötzlich stehen. Sie hat gerade auf Rot geschaltet und ein Auto nach dem nächsten rauscht vorbei, ohne auch nur einen Spalt, zwischen dem man durchrennen könnte. Der Junge ist an der Stelle gefangen. Er dreht sich hektisch um und guckt Mingus panisch an. »Wer bist du?«, sagt er.

»Ich? Ich bin niemand, nur Mingus«, pustet er.

Der Junge scheint kaum außer Puste. Er leckt sich über die Unterlippe und sein Blick geht in verschiedene Richtungen hin und her, auf der Suche nach einem Ausweg.

Mingus stützt sich auf die Knie und atmet schwer. »Du bist ganz schön schnell!«

»Bist du Polizei?«

»Nee, Mann, ich bin nicht Polizei«, schnauft Mingus.

»Was willst du?«

»Ich, also ich, ich gehör auch zu diesem ganzen 4D-Projekt und wollte wissen, was los ist und wo wir jetzt stehen.«

73

Sie sitzen vor einem Café. Der Junge, der nicht älter als zwanzig sein kann, stopft ein Bauernfrühstück in sich rein, als wäre es seine letzte Mahlzeit. »4D-Netz gibt's nicht mehr und hat es auch nie wirklich gegeben. War ja alles nur ein Cover, dahinter steckt ja viel mehr. Aber jetzt ist alles aufgelöst, wir müssen uns neu formatieren. Wir dürfen nie aufgeben, sonst wachen wir irgendwann auf und finden uns in einer komplett fremdgesteuerten Welt wieder.«

Der Junge vor ihm hört sich genauso an wie der Alte, denkt Mingus.

»Wir werden bestimmt schon seit Wochen abgehört«, sagt der Junge, während er sein Frühstück mampft. »Wahrscheinlicher ist aber seit Monaten, und wer weiß von wem, den Cops oder dem fucking Verfassungsschutz – Dreckshunde. Unser CEO ist schon untergetaucht und seit Tagen nicht erreichbar. Es geht einfach alles den Bach runter.«

»Hanno Krüger?«, fragt Mingus.

»Kein Plan. Niemand gibt seinen echten Namen preis. Ist so eine Securitysache.«

»Er hat immer davon gesprochen, wie die Würfel Seelen fangen und so Sachen, oder?«

»Das ist Basiswissen. Er kann es einem sehr gut erklären. Jetzt warten wir einfach auf ein Zeichen von ihm, damit wir wissen, wie es weitergeht.«

»Okay, pass auf, ich muss dir jetzt mal eine kleine Geschichte erzählen«, sagt Mingus.

Der Junge stopft sich noch ein paar Bratkartoffeln rein und spült sie mit einem Schluck Cola runter. »Ok, erzähl, ich hör zu.«

»Ich weiß vielleicht wo Hanno ist, euer CEO, also unser CEO, mein ich … «, sagt Mingus und beschreibt ihm dann, wie er mit dem Alten im Soho House Whisky getrunken hat und irgendwann in der Zelle wach wurde. Zum Schluss sagt er: »Jedenfalls wollten die Bastarde mir den Scheiß in die Schuhe schieben.«

»Scheiß Cops Mann, fuck Mann, das ist sowas von abgefucked!«

Mingus hält ihm seine Kippenschachtel hin und zündet sich selbst eine an.

»Danke«, sagt der Junge, nimmt sich eine raus und Mingus gibt ihm Feuer.

»Ich hatte eine scheiß Angst, für immer im Knast zu sitzen. Irgendwann hab ich dann aber gemerkt, dass die Idioten selbst im Dunklen stapfen und keine Ahnung von nichts haben. Ich hab die irgendwann durchschaut.«

Der Junge zieht von der Kippe und guckt Mingus streng an.

»Ich bin kein Spitzel! Wenn du das denkst!«

Der Junge hält den Blick und schmatzt und raucht.

»Bin ich nicht!«, sagt Mingus.

Der Junge lehnt sich vor und sagt leise »Spitzel sind überall. Überall. Wenn das alles so stimmt, was du sagst, dann rate mal, wer dich da reingebracht hat.«

»Wer?«

»Ein verdammter Agent, Mann.«

»Krass Mann, denkst du wirklich?«, sagt Mingus.

»Guck dir das an, sie begehen die schlimmsten Verbrechen und lassen es aussehen, als wärst du es gewesen. Wir können nur hoffen, dass sie sich das alles nur ausgedacht haben und unser CEO noch lebt. Du weißt, was die Regierung in Wirklichkeit ist, oder?«

»Was meinst du?«

»Die Regierungen werden längst von Würfeln gesteuert.«

Mingus stöhnt. »Und das, wo alles so unschuldig angefangen hat. Ich wollte mit einem Kumpel einen YouTube-Kanal machen, wir wollten einfach rumziehen, die Dinger filmen und es online stellen. Wir wollten uns die Würfelhunter nennen. Und jetzt muss man rausfinden, was hinter dem ganzen Mist steckt.«

»Würfelhunter?«

»Ja, Mann.«

»Klingt gut.«

»Ja, kann sein.«

»Man soll nichts hinter den Würfeln vermuten. Man soll sich an sie gewöhnen. Ich kenn das Programm.«

Mingus nimmt einen Schluck Kaffee, sieht sich etwas skeptisch um und zieht an seiner

Kippe. »Hört sich schräg an. So leicht geht das doch aber auch nicht.«

»Guck dir das Programm der Regierung und der Medien an. Einerseits sagen sie, die Würfel wären völlig harmlos, ja, ganz lustig die Dinger, und andererseits bringen sie einen bald dazu, sich zu bewaffnen ... aus Sicherheitsgründen, sagen sie. Sich gegen etwas Harmloses bewaffnen, das macht gar keinen Sinn. Eine wahnsinnige, verunsicherte und gespaltene Gesellschaft zu bewaffnen, heißt ... «

»Was?«

»Dass sich am Ende alle gegenseitig eliminieren. Ganz einfach.«

»Und dann? Wozu das Ganze?«

»Du kannst drei Mal raten ... Dadurch kommen die Würfel noch viel schneller an unsere Seelen.«

Mingus Gesicht zerknautscht.

»Wenn du gesehen hättest, was ich gesehen habe, dann würdest du nicht mehr daran zweifeln ... Das war ein geiles Frühstück, danke dir.«

Mingus nickt. »Wie alt bist du?«

»Ich? Ich bin siebzehn ... scheiße, Mann, ich weiß, was auf diesem Planeten abgeht. Diese scheiß Aliens kratzen nicht nur ein bisschen an unserer Existenz, sie rotten uns alle aus und haben auch noch ihren Spaß dabei.«

»Was hast du denn gesehen?«

»Wenn ich dir das sage, dann denkst, dass ich in die Klapse gehöre, aber der Scheiß ist echt.«

Mingus lacht. »Das denke ich jetzt schon«

Der Junge zieht von seiner Kippe und guckt sich um. »Das war der totale Horrortrip. Sowas will ich nie wieder sehen müssen.«

»Und was hast du gesehen?«

»Scheiße Mann, ich musste mitansehen, wie jemand direkt vor meinen Augen zu einem Würfel wurde.«

74

»Ach nein! Was passiert hier denn? Taucht der verlorene Sohn auch mal wieder auf. Na, is ja wunderbar, dann kann es ja wieder richtig bergauf gehen!«, ruft Sam durch den leeren Laden.

Mingus geht mit gesenktem Kopf rein. »Eja, sorry. Ich konnte nicht früher.«

»Nee, is ja klar. Arbeitszeit kommt ja auch als letztes dran. Erstmal muss man sich ja ein schönes Leben machen, denn sonst kann man ja nicht fleißig sein, oder, mein kleiner Freund?«

»Mann, ich hatte voll die Scheiße um die Ohren, kannst mir glauben.«

»Ja? Was war denn diesmal? Komm, erzähl uns von deinen Abenteuern!«

»Ich war in Haft, falls du's wissen willst.«

Da lacht Sam schallend los. »Wieso das denn? Biste auf Dächern rumgeklettert und wolltest Würfel fangen gehen oder was? Komm, pack mal deine sieben Sachen ein, wir gehen jetzt mal rüber in den Laden am Kotti.«

Mingus guckt ihn verwirrt an, weil er nichts dabeihat, und geht seinem Chef dann hinterher.

Sie gehen die Dresdner Straße runter, als würde ihnen der ganze Bezirk gehören. Sam immer. Er geht immer mit großen und breiten Schritten durch die Straßen, als würde sich jeder andere nur temporär in seinem Gebiet aufhalten dürfen, als wäre jeder, auch wenn er auch noch so ein harter Gangster ist, nur Untermieter auf Zeit auf seinem Gehweg. Sam ist nicht nur Boss vom Curry, er ist, auch wenn er ein schlanker Typ ist, ein bisschen Bürgermeister hier, und wenn auch nur wenigstens in seiner eigenen Vorstellung. Und jedes Mal, wenn Mingus mit ihm durch die Gegend zieht, fühlt er sich ein wenig selbstbewusster als sonst, manchmal sogar genug, um alle seine Sorgen zu vergessen.

75

Kurz darauf sitzen sie sich in einem netten, kleinen Hipster-Café gegenüber.

»Also, was wolltest du mir sagen?«, fragt Mingus.

»Du hast dich ja echt ganz gut eingearbeitet im Curry. Ich bin zufrieden. Bist du auch zufrieden? Du bist doch auch zufrieden mit allem, wie es ist, oder?«

»Ein bisschen mehr könntest du mir schon bezahlen«, sagt Mingus. »Und ich finde diese ganze Bunkmann-Situation jetzt auch nicht so cool, weil ... «

»Ok, ok, das reicht. Das ist ok. Hör zu, ich möchte Bunkmann einen Job geben. Ich will, dass du mit ihm arbeitest, und ich will mit dir klären, dass das klar geht.«

Mingus zieht seine Augen zu kleinen Strichen zusammen. »Was jetzt? Was soll das denn heißen?«

»Er braucht eine Chance. Der verkauft sonst nur Drogen und macht anderen Unsinn. Da muss du jetzt dein Gefühlzeugs einfach mal bisschen zurücknehmen.«

Mingus hebt seine Drei-Finger-Hand und hält sie Sam hin.

»Ja, scheiße, ich weiß, ich weiß«, sagt Sam.

Da kommt Bunkmann mit einem Tablett mit drei Kaffeetassen und setzt sich dazu. Wenn Mingus und Sam schon nicht so ganz in den Laden passen, dann ist Bunkmann hier völlig fehl am Platz.

Da ruft ihm die Kassiererin in schwäbischem Akzent hinterher: »Des isch Rassismus, mein Lieber! Rassismus isch des!«

»Halt die Fresse! Geh zurück nach Stuttgart!«, ruft Bunkmann zurück und sagte dann zu den Jungs: »Glaubt ihr die Tante?« und lacht.

»Was_is_los?«, sagt Sam.

Bunkmann grinst. »Nichts. Sie meint, ich wär Nazi, weil sie nichts in Berlin zu suchen hat. Was ein Drecksloch, die Alte«, lacht er.

Mingus guckt Sam an, verdreht die Augen und schüttelt den Kopf.

»Also, was is hier los? Was hab ich verpasst?«, sagt Bunkmann.

»Ich hab Mingus gerade erklärt, dass ... «

Da kommt die Schwäbin an den Tisch. »Ich möchte, dass ihr geht«, sagt sie.

»Was denn? Wieso denn das jetzt?«, sagt Sam.

»Wegen dem hier«, sagt die Schwäbin und deutet mit ihrem Kopf auf Bunkmann.

»Das ist doch jetzt ein bisschen übertrieben«, sagt Sam.

»Nein, ist es nicht. Wenn man sich hier nicht benehmen kann, ist man auch nicht willkommen.«

»Was ist denn das Problem?«, sagt Sam.

»Er hat mich beleidigt.«

Da reicht es Mingus komplett und er steht auf. »Sie fühlen sich beleidigt? Beleidigt, sagen Sie?!«, wird er immer lauter. »Ich kann nicht mehr schlafen, meine Zähne gehen kaputt, weil ich nachts drauf rumknirsche und ich muss jeden Tag Tabletten nehmen, weil mir ständig zwei Finger schmerzen, die ich gar nicht habe«, schreit er und hält ihr seine Drei-Finger-Hand hin. »Alles wegen dem da, und Sie sagen, Sie fühlen sich beleidigt?!« Das ganze Café ist schlagartig ruhig und blickt auf Mingus. »Und weil ich fast die ganze Nacht nicht schlafen konnte, würde ich jetzt gerne wenigstens in Ruhe mein aufgesetztes Milchkaffeezeugs hier saufen, wenn's geht, weil meine scheiß U-Haft in den letzten drei Tagen auch nicht sonderlichen Spaß gemacht hat!«, sagt er und setzt sich wieder.

»Benehmt euch, klar!«, sagt die Schwäbin und geht dann wieder zurück an ihre Kasse.

»Also, wo waren wir stehen geblieben?«, sagt Mingus. »Ah ja, du willst, dass ich mit dem da arbeite, ja?«

»Was für ne U-Haft?«, sagt Sam.

76

Obwohl es in dieser Nacht furchtbar heiß ist, schließt Mingus alle Fenster, damit auch kein einziger noch so winziger Spionagewürfel in seine Wohnung eindringen kann. Die Hitze und die Phantomschmerzen in seiner Hand halten ihn lange vor dem flimmernden Fernseher wach. Im Halbschlaf schießen ihm Gedanken an die Whisky-Nacht mit dem Alten im Soho House durch den Kopf – ohne zu wissen, ob es seine Fantasie oder tatsächliche Erinnerungen sind. Er fragt sich immer wieder, ob er etwas mit dem Tod des Alten zu tun haben kann. Nie hätte er dem Alten etwas antun können, und wie ein Mörder fühlt er sich auch noch immer nicht. Die Bullen müssen sich das Ganze ausgedacht haben, denkt er.

Mitten in der Nacht weckt ihn eine Nachricht. Im Halbschlaf liest er: »Junge 1 lädt sie ein, an dem Gruppenchat »Würfelhunter« teilzunehmen. »Akzeptieren, Ablehnen.« Er zwinkert todmüde und akzeptiert, ohne groß nachzudenken.

Hanno Krüger musste erst sterben, bevor ich seinen Namen herausfand. Hoffentlich steht dem Siebzehnjährigen »Junge 1« in meinem Handy nicht das gleiche Schicksal bevor, denkt Mingus noch, bevor er wieder einschläft.

Am nächsten Morgen liegt Mingus noch im Bett, während es im Chat schlagartig hin und her geht. Pling, pling, pling – eine Nachricht nach der nächsten. Sie philosophieren über die Würfel, was sie sind und was man tun kann, ob man sie irgendwie abschießen kann und sollte und wenn ja, welche Waffen man verwenden kann. Mingus merkt, dass er seine Yakuza-ähnliche Clique gefunden hat.

Ich muss zu einem Typen ohne Furcht oder Skrupel werden, denkt er und ertappt sich plötzlich dabei, zu einem richtigen Bunkmann zu mutieren. Nur was ist in einer invasionsgeplagten Welt ein ehrliches Leben schon wert?

Plötzlich klingelt sein Handy. Die Nummer auf dem Display sieht er das erste Mal. Bestimmt jemand aus dem Chat, denkt er, wischt über das Display, ohne groß nachzudenken, und stellt den Lautsprecher an. »Ja?«

»Hey, na wie geht's? Alles klar?«, sagt eine ihm irgendwie bekannte Stimme.

»Wer ist da?«

»Ich bin's, Mann!«

»Wer?«

»Mann, Bunkmann, du Idiot. Pennst du noch? Liegst du noch im Bett oder was? ... Sonntags is ja hier mal gar nichts los ... Voll nutzlos hier zu stehen, ich schwör's dir.«

Mingus stöhnt und verzieht das Gesicht »Ich weiß. Was is? Warum rufst du an?«

»Ich wollte nur mal checken, was du so machst.«

Der einzige Mensch, den Mingus wirklich zutiefst hasst, tut immer so, als seien sie beste Freunde. Er nimmt das Handy in die linke, guckt seine rechte verstümmelte Hand an, und Mordlust steigt in ihm auf.

»Ey! Ey!«, schreit es aus dem Handy.

»Was? Was ist? Was willst du?«

»Ja, ey, ich wollt mal wissen ... Dieses Mädchen, auf die du mal aufgepasst hast ... «

»Was ist mit ihr?«

»Gib mal ihre Nummer!«

Der Bastard hat ihm erst seine rechte Hand genommen, dann ist er in seinen Arbeitsplatz eingedrungen und jetzt will er ihm auch sein Mädchen nehmen. »Wieso sollte ich *dir* denn ihre Nummer geben?«

»Mann, ich hab sie letztens gesehen und sie hat mit so 'nem Typen voll das miese Zeug geraucht und ich hab ihr versprochen, ihr ordentliches Shit zu besorgen. Das ist alles, Mann. Also, schick mal ihre Nummer, ich warte ... hier an dieser scheiß stinkenden Fritteuse«, sagt Bunkmann und lacht.

77

Mingus hat sein Gesicht gegen eine Scheibe gepresst, mit den Händen verdeckt er links und rechts das Tageslicht, damit er besser durch das Glas gucken und die Dinge drinnen erkennen kann. Viel bringt es nicht, denn auch, wenn er die Sitzecke im Soho House wiedererkennt, kommt ihm dennoch keine Erinnerung an den Abend zurück.

Nur die Würfeltheorien des Alten kommen ihm in den Sinn und dann, als er auf die laute und breite Straße blickt, wieder der Friedhof.

Instinktiv geht er auf die andere Straßenseite und dann, nach einer Weile umhergehen, steht er plötzlich am Eingang eines Friedhofs. Er kommt ihm bekannt vor. Er muss schon mal hier gewesen sein.

Es war also kein Traum!

Er geht auf den Friedhof, der leicht bergauf geht. Mit glühendem Kopf vor gedanklicher Anstrengung, versucht er eine klare Erinnerung zu erfassen.

Nachdem er eine gefühlte Ewigkeit umhergestreunert ist, legt er sich schließlich irgendwann neben eins der Grabmäler auf die Wiese, in der Hoffnung, auch nur eine Erinnerung zu erhalten, die ihm weiterhilft.

Was hatte er hier gewollt?

Auch Yogabewegungen und das ewige »Ommm« der Meditation bringen ihn kein Stück weiter, während er am Boden liegt und sich windet.

Als er so eine Weile daliegt und in die vorbeiziehenden Wolken blickt, überkommt ihn ein starkes Gefühl der Ruhe. Ewige Ruhe in der Entfernung, in dem blauen Himmel und den weißen leicht schattigen Wolken, die alle möglichen Formen und Figuren entstehen lassen. Er nähert sich einer Traumwelt, die ihm vielleicht Erinnerungen an den Abend und seine Motivation, auf den Friedhof zu gehen, erklären würden.

Als eine letzte Wolke vorbeizieht, dringt auf einmal die grelle Sonne durch und bringt ihn zum Blinzeln. Er schließt die Augen und ist einfach nur da, simple Existenz an einem Ort des Todes. Und dann, in seiner absoluten Einfachheit des Seins und spiritueller Ruhe, schießt rosa Licht aus dem Himmel und überkommt ihn von Kopf bis Fuß. Sein inneres Auge sieht plötzlich das rosa Licht ganz klar vor sich. Schlagartig überfällt ihn eine unheimliche Gänsehaut, ein Gefühl des Schwebens und dann ein warmes schleichendes Gefühl, als würde er sich von seinem Körper entfernen.

Er reißt die Augen auf, springt panisch auf und sucht den Himmel ab. Ihm ist schwindlig. Da sieht er tatsächlich hinter einem Baum einen Würfel in der Luft stehen.

»Hast du gedacht ich will sterben, nur weil ich auf einem Friedhof liege, ja?«, schreit er, rupft Gras aus dem Boden und schmeißt und schreit in Richtung des Würfels. »Hier du Bastard, ich bin am Leben, ich bin am Leben! Siehst du, am Leben, ihr Wichser! Meine dunkle Seele bekommt ihr nicht! Ich bin am Leben und liebe meine beschissene Existenz, ihr Schweine! Drecksschweine! Meine dunkle Seele bekommt ihr nicht!«, schreit er, sackt zusammen, landet auf den Knien und weint.

78

Auch wenn Sonntag vielleicht ein guter Tag zum Sterben ist, ist Mingus Zeit noch lange nicht gekommen.

Er ist knapp bei Kasse – ein Grund, weshalb er mit schwerem Gang irgendwann im Curry ankommt. In der Küche sieht er ein seltenes Bild vor sich – Sam schneidet Gemüse. Mingus ist zu müde, um zu fragen, was es damit auf sich hat. Er lehnt sich in die Küche und klopft gegen den Türrahmen. Dann zieht er von seiner Kippe und pustet den Rauch in den Raum, während er gegen den Türrahmen lehnt und ein Bein über das andere schwenkt.

»Du kannst hier nicht rauchen!«, sagt Sam, der mittlerweile nicht mal mehr wirklich sein Freund ist.

»Ich will meine Kohle, Sammy«.

Sam wirft ihm einen ernsten Blick zu, nimmt einen Umschlag von der Fensterbank neben sich und hält ihn Mingus hin.

Mingus nimmt ihn entgegen, beißt auf seine Kippe, reißt den Umschlag auf, nimmt die Scheine raus und zählt sie durch. Dann nimmt er den Zettel, auf dem Monatsabrechnung steht, heraus und wirft einen kurzen Blick drauf. »Ist das alles? Soll das ein Witz sein? Davon kann ich ja nicht mal meine Miete zahlen!«

»Du, das sind die Steuern. Jeder muss Steuern zahlen, auch du, mein Freund. Kannst dich bei den verfickten Veganern im Bundestag bedanken.«

»Das ist doch scheiße, Mann.«

»Du hast gar keine Ahnung, was es kostetet, einen Betrieb am Laufen zu halten.«

Mingus zieht mit tiefen Mundwinkeln an seiner Kippe. »Was soll das mit Bunkmann? Soll der jetzt für immer hierbleiben, oder was?«

»Ja, na und?«

Mingus wendet sich ab. »Verfluchter Bastard, Dreckshundesohn«, flucht er leise mit zusammengebissenen Zähnen.

»Vielleicht machen wir mal wieder einen Betriebsausflug in den Zoo, für den Zusammenhalt und alles«, schnalzt Sam mit der Zunge, spielt begeistert und setzt ein breites Grinsen auf.

»Du steckst immer voll von guten Ideen Sam, aber du vergisst dabei eine Sache.«

»Und was soll das sein?«

Mingus zögert. Irgendwie will ihm der Spruch, der ihm gerade noch auf den Lippen lag, nicht mehr einfallen. »Ach, vergiss es.«

»Was riecht hier so? Was ist das?! Riecht das angebrannt?!«, sagt Sam und guckt Mingus verwirrt an. Dann springt er mit einem Satz auf und rennt in den Laden. Mingus schlendert ihm langsam hinterher.

Zwei Gäste sitzen, in ihr Handy vertieft, auf einer großen braunen Ledercouch. Bunkmann steht draußen und telefoniert, während auf dem Grill schwarze Würste kokeln.

Mingus überkreuzt locker ein Bein über das andere und lehnt gegen den Türrahmen. »Siehste, das geht nicht lange gut mit dem Typ.«

79

Am nächsten Tag putzt Mingus im Currymex die Kaffeemaschine. Nur Stammgast Lenny trinkt Kaffee am Tresen in dem sonst leeren Laden. Mingus reißt seinen Mund weit auf, gähnt wie ein Löwe und unterbricht die Putzbewegungen wie ein Roboter, dem die Batterien ausgegangen sind. Er blickt durch seine mit tiefen und dunklen Ringen besetzten Augen durch die großen Fenster auf die Straße.

Lenny stöhnt, zu Tode gelangweilt. »Was … ein … verdammt … flacher … Montag.«

Mingus starrt weiter aus dem Fenster, als sähe er in das endlose Nichts des Universums. Regungslos wie ein Gemälde steht er da.

»Mingus, alles ok?… Du siehst bisschen feddich aus.«

Mingus starrt weiter in die Unendlichkeit des Seins.

»Du bist voll blass, und mit deinen Augenringen siehst du aus wie ein Zombie.«

Mingus schüttelt seinen Kopf in die Realität zurück. »Ich kann nicht schlafen.«

»Eukalyptustee.«

»Was?«

»Hilft zum Einschlafen.«

Mingus stöhnt schwer und holt dann tief Luft. »Ich will nicht einschlafen und nie wieder aufwachen.«

»Na ja, ok, aber ... «

Da geht die Tür auf. Bunkmann kommt herein, stellt sich neben Lenny und sieht ihn kurz scharf an. Dann wendet er seinen Blick auf Mingus. »Was is dein scheiß Problem?«

»Wieso? Was denn?«

»Du willst nicht mit mir arbeiten?«

»Hat ja keiner gesagt.«

»Is mir aber so zu Ohren gekommen. Also, was ist dein Problem, Digger? ... ich übernehm den Laden. Der gehört bald mir, und dann kannst du für mich arbeiten, du kleiner Keck.«

»Jetzt lass uns doch mal locker bleiben«, sagt Lenny.

»Watt, wer bist du denn?«

»Ich sag ja nur, Frieden, Mann, Frieden.«

»Ich schieb dir Frieden gleich in deinen Arsch, du Lesbe«, sagt Bunkmann zu dem jungen Lenny. »Guck mal, Mini, ich bin sowieso bald weg. Ich geh nach Südamerika. Dann könnt ihr euren Scheiß hier alleine machen«, sagt er, wendet sich ab und geht zur Tür. Mit dem Türknauf in der Hand dreht er sich nochmal um. »Also, pass auf, was du machst, was du redest. Jede Aktion hat Konsequenzen. Denk immer daran, jede Aktion hat seine Konsequenzen«, sagt er und verschwindet durch die Tür, so schnell, wie er gekommen war.

»Wegen so ‘ner Scheiße kann ich nicht schlafen und da hilft auch kein Eukalyptustee.«

Irgendwas grummelnd und mit Kippe im Mund, nimmt Mingus kurz darauf in der belebten Straße vor dem Curry die Schachtel Schmerztabletten aus seiner Jeans. Er zieht die Durchdrückpackung heraus. Mit schmerzverzerrtem Gesicht blickt er auf die laute Straße und drückt die letzte Tablette heraus, die nun in seiner rechten Drei-Finger-Hand liegt. Er öffnet und schließt seine schmerzende Drei-Finger-Hand, immer wieder, während er sich wieder mit zerknautschtem Gesicht umsieht. Für den Moment würde die Tablette gegen den Phantomschmerz helfen, aber verschwinden würde er nie durch Tabletten, dessen ist sich Mingus bewusst. Dann wird ihm plötzlich klar, dass er den Schmerz ignorieren muss – die Finger sind weg, der Schmerz ist nicht echt!

In dem Moment der Erkenntnis schießen ihm Erinnerungen in den Kopf, wie er mit seinen bloßen Händen ein Loch in den Erdboden gräbt. Sein Gesicht verzieht sich noch mehr. Mit größter Anstrengung versucht er sich zu erinnern, wo und wann es gewesen war.

Die Tablette fällt auf den Gehweg. Mingus tritt drauf und zermalmt sie unter seinem Schuh.

Die verdreckten Pfoten hatte er in der Zelle, als er in Haft saß. Und vorher war er auf einem Friedhof, so viel weiß er noch. Natürlich! Der Friedhof! Er hatte auf dem Friedhof etwas vergraben!

Mingus merkt, wie sehr die verfluchten Tabletten seine Erinnerungen vernebelt hatten und tritt auf die Tablette, wie ein hysterisches Weib auf eine Spinne und grunzt wütend.

»Jo, Mingus, watt machst du da?«, sagt Sam, der plötzlich vor ihm steht. »Du kannst doch hier vorm Laden nicht so rumhampeln, wie so'n Geistesgestörter.«

»Scheiß Tabletten, machen meinen Kopf zu Mus.«

»Zeig mal«, sagt Sam und zieht ihm die Schachtel aus der Hand. »Was nimmste auch so'n harten Scheiß?«

Mingus hält seine Drei-Finger-Hand vors Gesicht und sagt: »Phantomschmerz.«

»Na gut, aber jetzt sieh mal zu, dass du deinen Arsch wieder hinter die Theke kriegst.«

Wieder hinter der Theke, guckt Mingus in dem leeren Laden in sein Handy und verfolgt den Chatverlauf der Würfelhunter. Er hofft, dass so bald kein Gast im Laden aufkreuzen wird. Immer wieder werden Links zu Videos gepostet, in denen die ganze Würfel-Seelentheorie erklärt wird. Mingus ist immer wieder hin- und hergerissen – zwischen der Überzeugung, dass die Würfel die mieseste und hinterhältigste Version eines weit entfernten Planeten sind und Skepsis der ganzen Theorien gegenüber.

»Phantomschmerzen werden auf Veränderungen im Gehirn zurückgeführt. Sie werden in einem Körperteil wahrgenommen, der nicht mehr vorhanden ist, meist infolge einer Amputation«, liest Sam laut von seinem Handybildschirm vor, als er aus der Küche kommt. »Scheiße, Mann, du leidest ja richtig«, sagt er, läuft hinter den Tresen und fasst Mingus an die Schulter. »Das war mir ja gar nicht klar, mein Junge.«

Mingus nickt mit breit nach unten gezogenen Lippen.

»Mein Mingus, voll am Arsch. Alles wegen diesem Bunkmann. Wir hätten den nicht aus dem Knast abholen sollen.«

Mingus wischt den sauberen Tresen für den nächsten Gast ab, der irgendwann eintreffen wird.

»Eine gute Sache hat das ganze ja.«

»Aha, und was soll das sein?«

»Du bist mein bester Mitarbeiter geworden«, starrt Sam mit breitem Grinsen Mingus an, als ob noch irgendwas kommen würde. Aber da kommt nichts mehr. Sam dreht sich auf dem Absatz um und geht pfeifend in die Küche. »Mein Mingus, auf den ist immer Verlass«, singt er.

80

Als am Abend Kreuzberg von der brennenden Sonne abkühlt, spaziert Mingus mit Julie, die einen Kinderwagen schiebt, mal wieder am Kanal entlang. Die Grünflächen und Gehwege sind voll von relaxten Leuten, die am Abend ihr Bier genießen und über die Welt philosophieren oder zumindest so tun, als ob.

»Dein Kind?«, sagt Mingus grinsend.

»Haha, sehr lustig. Das ist mein Neffe, du Idiot.«

»Hätt ja sein können.«

»Könnte gar nicht sein. Was quatschst du da, Mingus?«

»Ok, ok. Hab ja nur ein bisschen Spaß gemacht.«

»War aber nicht lustig.«

»Na gut.«

»Ist nicht gut. Sowas ist nicht lustig.«

»Meine Güte, ok, Julie, ich hab's ja ver…«

Da schießt aus dem Nichts ein schwarzer, waschmaschinengroßer Würfel hinter einer Häuserreihe hervor und bleibt über dem Kanal in der Luft stehen. Die Menge stöhnt vor Aufregung und einige stehen blitzartig auf und staunen das Ding an, als würden sie ein UFO sehen, was es genau genommen ja ist. »Ja! Sie sind da! Woohoo!«, grölt eine Frau und springt herum. Die Teile sind zwar alltäglich, aber dennoch jedes Mal eine kleine Sensation. Die meisten grölen los, als hätte ein Techno-DJ einen Wahnsinnssound aufgedreht. Ein paar andere bleiben gechillt liegen und tun unbeeindruckt, aber es ist jedes Mal aufs Neue total erstaunlich, so ein Ding entgegen jeder Schwerkraft einfach so rumsausen zu sehen. Ein Besoffener schmeißt seine Bierflasche Richtung Würfel und grölt etwas Unverständliches.

»Der totale Wahnsinn. Ich habe noch nie einen in echt gesehen«, sagt Julie. »Siehst du, was ich sehe, Mingus?«

»Ich seh's.«

Julie sieht ihn an. »Bist du nicht beeindruckt? Er schwebt da einfach vor uns. Scheiße, ich hoffe, er kommt nicht näher. Ich glaub, ich krieg Angst.«

»Sie sind wie riesige Motten, nur ohne Leben und dennoch total unberechenbar.«

»Faszinierend und so schön irgendwie«, sagt Julie und bestaunt mit großen Augen das Teil, das über dem Wasser schwebt.

»Wenn die Leute wüssten, was sie wirklich sind und was sie vorhaben, dann würde hier die totale Panik ausbrechen«, sagt Mingus, sieht etwas Buntes aus dem unteren Fach des Kinderwagens rausragen und kniet sich nieder.

»Du bist ein komischer Typ, Mingus. Was du redest, als wärst du ein Experte für sowas.«

»Ufologe, meinst du«, sagt Mingus und kramt unbemerkt im Kinderwagenfach rum.

»Ufologe, ja sowas würde zu dir passen – die größten Spinner, die es gibt.«

»Wie nett von dir«, sagt Mingus, steht auf und hält ein kleines Schippchen in seiner Drei-Finger-Hand. »Meinst du, ich kann mir die mal ausleihen?«

Bevor es dunkel ist, kommt Mingus mit der kleinen Schaufel bewaffnet auf dem Friedhof gegenüber des Soho Houses an. Er muss rausfinden, was er vergraben hat, und vor allem erst mal, wo. Gerade, als er die ersten Schritte durch den Zugang des Friedhofs macht, bekommt er ein paar kleine Tropfen ab. Er läuft den Weg aufwärts und versucht, sich mit größter mentaler Anstrengung an irgendetwas zu erinnern – wo er was vergraben hatte, und warum!

Nicht eine Abzäunung oder ein Grab bringen eine einzige sinnvolle Erinnerung zurück. Immer öfter wird Mingus von kleinen Regentropfen getroffen.

Er läuft den Gehweg hinauf, bis er an eine Mauer gelangt. Er zieht sich an ihr ein Stück hoch und guckt drüber. Ende des Friedhofs. Auf der anderen Seite ist nur eine breite, laute Straße, und Mingus hat noch nicht ein Loch gegraben. Er sieht sich um und versucht, sich wieder angestrengt an nur einen einzigen Stein zu erinnern.

Dann, bei strömendem Regen, gräbt er verzweifelt ein Loch nach dem nächsten, schließlich will er nicht völlig umsonst nach Mitte gefahren sein. Mit völlig durchnässtem und dreckigem weißem Hemd gräbt er mit

Schaufelchen und Händen abwechselnd, wie ein Maulwurf, ein Loch hinter das nächste, wobei er die Totenruhe völlig vergisst.

Nach einer Stunde Grabschändung und verzweifelter Suche geht Mingus müde und barfuß bei strömendem Regen durch die Stadt.

82

Irgendwann am nächsten Tag tritt ein Arbeitsschuh mit Stahlkappe Mingus wach. Er öffnet die Augen und sieht sich hektisch um. Er liegt in der Lagerhalle, in die er vor Wochen eingebrochen war, auf einer Matratze, neben seiner Wohnung. Mit grimmigem Blick sieht ihn ein Arbeiter an. »Kann ich mal wissen, wie Sie hier reingekommen sind?«

»Ich, ich, ich ... «

»Sowas nennt sich Hausfriedensbruch, was Sie hier machen. Ich muss die Polizei holen«, sagt der Arbeiter und legt sein Handy ans Ohr.

»Nein, nein, nicht die Polizei, bitte, ich kann's erklären.«

Der Arbeiter blickt auf die Wand und sieht das Loch in ihr. »Was haben Sie mit meiner Wand gemacht?! O Mann, das ist ja ein Totalschaden!«

Mingus steht blitzartig auf, er ist noch todmüde und kann kaum einen klaren Gedanken fassen. »Ich bin Ihr Nachbar, und wenn ich es recht verstehe, ist das Ihre Lagerhalle. Schickes Ding.«

»O nein, meine Wand! Wer repariert mir die denn jetzt? Das sind doch alles Kosten.«

»Keine Sorge«, grinst Mingus. »Ich bring das alles für Sie in Ordnung.«

Der Arbeiter steckt seinen Kopf durch das Loch.

»Ein richtig tolles Lager haben Sie hier. Da kann man richtig was draus machen«, sagt Mingus, um den Mann irgendwie zu beruhigen.

Der Arbeiter zieht den Kopf wieder aus dem Loch und dreht sich verdutzt zu Mingus. »Was soll denn das? Sie können doch nicht in mein Lager einbrechen und hier sonst was machen. Das geht doch nicht!«

»Das stimmt.«

»Ich verstehe auch überhaupt nicht, wieso Sie sich hier auf eine Matratze legen, wenn sie hier direkt nebenan wohnen. Haben Sie kein eigenes Bett?!«

Mingus geht langsam und geduckt auf den Mann zu. »Doch, doch, ich habe ein Bett. Es ist nur so: In meiner Wohnung taucht immer wieder ein kleiner Würfel auf, der mich ausspioniert.«

»Ein Würfel?! Versteh ich nicht. Also, das geht ja gar nicht und ist nicht akzeptabel.«

»Ich weiß, dass es nicht akzeptabel ist, aber es ist eine Notsituation. Ich konnte in meiner Wohnung nicht mehr schlafen. Es war furchtbar«, sagt Mingus und fällt dramatisch auf die Knie.

»Wie soll denn so ein waschmaschinengroßer Würfel in Ihre Wohnung passen? Das macht doch gar keinen Sinn!«, sagt der Arbeiter und hält sein Handy wieder ans Ohr. »Tut mir ja leid, Junge, aber ich muss die Polizei informieren.«

Mingus schlägt seine Hände zusammen, als würde er beten. »Geben Sie mir zwei Minuten, um es erklären. Zwei Minuten, bitte!«

Der Arbeiter, der zwar groß, aber sonst keine besonders furchteinflößende Erscheinung ist, guckt den bettelnden Mingus mit schrägem Mund und zusammengezogenen Augenbrauen an.

»Eine Minute. Nur eine Minute!«, sagt Mingus und kriecht auf den Mann zu. »Sehen Sie, es gibt nicht nur die Waschmaschinen-Würfel. Es gibt sie auch in ganz kleiner Form. Ganz klein, nur so groß wie ein Spielewürfel.«

»Das hör ich zum ersten Mal.«

Mingus kriecht weiter auf den Mann zu. »Ich war auch total überrascht, als das Ding aufgetaucht ist. Ich dachte erst, es wär eine Motte, und plötzlich sehe ich da einen verfluchten Würfel vor mir im Zimmer. Ich hab die totale Panik bekommen. Wissen Sie, sie spionieren uns aus, bevor sie uns gefangen nehmen, wie in einer Cloud. Es sind nur nicht unsere Daten, sondern unser tiefstes, inneres Selbst – unsere Seele.«

»Was?«

»Ja, und stellen Sie sich mal vor: Die Leute regen sich darüber auf, dass ihre Daten von den großen IT-Firmen digital gespeichert werden, und das, wo wir alle kurz davor sind, selbst abgespeichert und ewig gefangen zu werden, von verfickten UFO-Würfeln! Der Scheiß ist real. Die Invasion kommt schleichend, nicht mit einem lauten Knall, wie in einem schlechten Hollywood Film. Sie müssen mir glauben, wir sind alle in Gefahr, unsere Ewigkeit ist bedroht«, jammert Mingus, lässt seinen Kopf auf die Brust fallen, schluchzt und tut so, als würde er weinen.

83

Später brutzeln im Currymex mehrere Würste auf der Heizplatte und Mingus nimmt reihenweise Bestellungen an, schneidet eine Wurst nach der nächsten und serviert sie mit reichlich Curry und Ketchup. Gegenüber der Theke hängt ein riesiger Fernseher an der Wand, auf dem die aktuellen Nachrichten laufen, die Mingus schon seit einer Stunde furchtbar auf die Nerven gehen. Aber Sam hat so seine eigenen Theorien, was im Laden laufen soll, und Mingus ist nicht nach Streit mit seinem früheren besten Freund und jetzt dämlichem Chef zumute.

Nach einer weiteren Stunde Würste und Bier servieren, kann er sich die falsche Würfel-Propaganda nicht mehr antun – sie tun so, als seien die Würfel eine Art Touristenattraktion, und nie wurde auch nur einmal ihre Herkunft hinterfragt. Gerade, als er in die Küche stürmen will, um Sam seine Meinung zu pfeifen, spricht ihn ein Gast mit starkem, spanischem Akzent, an. »Oh, the sausages are so really delicious. Please, can you tell us how to get to Alexanderplatz? We want to see the cube in person, you know.«

»In person? You want to see a cube in person? You know, they got no identity, right? They are bloodsucking, evil soul_prisons, if you weren't aware, now you know. So no, I can't tell you where Alexanderplatz is!«, sagt Mingus und rennt in die Küche.

Sam geht im Lager hinter der Küche mit einer Liste Bestellungen für Getränke durch. Mingus stürmt herein. »Es reicht mir, mach die scheiß Propaganda aus!«

»Wovon redest du?«

»Die Glotze, Mann! Das Gequatsche hält ja kein Mensch aus.«

»Die Leute wollen das aber sehen. Es ist für die Touris.«

Mingus Kopf fällt auf seine Brust. »Dann will ich eine Gehaltserhöhung!«

Sam lacht. »Auf was für Ideen du immer kommst.«

»Ich mein es ernst!«

»Ja, ich merk's. Aber das ist nicht so easy, wie du dir das alles immer vorstellst.«

»Ich brauche wirklich Kohle, Chef. Meine Strom- und Gaskosten sind ins Astronomische gestiegen. Ins Astronomische!«

»Was denn für Gaskosten? Es ist Sommer, da hast du doch null Heizkosten.«

Mingus fängt an leise zu nuscheln. »Na ja, ich hab eine größere Wohnung.«

»Lass mich dir mal ein paar Sachen erklären, Mingus. Das Leben besteht nicht daraus, immer was Neues, Teureres, Größeres und Bunteres zu haben. Manchmal muss man sich einfach mit dem zufriedengeben, was ist und was man hat. Also, mach mal hier nicht ein auf Größenwahn.«

Mingus beißt sich wütend auf die Zähne und spricht, ohne den Mund zu öffnen. »Musst mir ja nicht gleich einen Vortrag halten.«

»Alter! Was ist mit deinen Zähnen los?«

»Das ist der emotionale Stress. Ich knirsche mit den Zähnen, weil ich mit jemandem zusammenarbeite, der mir meine Finger weggeballert hat und den ich eigentlich nie wiedersehen sollte. Und mit dem ich aber gezwungen bin zu arbeiten, weil mein Chef meint, dass er sich ändern würde.«

»Der eine Schneidezahn ist ja halb abgebrochen.«

»Ich weiß, ich falle auseinander – erst emotional und dann körperlich.«

»Das sieht nicht gut aus.«

»Ich weiß.«

»Das musst du in Ordnung bringen.«

»Okay.«

»Und wo wir gerade vom Teufel sprechen. Wo ist eigentlich Bunkmann, der alte Hundedieb? Er hat doch heute Schicht.«

»Keine Ahnung. Ist mir auch scheißegal. Ich hab keine Kohle mehr, Sammy!«

»Jetzt hör mal auf zu jammern. Mach dir nen schönes Gebiss mit glänzendem Lächeln, dann kriegst du auch wieder mehr Trinkgeld.«

»Du zahlst mir weniger als den Mindestlohn, damit kann ich vor Gericht.«

»Drohst du mir?«

»Ich sag's ja nur.«

Sam schüttelt enttäuscht den Kopf. »Erst hier heimlich Würste essen und jetzt noch drohen, das ist ganz schön hinterhältig, Mingus.«

»Ich habe hier noch nie eine Wurst gegessen, ich würde die eklige Scheiße nie anrühren und schon gar nicht heimlich.«

Da schlendert Bunkmann mit einem Teller in der Hand durch die Küche ins Lager, und schlemmt genüsslich eine Wurst. »Was geht ab, Jungs?«

Mingus deutet mit aufgerissenen Augen auf Bunkmann, um das Offensichtliche zu zeigen.

»Du bist über eine Stunde zu spät«, sagt Sam.

»Ihr seid echt so ein paar Eulenköpfe, unfassbar. So richtige Mäusekacker, ohne Sinn für Style. Man muss Dinge erledigen und ihr guckt auf die Uhr, als wäre Würste braten irgend so ein scheiß Sportwettbewerb oder so'n Kack«, sagt Bunkmann, wischt Brot durch den Ketchup und mampft laut. »Ich bin doch kein Untertan in eurer scheiß bekackten Würstchen-Kleinhirn-Primaten-Welt. Mini hier, mit dem Geist eines Zwergs«, spuckt er fast das ganze Brot aus. »Na und, ich war im Knast, heißt ja nicht, dass man bei jeder Gelegenheit einen auf sein Kleindorf-Format runterziehen muss. Habt ihr noch nie was von Teamarbeit gehört, ihr Wichte?«

Mingus reißt sich die Plastikschürze vom Leib und sagt: »Mach doch deinen Scheiß alleine, Sam!«, und macht zwei Schritte Richtung Küche.

Bunkmann stellt sich ihm in den Weg, drückt ihm seinen Teller in die Hand und sagt zu Sam: »Is er jetzt beleidigt, wegen Wicht? Weil ich Wicht gesagt hab? Komm, beruhig dich, Mingus, du großer Wurstmanager, Wurstkönig. Guck mal, ich will dir doch gar nicht deinen Job wegnehmen, is doch alles gut. Du bist hier der Chef, Würstchenchef, direkt nach dem Kaiser der Säue, Sammy. Alles cool oder hast du wieder deine Tage, Mini? Hatta wieda seine Tage, Sammy?«

»Mir geht's bestens.«

»Dann ist ja gut. Hier, nimm mal meinen Teller mit, ich hab mit Kaiser was zu bequatschen, hier wird sich nämlich in Kürze einiges ändern, kleiner Mann. Und jetzt hopp, hopp, ab zur Theke, bevor uns noch ein Kunde durch die Lappen geht und Sammy weint.«

84

In der Pause sitzt Mingus auf dem Oranienplatz auf einer Bank und raucht. Bunkmann kommt grinsend auf ihn zu. Mingus will aufstehen und direkt gehen – wer will schon mit dem Schwanz reden?

»Du siehst das alles zu eng. Ich helf Sammy. Guck dir den Laden doch mal an – das ist der letzte Dreck. Der läuft überhaupt nicht. Die paar People da drin bringen doch keinen Umsatz. Da muss erstmal der Bunk kommen, um die ganze Sache geradezubiegen. Sonst kannst du deinen Job da auch vergessen, wenn er den Laden dicht machen muss«, grinst der bullige Typ.

»Was weißt du denn über den Umsatz?«

»Ha!«, lacht Bunkmann, »ich hab mir die Zahlen angeguckt.«

»Aha, bist du so eine Art Buchhalter oder was?«

»Kann man so sagen«, sagt Bunkmann süffisant grinsend.

»Alles klar«, sagt Mingus und guckt genervt weg. »Hast du im Knast gelernt oder was?«

»Scheiß mal auf Knast-Mast, kiek mal, ich bring da bisschen Business rein und dann machen wir richtig Knete. Knete, die du noch nie gesehen hast. Mann, Mini, ich rede von Batzen und Batzen, da musst du eine Geldzählmaschine kaufen.«

Mingus zieht irritiert an seiner Kippe und wünscht sich den Typ so weit weg, wie es nur geht. »Hört sich nicht gerade sauber an.«

»Was für'n sauber? Bist du behindert? Guck mal, wenn die Leute Koks wollen und es sich so oder so holen, warum nicht gleich bei uns, wo sie ihre Wurst essen und Bier trinken.«

»Ist ja interessant. Hast du dir auch schon einen Werbeslogan ausgedacht?«

»Digga, für sowas braucht man keinen Werbeslogan, das läuft von ganz alleine. Ich will dir hier nur schon eine Chance geben einzusteigen, du Spinner.«

»Und Sam weiß darüber Bescheid?«

»Wenn ich dem erstmal zeige, was man da rausholen kann, wird er betteln, dass ich damit nicht woanders hingehe.«

»Und wieso quatschst du mich dann voll?«, sagt Mingus und steht auf.

»Was du redest. Wie viel Geld hast du gerade?«

»Keine Ahnung.«

»Hol mal aus deiner Tasche, was du gerade dabeihast.«

Mingus greift in die Tasche und holt ein paar Münzen raus.

»Siehst du«, sagt Bunkmann und holt aus seiner Jeans einen riesigen Bündel Scheine. »Das ist, wovon ich rede. Guck dich um, alle Läden hier in der Gegend machen das. Sei nicht dumm, Junge, mach mit, so lange du noch kannst.«

»Ja, das sind auch die Läden, die in den Nachrichten vorkommen, weil sie von den Bullen hochgenommen werden. Also, sei *du* nicht dumm, brate ein paar Würste und mach Feierabend.«

Mingus staunt, als er das Bündel sieht, lässt sich aber nichts anmerken und schüttelt den Kopf. »Mann, Mann, Bunkmann, der Knast hat dich ja nicht gerade besser gemacht, oder?«

»Er hat mich professioneller gemacht. Das ist der Punkt.«

»Das sagst du, als würden wir über einen Film diskutieren.«

»Wir machen unseren eigenen Film, die Frage ist nur, ob du eine Hauptrolle willst oder als Komparse nur durchs Bild laufen wirst.«

Mingus fehlen die Worte und er schüttelt nur mit runtergefahrenen Mundwinkeln den Kopf. »Bunkmann, Bunkmann, der Unverbesserliche.«

Bunkmann fühlt sich scheinbar in seinem Vorhaben nur bestätigt und grinst. »Ich verrate dir ein Geheimnis, aber du kannst es nicht Sammy sagen, alles klar?«

Mingus guckt auf die Straße und die vielen Leute, die an ihnen vorbeiziehen und kann irgendwie nicht glauben, wie offen Bunkmann über alles redet, als wäre nichts dabei. »Ich glaub, ich will's gar nicht wissen.«

»Okay, ich sag's dir, aber wie gesagt, kein Wort an Sammy.«

Mingus nickt. »Eine Überraschung, ja?«

»Ha! Ja kann man so sagen.«

Mingus sieht ihn skeptisch an, stöhnt und sagt: »Also, was ist es?«

Da lehnt sich Bunkmann vor und flüstert Mingus – Hasch, Hasch – das Geheimnis ins Ohr.

»Das hast du gemacht?! Oh Mann, Bunkmann.«

85

Irgendwann später fährt Sam mit seinem alten Van von Kreuzberg Richtung Nordwesten, Mingus sitzt neben ihm. »Du kannst nicht einfach kündigen, du alter Loser. Will er sich hier einfach aus der Affäre ziehen. Als bester Mitarbeiter bist du für den Laden verantwortlich. Man könnte sagen, dass du Bunkmann ein bisschen babysitten musst. Er braucht den Schubs in die richtige Richtung.«

Mingus kann nicht glauben, was er hört. »Wenn du wüsstest, was der Typ macht ... «, sagt er, während er aus dem klappernden Ding aus dem Fenster guckt.

»Wir müssen zusammenhalten, wie eine richtige Familia ... «

»Mann, der dealt und im Curry hat er sogar schon ... «

»Was ist das denn?!«, schreit Sam und zeigt auf ein Haus.

»Hä?«

»Da steht Würfelhunter! Wo kommt das denn her?«

Auch Mingus sieht es ebenso erstaunt als Graffiti an einer Hauswand.

»Gehst du nachts los und besprühst Häuserwände?!«

»Nee.«

»Erzähl doch keinen Scheiß! Wo soll das sonst herkommen? Führst du ein Doppelleben, von dem ich nichts weiß, Mingus?!«

»Nee, Mann, wirklich nicht.«

»Würfelhunter war meine Idee! Das ist quasi mein Patent und du gehst damit hausieren. Ich kann's nicht fassen!«

»Das kann sich auch jemand anderes ausgedacht haben.«

»Niemals! Das ist so speziell, das kann sich niemand sonst noch ausgedacht haben!«

»Ja, ok.«

»Ey, hör ich mal was? Ich will hier eine Erklärung haben. Ich nehm dich in meinem Laden auf, nehm dich in meine Obhut und werde dann derart hintergangen. Das ist doch nicht dein Ernst!«

»Du hast damit doch nicht mal was gemacht.«

»Ich hab auf den richtigen Einfall gewartet, eine Inspiration. Man funktioniert als Künstler doch nicht auf Knopfdruck, aber dass du das nicht verstehst, wundert mich gar nicht!«, schreit Sam.

»Ok, sorry Chef, mein Fehler«, sagt Mingus und sieht wieder aus dem Fenster.

Da schlägt Sam wie wild auf das Lenkrad ein und brüllt vor Lachen. Sein Lachen schallt in dem Wagen so laut, dass Mingus eine Sekunde glaubt sie wurden vom Blitz getroffen. »Hast du das echt geglaubt?!«, brüllt Sam lachend.

Mingus nickt schüchtern, sieht ihn kurz an. »Vielleicht«, sagt er und zuckt mit den Schultern.

Sam schlägt noch wilder auf das Lenkrad ein, und an einer roten Ampel angekommen, hämmert er seinen Kopf aufs Lenkrad. Dann lehnt er seinen Kopf zurück und lacht noch lauter. »Du bist so leichtgläubig, unglaublich, Junge, das ist zu geil! Hahaha.«

»Ok, ok, sehr witzig.«

Schlagartig sieht Sam ihn wieder todernst an. »Aber jetzt mal ehrlich, bist du Sprüher?

Führst du ein kriminelles Doppelleben, von dem ich nichts weiß? Sprich jetzt oder stirb.«

»Nein Chef, ich bin ein ganz normaler Typ. Alles, was ich will, ist ein Loft, der Rest ist mir scheißegal.«

Sam zieht eine Augenbraue nach oben, als würde er ernsthaft nachdenken. »Na, dann ist gut. Ich kann in meinem Betrieb nämlich keine Exzentriker gebrauchen. Bei mir herrscht Ordnung und Struktur, alles andere landet auf dem Kompost oder in unserem Fall bei den Hyänen«, grinst er breit, setzt den Van in den richtigen Gang und schießt über die grüne Ampel.

86

Im Zoo sitzen Sam und Bunkmann auf der Absperrmauer vom Hyänengehege. »Dieser Betriebsausflug, kombiniert mit Hyänenfütterung, wird uns ein für alle Mal zusammenschweißen. Und Bunkmann, dir muss ich absolut recht geben, Teamarbeit ist das wichtigste, sonst läuft gar nichts.«

Mingus guckt auf den Boden und raucht. »Haste mal eine?«, sagt Bunkmann. Mingus gibt ihm eine Kippe.

»Und ich glaube, wir können ein absolut gutes Team sein, wenn wir wirklich wollen, weil … «

»Gib mal Würstchen«, sagt Bunkmann aufgeregt, als er eine sich sonnende Hyäne gähnen sieht.

»Nicht jetzt, ich sag doch gerade was, und außerdem sind hier gerade überall Leute.«

»Ist mir egal, komm, ich werf dem Vieh eine Wurst direkt ins Maul. Hundert Euro, dass ich das schaffe«, sagt Bunkmann und zerrt an Sams Rucksack.

»Jetzt warte mal, hier sind doch überall Kinder!«, zerrt Sam zurück.

»Jetzt gib! Da passiert doch nichts!«, zerrt Bunkmann wieder.

»Jetzt sei doch mal vernünftig!«, zerrt Sam den Rucksack zurück.

Mit voller Wucht und Körpereinsatz zieht Bunkmann den Rucksack zu sich ran, verliert das Gleichgewicht und rutscht rückwärts von der Mauer. Er fällt zweieinhalb Meter tief ins Hyänengehege und landet mit dumpfem Schlag auf dem Rücken. Sein Oberkörper erhebt sich und er keucht lautstark nach Luft.

Die Besucher mit ihren Kindern schreien und geraten in Panik. Stöhnend und nach Luft schnappend erhebt Bunkmann den Oberkörper, fällt aber direkt wieder zurück. Um Luft ringend, verdrehen seine Augen. Besucher schreien, Kinder weinen und Panik bricht aus.

Drei Hyänen erheben sich neugierig von ihrem Sonnenbad und gehen schnüffelnd auf Bunkmann zu, der sich krümmt vor Schmerzen und mit verdrehten Augen um Luft ringt. »BUNKMANN! STEH AUF!«, schreit Sam panisch. Mingus staunt mit riesigen Augen, als sähe er in einem Horrorfilm die finale Szene. Der Showdown ist nahe. Karma zeigt endlich seine Wirkung. Hier und jetzt wird Bunkmann wirklich sterben, denkt er. Und trotzdem ist ihm die ganze Szene etwas unwirklich und so ganz einig ist er sich nicht, ob er Bunkmann tot sehen will und besonders nicht, ob er zusehen möchte, wie er von einem Rudel Hyänen zerfleischt wird. Zusehen will er nicht, dass er sterben wird. Die Hyänen schnuppern und nähern sich Bunkmann, der sich noch immer nicht aufrichten kann. Bei jedem Schritt, den die Hyänen machen, schreit die Besuchermenge lauter und hysterischer. Sam reißt den Rucksack auf und schmeißt Würstchen, deren Verfallsdatum abgelaufen ist, ins Gehege. Zwei Hyänen laufen zu den Würstchen, die dritte lässt sich aber nicht ablenken. Sie ist irgendwie mehr an dem keuchenden Bunkmann interessiert, als an gammligen Würstchen. Die Hyäne jault, schnuppert und kommt Bunkmann noch näher.

Sam schmeißt seine Würstchen direkt auf die Hyäne und schreit: »Hier, nimm das, du dumme Sau!«

Bunkmann schüttelt sich, sieht sich um, und versucht festzustellen, wo er ist.

»Da! Hinter dir!«, schreit Sam.

Pustend und keuchend dreht Bunkmann sich um und ist entsetzt, als er das Vieh, das in die Knie geht – bereit zum Absprung auf sein Opfer – ein paar Meter vor sich sieht. Er schleppt sich, um Luft schnappend, an die Mauer.

Sam trifft die Hyäne mit einer Wurst direkt in die Schnauze. Die sieht sich kurz dusselig um und rennt dann auf Bunkmann zu. Der springt die Mauer hoch, Mingus streckt seine Hand reflexartig nach unten. Als Bunkmann seine Drei-Finger-Hand zu greifen bekommt, schreit Mingus aus vollem Hals los, als würde er mittelalterlich gefoltert. Das sind keine Phantomschmerzen, das ist der schlimmste Schmerz, den je ein einzelner Mensch erleben musste. Die Hyäne zerrt an Bunkmanns Hosenbein und Mingus schreit und schreit und schreit. Er übertönt das Gejammer der Menge um viele Male. Ihm schießen Gedanken an die Pistole und wie er seine Finger durch Bunkmann verloren hat, dann die Nacht mit dem Alten und seine Theorien und dann noch der Friedhof – zip, zip, zip – blitzartig durch den Kopf.

In diesem Moment größter Qual kann er sich kristallklar an alles erinnern, als wäre sein Unterbewusstsein schlagartig weit geöffnet, und jetzt weiß er auf einmal, wo er an dem Abend nach dem Soho House, als vor den Bullen wegrannte, war und wo er auf dem Friedhof etwas vergraben haben muss. Er sieht durch sein inneres Auge, an welcher Stelle und an welchem Grab. Dann bekommt er plötzlich fürchterliche Angst, ob es sein eigenes Grab ist. Er fragt sich, ob er seine Seele neben seinem Grab vergraben hatte. Er fragt sich, ob er schon längst tot ist. Dann denkt er, dass er lebt und in die Zukunft blicken kann und weiß, wo seine Leiche einmal liegen wird. Die Umgebung sieht er nur durch einen dunklen Tunnel, Geräusche hört er nur dumpf und aus weiter Entfernung, und sein Körper ist taub und ohne Empfindung. Bunkmann zieht sich mit Sams Hilfe ein ganzes Stück an Mingus Arm hoch. Dann, mit einem Ruck, rutscht er wieder ab. Plötzlich und ruckartig zerrt die Hyäne an Bunkmanns Bein. Mingus schießt in die Realität zurück und schreit wieder los, wird diesmal aber durch Bunkmanns Geschrei weit übertönt. Die Hyäne schnappt erneut fest zu und reißt Bunkmann am Bein, ruckartig wie ein Hund, Stück für Stück nach unten. Kinder weinen aus Schock. Mingus wird von Bunkmanns massivem Körper mitgezerrt und hängt mit halbem Oberkörper über das

Gemäuer. Seine Drei-Finger-Hand blutet durch die fast verheilten Wunden, die wieder aufreißen. Bunkmann packt Mingus panisch am Kopf und zieht ihn weiter abwärts. Zwei Männer und Sam ziehen an Mingus und Bunkmann mit aller Kraft aufwärts. Auf einmal lässt die Hyäne kurz von den beiden ab und lacht laut, als sei das Ganze ein Spiel. Dann geht sie in die Knie, springt mit einem Satz auf Bunkmann und reißt ihn und Mingus mit einem Mal ins Gehege.

Die Körper der beiden Jungs schlagen auf dem Boden auf und sie stöhnen. Die Leute oben stöhnen vor Schreck, als hätte ein Fußballer aus dreißig Metern voll gegen die Latte geschossen. Bunkmann sitzt, kaum noch bei Sinnen, im Schmutz. Sein blutender Kopf schwankt umher. Die Hyäne beschnuppert ihn und leckt ihm Blut von der Stirn. Die Menge schreit und wedelt mit den Armen. Die Hyäne guckt sich nur dusselig um und verzieht ein wenig das Gesicht. Mingus ist völlig verdreht gelandet. Er dreht sich um und sitzt dann mit dem Rücken an der Mauer. Wenn er wirklich irgendwann mal etwas Rache gewollt hatte, dann war jetzt der Zeitpunkt, sie zu bekommen. Der Witz ist nur, dass er selbst ebenso in dem Hyänengehege sitzt. Die Hyäne blickt kurz gelangweilt ins Publikum. Dann beißt sie plötzlich so fest in Bunkmanns Kopf, dass es kracht. Bunkmanns Körper fällt blutüberströmt, leblos in den Dreck. Die Menge schreit, wedelt und pfeift, woraufhin die Hyäne dusselig nach oben guckt, als wolle sie fragen, ob sie etwas falsch gemacht hat. Sie bemerkt, dass sie vielleicht mit dem falschen Körper gespielt hat und sieht Mingus mit ihren schwarzen Augen direkt an.

Ihr Spieltrieb scheint durch das Publikum nur neu entfacht. Aufgeheizt springt sie auf und macht zwei große Sätze auf Mingus zu. An dieser Stelle scheint Karma völlig auszusetzen, denn die Hyäne schnappt immer wieder nach Mingus linkem Arm. Sie erwischt seinen Pullover und zerrt und reißt an ihm, wie ein treuer Hund an einem Stöckchen. Mit aufgerissenem Mund und Augen muss Mingus mit ansehen, wie sie jeden Moment zubeißen und seinen Arm malträtieren wird. Er schlägt ihr mit seiner Drei-Finger-Hand auf die Schnauze, was sie wenig beeindruckt. Er bettelt und betet innerlich um Hilfe, während eine zweite Hyäne ihm den Schuh vom Fuß reißt und dann die Hose erwischt und an ihr zerrt.

Er wird von den Viechern durch den Dreck gezerrt, während das Publikum jault, pfeift und schreit.

Wo ist das Überdimensionale, das Übernatürliche hin, wenn man es braucht, fragt er sich, als er in den Himmel blickt. Und für einen Moment wünscht er sich nichts mehr, als dass seine Seele in einen Würfel gesaugt wird und er diese Qualen nicht mehr aushalten muss.

87

Viele, viele Stunden – vielleicht sogar Tage – sind vergangen. In der Stube seiner Großmutter geht er alte Kartons durch. Er trägt eine Halskrause, um seine Drei-Finger-Hand hat er einen Verband und um seinen linken Fuß eine Pressbandage – der Sturz ins Hyänengehege war tief und die Landung nicht gerade sanft – kurz: Der Betriebsausflug hat seine Spuren hinterlassen. Aber es hätte schlimmer kommen können, die Hyäne hätte ihn tot beißen können, woraufhin er oder seine Seele in einen Würfel gesaugt würden und bis in alle Ewigkeit gefangen wäre. Da ist leben schon etwas besser, denkt er sich, auch wenn er nicht mit allem ganz zufrieden ist.

Aber was soll der kleine Mingus sich beschweren? Letztlich hat er überlebt, das ist ja schon etwas wert.

In einem der Kartons findet er ein antikes Carl-Zeiss-Fernglas. Er untersucht es einen Moment. Er blickt durch das Glas, und während er es hin und her schwenkt, muss er seinen ganzen Oberkörper mitbewegen. Dann will er das Teil und seine Reichweite auf dem Balkon testen. »Au, au, au«, jault er mit jedem Schritt, auf den Balkon zu.

Auf dem Balkon angekommen, sucht er neugierig mit dem Fernglas die Umgebung ab.

Es dauert nicht lange, bis er etwas Interessantes findet. Er sieht den Fernsehturm, den schwarzen Würfel daneben stehen und einen Hubschrauber drumherum kreisen. Er senkt das Fernglas, grinst, schüttelt den Kopf und sagt: »Jetzt wollt ihr es wohl wissen.«

In dem Würfelhunter-Chat geht es immer mehr um das Stürzen der Regierung statt um die Aufklärung der Würfel. Ob die kantigen Flieger nun Seelenfänger sind oder nicht, Mingus hat genug Weltuntergangsszenarien gesehen und verlässt den Chat, ohne sich zu verabschieden.

»Kaffee ist fertig«, kommt es aus der Stube, und Mingus geht rein und setzt sich zu Oma an den Tisch. »Da haben irgendwelche Idioten Hyänen im Zoo gefüttert. Das ist doch unglaublich!«

»Was?! Woher weißt du das denn, Oma?«

»Steht ganz groß in der Zeitung«, sagt die Alte und reicht Mingus eine Tageszeitung. Und tatsächlich, ein riesiger Artikel, mit Fotos, Handlungsablauf und allem. Sogar ein Hinweis, wo man ein Handyvideo von dem ganzen findet

– da kann Mingus die Hyänen-Attacken nochmal als Zuschauer betrachten.

Er staunt das Papier an, zögert und kann schließlich nicht widerstehen, zuzugeben: »Ich war da, Oma.«

»Ach, was redest du denn da für einen Unsinn. Hör mal, hast du denn jetzt einen Ausbildungsplatz gefunden, Junge?«

»Nee, ich hatte so viel um die Ohren, da bin ich noch nicht zu gekommen.«

»Die Kinder brauchen dich, Mingus, deine positive Energie ist doch Gold wert in dieser verrückten Welt, in der irgendwelche Bekloppten in Hyänengehegen rumturnen und sich wundern, gefressen zu werden. Du bist anders, du hast dieses spezielle Etwas. Etwas unverkennbar Ehrliches, was ich an dir schätze. Du musst nur deinen Hintern in Bewegung bekommen, dann wirst du der beste Erzieher, den die Welt je gesehen hat.«

Mingus zögert, ob er ihr wirklich sagen soll, dass er im Zoo war. Mit ihrem enttäuschten Blick könnte er kaum leben, denkt er.

»Was ist denn mit deiner Hand?!«, schreit die Alte plötzlich besorgt los. Er hat mal wieder vergessen, seine Prothese zu tragen.

Mit verzogenem Gesicht sagt er: »Das war ein Unfall.«

»Warst du das bei den Hyänen?! Gehörst du zu den Verrückten? Mein Gott, Mingus, was machst du nur?«

»Nee. Also ja. Ach, das ist alles so kompliziert.«

Oma schüttelt boshaft den Kopf. »Das ist nicht dein Ernst, junger Mann. Jetzt trink mal deinen Kaffee aus und dann besorg dir einen Ausbildungsplatz, sonst endet das Ganze noch im Keller mit dir.«

88

Mingus läuft steif mit seiner Halskrause etwas später in Kreuzberg in die Straße zum Curry. Er bekommt immer wieder Nachrichten der Würfelhunter – mit der Frage, warum er den Chat verlassen hat. Er ignoriert jede Nachricht und will einfach einen normalen Alltag leben, ohne seelenfangende Würfel. Aus einem Café kommt ein Araber gerannt und schreit hinein: »Sie haben meinen Onkel entführt! Wallah, diese Hurensöhne! Diese Alienblöcke im Himmel, sie haben ihn einfach vor meinen Augen aufgesaugt. In Himmel genommen!«

Ein anderer, scheinbar ein Freund, nimmt ihn in den Arm. Er spricht erst arabisch, dann deutsch. » ... Gott hat ihn geholt. Bitte Bruder, beruhige dich!«

»Nicht von Gott geholt! Nein! Keine Gott!«, bricht er in Tränen aus. »Diese Hunde haben entführt, wie in andere Dimension genommen, in tausend Teile zersprengt und hochgezogen in Himmel vor meine Auge!«

Mingus geht langsam an dem Szenario vorbei. Der Mann kann wahnsinnig sein, oder er hat tatsächlich etwas Übernatürliches gesehen, denkt er und wird sich nicht ganz einig, was wahrscheinlicher ist. Er kommt ins Grübeln, ob es eine gute Idee war, den Würfelhunter-Chat schon zu verlassen.

89

Mingus kommt am Currymex an. Vor dem Laden sitzt Sam mit einer jungen Frau draußen am Tisch in der Sonne. Sie hat einen Fahrradhelm auf, was Mingus komplett irritiert. Wer behält seinen Fahrradhelm bei einem Gespräch vor einem Café, Restaurant oder auch nur vor dem Curry auf, fragt er sich, als er an ihnen vorbeizieht. Sam wirft ihm einen scharfen

Blick zu und winkt ihn in den Laden, was wohl so viel heißt wie: Stör uns nicht.

Als Mingus den Laden betritt, erscheint Lennys Kopf hinter der Theke. »Was machst du denn da?«

»Ich hab hier nur nach Milch für meinen Kaffee gesucht. Ich wollte Sammy da draußen nicht stören.«

Da dreht sich Mingus um und beobachtet heimlich die beiden draußen am Tisch. »Was machen die da?«, sagt er

Lenny kippt Milch in seinen Kaffee, spaziert um die Theke und stellt sich neben Mingus. »Ich weiß nicht, ich glaub, das soll ein Einstellungsgespräch sein.«

»Was?! Nein! Der will doch nicht so eine Streberin im Curry einstellen. Guck dir die doch mal an mit ihrem Fahrradhelm. Die sieht aus wie eine Waldorfschülerin, da geht doch der ganze Charme und Style des Ladens verloren. Das kann er nicht machen!«

»Dann sind wir wenigstens diesen verrückten Bunkmann los.«

»Ja, ok, aber jetzt guck dir die doch mal an. Die Klamotten und so. Oranges T-Shirt, blaue Hose, lila Schuhe, gelbe Socken. Das ist doch hier kein Zirkus.«

»Besser die, als den Geistesgestörten.«

»Ich sag dir hundertpro, die is ne Jurastudentin oder so.«

»Ich sag BWL.«

»Wetten wir um 20 Euro?«

»Ok«, schlagen die beiden ein.

Da dreht sich Sam plötzlich um, und er und die Behelmte kommen zum Eingang. Mingus und Lenny rennen zur Theke. Mingus tut beschäftigt hinter der Theke und Lenny trinkt nervös seinen Kaffee.

Die Tür öffnet sich und Sam kündigt laut an: »So, ihr Spanner, das ist die Neue. Sie heißt Katharina.«

»Ihr könnt Kati sagen«, sagt die kleine Buntgekleidete mit ihrem Helm.

»Hallo Kati«, sagen Mingus und Lenny im Chor.

»Der arbeitet hier ja gar nicht«, deutet Sam auf Lenny. »Nur der da, das ist Mingus, der Typ mit den drei Fingern. Er wird dir gleich mal alles zeigen.«

Mingus Augenbrauen gehen nach oben, seine Ohren ziehen nach hinten und er pustet mit vollen Backen Luft aus seinen Lungen, als sei er völlig überfordert.

»Das kriegst du schon hin, wah, Mingus?«

»Aber klaro, Chefchen!«

»Ich hatte auch nichts anderes erwartet«, sagt Sam und guckt skeptisch durch den Laden. »Na gut, ich geh dann mal ins Office.«

»Ok, ich glaub, du kannst den Helm jetzt mal abnehmen.«

»Oh ja«, sagt Kati, nimmt den Helm ab und schüttelt ihr blondes Haar durch, als ob es dringend Luft bräuchte. Nur besonders gute Luft bekommt ihr volles Haar in dem Laden bestimmt nicht. Mingus ist etwas irritiert, als die junge Frau mit offenem Haar vor ihm steht. Wenn man sich diese ganzen bunten Klamotten wegdenkt, hat sie doch wirklich etwas Attraktives an sich.

Die Streberin, wie Mingus sie sieht, nimmt sich einen Block und Kugelschreiber, und sie gehen im Laden von oben bis unten alles durch. Sie macht sich zu jedem Arbeitsschritt eine Notiz, was Mingus Vermutung nur bestätigt – dass sie hier die Oberstreberin wird. Na, mal sehen, wie du mit stinkendem Bratfett klarkommst, denkt Mingus grinsend. »Was ist?«, sagt sie, als sie Mingus falsches Grinsen sieht.

»Och nichts ... Ich hab mich nur gefragt ... also, du studierst nicht zufällig Jura, oder?«

»Nein, wie kommst du denn darauf?«

»Nur so, nur so.«

»Ich studiere Psychologie.«

»Ach du Scheiße. Ich mein, interessant. Sehr interessant.«

»Wieso, was studierst du denn?«

»Ich studiere nicht. Kein Student.«

»Und was machst du dann?«

»Ich arbeite hier im Laden.«

»Ja und das willst du ewig machen oder wie?«

»Nee-ee, nee-ee.«

»Du musst doch irgendeine Qualifikation haben. Hast du eine Ausbildung gemacht?«

»Nee.«

»Also lebst du einfach in den Tag hinein.«

»Na hör mal, hier zu arbeiten, ist anspruchsvoll.«

Ihre Mundwinkel rutschen runter und sie nickt sarkastisch.

»Mingus!«, schreit es aus der Küche.

»Du entschuldigst mich. Ich muss mal zum Chef, Frau Psychologin.«

»Geh nur, ich komm hier schon zurecht.«

»Okay, wenn du meinst«, sagt Mingus und rennt in die Küche.

Sam sitzt auf dem kleinen Drehstuhl vor dem Fleisch-Hackbrett – sein sogenanntes Office. »Hör mal, ich will, dass du die echt gut einweist. Ich seh bei dem Mädchen wirklich Potenzial.«

»Aha. Was denn für'n Potenzial? Wurstbratpotenzial oder was?«

»Mach dich nur lustig, aber wir müssen das Loch, das ohne Bunkmann entstanden, ist irgendwie stopfen.«

»Der war ja auch so ein wichtiger Mitarbeiter. Wie geht's dem eigentlich so?«

»Das würde dich wohl interessieren, oder? Hast du endlich deine Rache bekommen, die du immer wolltest, ja?«

»Nee, so ganz ist das ja auch nicht.«

»Na ja, wenn du's unbedingt wissen willst: nicht gut. Er liegt immer noch im Koma. So'n Hyänenbiss steckt auch ein Bunkmann nicht so einfach weg. Das ist ja schon ne miese Sache. Der arme Kerl. Der Bunkmann hat nie jemandem was Böses gewollt und dann sowas.«

»Jetzt hör mal auf so eine Scheiße zu reden! Der Typ ist zum höchsten Grade kriminell!«

»Deshalb müssen wir ihm ja auch helfen.«

»Bist du so doof oder tust du nur so?!«

»Na hör mal, wie redest du denn mit deinem Chef?«

»Sammy! Der Typ hat hier irgendwo in deinem Laden zwei Kilo Koks versteckt!«

»Watt?! Wer sagt das?!«

»Er hat's mir gesagt.«

»Wann?!«

»Na, bevor wir in den Zoo sind, wohl kaum danach. Jetzt kann er wohl erstmal eine ganze Weile nichts mehr sagen.«

»Hat er einen Witz gemacht?!«

»Nee-ee, hat er nicht!«

»Wir müssen das finden! Das müssen wir finden, Mingus, sonst kommen wir hier in Teufels Küche.«

90

In seiner Wohnung hängt Mingus auf der Couch und guckt irgendwelchen Quatsch im Fernsehen. Eine Dokumentation über Grabschändung und wie sehr es Familienmitglieder der Verstorbenen mental zermürben kann, wenn die Totenruhe der verstorbenen Verwandten gestört wird. »Verfluchte Teufelsanbeter«, kommentiert Mingus die Sendung. Moment, da war doch was mit dem Friedhof, denkt er. Der Fall ins Hyänengehege hat sein Gedächtnis geschwächt. Gerade, als die Erinnerung in seinem Großhirn ankommen will, geht seine schrille Klingel los, die jeden Gedanken in einer Millisekunde zerberstet. »Au,au,au«, erhebt er sich langsam mit der Krause am Hals. Wieder schellt die schrille Klingel. »Ja, ist ja gut. Ich komme ja!«, ruft er, schlurft unter Schmerzen zur Tür und öffnet sie. Da steht der dämliche Arbeiter vor ihm. »Sie haben die Miete noch nicht überwiesen und heute ist schon der Sechste«, sagt er.

»Ich hab momentan wirklich viel um die Ohren und das Lager hab ich noch gar nicht benutzt.«

»So war aber die Vereinbarung – Sie können das Lager nutzen und zahlen einen Teil der Miete.«

»Ich weiß, ich weiß, was die Vereinbarung war. Danke für die Erinnerung. Die Knete kommt ja auch bald.«

»Will ich hoffen, sonst muss ich den Untermietsvertrag kündigen.«

»Okay, okay, ich werd ja zahlen«, sagte er. »Ich heiß übrigens Mingus und du?«

Der Arbeiter sieht ihn kurz skeptisch an und sagt dann: »Ich bin Hendrik.«

»Na schön, dann ist das Ganze mal auf einer mehr menschlichen Ebene. Ist doch doof, wenn alles immer so förmlich und Business sein muss. Wir können doch Freunde sein.«

Der Mitte fünfzigjährige Arbeiter mit seiner verstaubten Kleidung sieht ihn an, als hätte er sowas das erste Mal in seinem Leben gehört. Er starrt Mingus an und scheint geradezu berührt von seinen Worten und Mingus hofft, dass der Mann nicht gleich in Tränen ausbricht.

»Freunde?«

»Ja klar, Freunde. Warum denn nicht«, sagt Mingus ganz locker.

»Ok, dann schickst du mir bald die Miete, ja?«

»Na klar, mein Kumpel«, sagt Mingus, hebt schmerzverzerrt mit gespieltem Grinsen seinen Arm und klopft dem Mann auf die Schulter. Dann trennen sich beide, ohne was zu sagen, Mingus schließt die Tür und steht, von sich selbst überrascht, im Flur. »Das war komisch«, sagt er, geht zu seiner Glotze zurück und fragt sich, über was er nachgedacht hatte, bevor der Trottel an seiner Tür aufgekreuzt ist. »Nur, wo kriege ich jetzt die Kohle für das verfluchte Lager her?«, sagt er und legt sich wieder vor die Glotze, in der mittlerweile eine Sendung über den Regisseur Stanley Kubrick läuft, was er höchst interessant findet.

91

Am nächsten Tag sitzen Mingus und Dana auf einer Parkbank und blicken schon eine Weile stumm auf das Engelbecken. Dann bricht Mingus die Stille. »Siehst du, es ist kein Würfel mehr da. Es ist alles okay.«

Dana starrt nur über das Becken ins Nirgendwo.

Mingus dreht seinen Oberkörper steif mit der Halskrause zu ihr.

Dana rollen Tränen aus den Augen. »Ich will sterben«, sagt sie.

»Nicht doch, das musst du nicht.«

»Willst du mit mir vögeln, Mingus?«

»Warte mal, da ist ein ziemlich harter Kontrast zwischen sterben und vögeln. Das liegt einander, glaub ich, direkt gegenüber. Ich hab dem Tod neulich ins Auge gesehen und glaub mir, es ist kein schöner Anblick gewesen.«

»Ich glaube, ich will ein Kind. Das ist das Einzige, was mich noch retten kann. Lass uns ins Bett gehen, ja?«

Mingus hebt seine Drei-Finger-Hand und wischt ihr eine Träne aus dem Gesicht. »Du, also selbst, wenn ich wollte, würde ich das, glaube ich, momentan nicht hinbekommen.«

Dana sieht ihn an. »Du siehst aber auch kaputt aus, schlimmer als ich«, lacht sie.

»Ich weiß. Hast du nicht einen Freund?«

»Ach der«, stöhnt sie.

Da steht Mingus ruckartig auf. »Au, au, au. Du warst lange genug im Bett. Du musst mal raus, Dinge erleben und so. Ich mein, wenn du alles machen könntest, was du wolltest, was würdest du dann tun?«

»Keine Ahnung.«

»Also ich würde! Ich würde! ... Ach, ich weiß auch nicht.«

»Du bist ja mal ein Spinner, Mingus. Arbeitest du immer noch im Curry?«

»Ja klar, irgendjemand muss den Laden ja am Laufen halten. Ohne mich wär da schon lange alles den Bach runtergegangen«, sagt er und klatscht die linke Hand auf die Stirn. »Wir haben da jetzt eine Neue, die macht mich so fertig, die ist so eine unfassbare Streberin. Psychologiestudentin halt.«

»Hat Sammy, der alte Macho, ein Mädchen eingestellt? Und ich dachte, ich hätte schon alles gesehen«, sagt sie und kichert.

»Du bist viel hübscher, wenn du lachst, Dana«, sagt Mingus und lächelt sie an. Sie lächelt ein wenig zurück.

Da klingelt sein Handy, und eine 030-Nummer erscheint auf dem Display. Mingus hält den Blick mit Dana, führt das Handy ans Ohr und verstellt seine Stimme ganz hoch, als wäre er ein kleines Mädchen. »Iiiijaaa? Wer is da?«

»Bundespolizei hier. Mingus? Sind sie es?«

Mingus spricht wieder normal. »Ähm ja, spricht.«

Während der Beamte Gründe aufführt, warum Mingus in die Dienststelle kommen soll, guckt er die ganze Zeit Dana grinsend an und schneidet Grimassen. »Gut, ja, danke auch. Bis denne«, beendet Mingus das Gespräch.

Da bricht vor ihm Dana plötzlich wieder in Tränen aus. »Was ist denn jetzt?«

Sie versinkt in Mingus Brust, schluchzt und weint, bis sie irgendwann ihren Kopf wieder hebt. »Was ist, wenn wir alle zu gierig waren, wir alle zu viel wollten, zu viele Schweine geschlachtet haben, einfach zu viel von allem?«, sagt sie, streckt den Kopf nach oben und blickt in den Himmel über ihnen. Tränen laufen ihr den Hals runter. »Ich habe gesündigt. Wir alle haben gesündigt. Wie soll ich mich von dieser Schuld befreien? Es geht nicht«, sagt sie.

»Was denn für Sünden? Wovon redest du?«

»Ich bin mit Männern ins Bett gegangen, mit denen ich eigentlich gar nicht schlafen wollte.«

»Na, jetzt mach mal halblang, das ist ja jetzt nicht so wild. Weißt du, wen ich da gerade am Telefon hatte? Die Bundespolizei. Also erzähl mir nichts von Promiskuität. Das ist ja wohl nicht so schlimm.«

Da kommt Dana ihm ganz nahe, nimmt ihn bei den Backen und quetscht sie, mit den Händen, fest zusammen. »Es ist meine Sünde, erzähl mir nicht, dass das, was ich getan habe, nichts ist. Es ist meine Sünde, mach sie nicht kleiner als sie ist, du Dummkopf«, sagt sie und gibt ihm einen kleinen Kuss. Mingus versucht zu antworten, aber durch Danas Hände, die seinen Mund quetschen, kommt nur Genuschel. »WAS?«, schreit sie und lässt von seinen Backen. »Ich verstehe dich, Dana.«

Da schießen Dana wieder Tränen aus den Augen. »Danke«, sagt sie und lächelt ein klein wenig. »Weißt du, Mingus, es ist diese Stadt, die uns alle kaputt macht – ein Zoo aus Wahnsinnigen. Gewalt, Zerstörung und Chaos, und das Ganze mit der Überschrift »Berlin«. Da ist es doch normal, dass es einem mal nicht so gut geht, oder? Oder?!«, schreit sie plötzlich, aber irgendwie lieblich, nicht aggressiv.

Mingus nickt mit großen Augen.

Da springt Dana auf. »Wir dürfen keine Ameisen sein. Wir müssen das Ganze von außen betrachten, nicht mittendrin gefangen. Ich glaube, ich werde wieder schreiben, mein kleiner Mingus. Du bist so trottelig, aber irgendwie süß. Ich glaub, wenn ich mit irgendjemandem ein Kind wollte, dann mit dir. Ich werde wieder schreiben und meinen Gefühlen endlich ein Ventil geben.«

»Willst du gar nicht wissen, warum mich die Polizei angerufen hat?«

Dana lächelt, lehnt sich vor, nimmt sein Gesicht, küsst ihn auf die Backe und sagt: »Ich vertrau dir.« Dann geht sie. Auch Mingus kommen völlig unerwartet die Tränen. Sie dreht sich nochmal mit einem Schwung um, bei dem man sieht, dass das Leben wieder in ihr geweckt ist und ruft: »Danke, dass du heute für mich da warst, das werde ich dir nie vergessen, mein kleiner Mingus.«

Er lächelt, winkt ihr mit seiner Drei-Finger-Hand zu und sieht ihr hinterher. Dann steht er auf und humpelt seines Weges.

92

Später schiebt Mingus einen Senioren-Rollator vor sich her, der für ihn die perfekte Gehhilfe ist. Er kommt am Curry an, vor dem Lenny mit einem halb ausgetrunkenen Bierglas steht. »Du hast echt keine Skrupel, oder, Mingus?«, sagt Lenny. »Wo haste den denn her?«

»Gefunden.«

»Wo findet man denn einen Rollator?«

»Lag da vorne am Oranien im Gebüsch.«

»Und da hast du den einfach rausgezogen und schippst ihn jetzt wie so'n alter Penner vor dir her oder was?«

»Ich mach das doch nicht zum Spaß. Ich habe Schmerzen. Ich glaub, mein Fuß ist gebrochen oder so. Wieso stehst du hier draußen?«

»Sam hat abgeschlossen.«

Da kommt Sam zur Tür und öffnet sie einen Spalt. Nervös guckt er nach rechts und links. »Okay, kommt rein.«

Mingus und Lenny kommen Sam nach. Alle Sachen im Laden sind aus den Schubladen und Schränken rausgeräumt und auf der Theke verteilt. Hektisch rennt Sam hin und her. »Kommt! Helft suchen!«

»Was denn jetzt?«, sagt Lenny.

»Die Drogen, Mann! Die Drogen!«

»Ich hab eigentlich Urlaub«, sagt Mingus.

»Und ich bin nur Kunde«, sagt Lenny.

»Was seid ihr denn für Freunde? Wenn der Zoll oder sonst wer hier Drogen findet, könnt ihr alle den Laden vergessen!«

Die drei gehen den ganzen Laden durch, von oben bis unten. Theke, Küche, Lager, alles. Sie räumen alles aus und sehen hinter jede Ecke. Nach zwei Stunden sitzen sie völlig erschöpft auf der Couch im Eingangsbereich. »Also, lass mich das nochmal zusammenfassen. Dieser Bunkmann hat gesagt, dass er hier im Laden zwei Kilo Koks versteckt hat. Habt ihr mal daran gedacht, dass er einfach nur Scheiße gelabert hat?«, sagt Lenny.

»Ja, kann natürlich sein«, sagt Sam. »Wir brauchen einen Drogenspürhund. Kennst du jemand, der einen Hund hat?«

Meinen Lucky. Sagt Lenny.

Der kann ja nicht mal bellen. Sagt Sam.

»Okay! War mal wieder eine Freude, Jungs, ich geh jetzt mal meinen Urlaub genießen«, sagt Mingus und steht stöhnend und steif mit seiner Krause um den Hals auf und humpelt zur Tür.

»Mach die Straße nicht zu unsicher mit deinem Rollator, Mingus«, ruft ihm Lenny nach.

93

Mingus schiebt seinen Rollator über den Hermannplatz und bleibt genau an der Ampel stehen, wo er stand, als über dem Platz auf einmal der Würfel aus dem Himmel aufgetaucht war und alle durchdrehen ließ. Der Würfel muss irgendwann einfach wieder verschwunden sein, und der ganz normale Wahnsinn geht weiter. Kein Dealer, Touri, Zugezogener oder ganz normaler Berliner – wenn es sowas gibt – denkt scheinbar mehr darüber nach, wie die weltfremde geometrische Form plötzlich über dem Platz stand. Mingus fühlt sich verloren und einsam auf dem vollen Platz, als er mit schmerzverzerrtem Gesicht versucht, in den Himmel zu blicken und wünschte, dass wieder ein Würfel aus dem Nichts auftauchen würde, damit er mit allen Fremden zu einem gemeinsamen Publikum werden würde. Mit seinen gelben Nikotinfingern – die, die an seiner rechten Hand noch übrig sind – dem Rollator vor ihm und seinen kaputten Zähnen, ist er weit davon entfernt und nicht in der Lage, irgendjemanden auf der Straße anzusprechen. Gerade, als er dabei ist, tief in sein Selbstmitleid zu versinken, tanzt eine junge Frau mit Kopfhörern an ihm vorbei. Als ob sie ganz allein auf ihrer eigens gemieteten Tanzfläche wäre, schiebt sie einen Fuß nach dem nächsten hin und her und geht dabei dennoch in eine Richtung. Der eine krepelt mit Ende mit dreißig wie ein Rentner über den Platz und die andere tanzt durch die Gegend, ohne sich zu kümmern, was irgendjemand denkt – so ist das Leben in Berlin. Die Rollator-Sache ist ja nur temporär, aber hilft nun mal, denkt Mingus. Alle seine Organe sind ja noch ganz gut in Schuss und bald, wenn alle Wunden verheilt sind, könnte er auch über den Platz tanzen und sich dabei zum Deppen machen. Und er wird sich nicht ganz einig, wer von ihnen dämlicher aussieht – er, der er wie eine halbtote Kakerlake rumkriecht oder sie, die wie ein Reh auf Ecstasy rumhüpft.

94

In seinem Hausflur stellt Mingus fein säuberlich, als würde er es schon Jahre machen, seinen Rollator ab und humpelt die Treppen rauf. Nach zwei Stockwerken schnauft er schwer und guckt die Treppe hoch. Er reißt die Augen auf und zuckt und schüttelt ungläubig den Kopf – er kann nicht fassen, was er sieht.

»Kleiner, neugieriger Bastard«, sagt er zu dem kleinen Würfel, der vor ihm am oberen Ende der Treppe schwebt. Der Würfel scheint ganz aufgeregt, summt umher und fliegt dann zum nächsten Stockwerk. »Warte! Warte mal, du kleiner Spinner!«, ruft Mingus und humpelt hinterher. Der Würfel ist wesentlich schneller und sofort außer Sicht. Als Mingus es zum nächsten Stockwerk schafft, steht plötzlich der Alte da – der totgeglaubte Hanno Krüger, für den er in Haft saß, steht einfach so grinsend auf dem Podest des nächsten Stockwerks. Mit einer komischen blechernen Metallstimme schallt es in Mingus Richtung: »Wir haben uns geirrt. Die Würfel sind gut. Sie bringen Erlösung und ewiges Leben.«

»Ja, hallo auch. Schön, dass Sie mal wieder auftauchen. Wir dachten alle, Sie sind tot, und ich saß im Knast wegen Ihnen«, sagt Mingus und fragt sich im gleichen Moment, weshalb er ihn siezt. »Kein Problem, Würfel bringen Erlösung und Frieden auf der Welt.«

»Na, ich hoffe doch. Denn momentan ist ja alles noch ziemlich abgefuckt und obwohl wir längst den Beweis für fremde Intelligenz haben, drehen trotzdem alle total durch.«

»Keine Gewalt, kein Krieg, alles wird aufgelöst mit Würfel.«

»Das hörte sich aber letztes Mal noch ganz anders an, Herr Würfelexperte – Hanno Krüger, wenn das dein richtiger Name ist.«

»Rettung kommt, nur Geduld.«

»Und wie? Wie soll das aussehen?«

»Zu viele Menschen auf kleine Planet.«

»Was soll das heißen?! Alle Menschen ausrotten, damit die Schweine hier in Frieden leben können und nicht mehr von uns gefressen werden oder was? Was ist das denn für eine Logik?«

»Es gibt keine bösen Würfel, nur böse Menschen.«

»Na bravo, das hört sich ja mal sehr fortschrittlich an. Böse Menschen, gute Würfel. Und wer hat dir den Quatsch gesteckt? Würd mich ja echt mal interessieren!«

»Stirb, geh in rosa Licht, dann wirst du sehen. Ewiges Leben wartet.«

»Das übersteigt gerade echt ein bisschen meinen philosophischen Horizont. Du machst es einem auch echt nicht leicht, Hanno!«

»Geh in Würfel zur ewigen Reinkarnation«, sagt der Alte und rennt die Treppe rauf. Mingus humpelt fluchend und schreiend hinterher. »Was für ne Reinkarnation?! Seh ich aus wie ein Buddhist?«

Er humpelt die Treppe bis zum obersten Stockwerk hinauf und sieht dann gerade noch, wie der kleine Würfel durch ein kleines Fenster mit riesiger Geschwindigkeit in den Himmel davonsaust.

95

Mingus schließt die Tür zu seiner Wohnung auf, da platzt es aus ihm raus. »Da will man ein vernünftiges Leben führen und dann wird man von irgendwelchen außerirdischen Erscheinungen gestresst. Was interessiert mich denn, ob ihr die Menschheit ausrotten wollt? Ich will mein Leben im Hier und Jetzt genießen und nicht über die Ewigkeit nachdenken müssen. Ich bin ein Mensch, was soll ich mich denn mit globaler Reinkarnation und Seelenfang beschäftigen? Würfel gut, nicht gut – mir doch völlig egal. Macht euren Scheiß alleine. Kommt der hier an und drückt mir immer wieder seine völlig gegensätzlichen UFO-Theorien auf. Dann hast du dein ewiges Leben gefunden, und? Schön für dich! Verschissener Würfel-Missionar macht einen auf Messias!«, flucht er, während er durch den Flur seiner Wohnung humpelt. Dann wird er ganz still, als seltsame Geräusche aus seinem Wohnzimmer kommen. Er humpelt ihnen mit zusammengebissenen Zähnen nervös entgegen. Da sieht er Hände von der anderen Seite an dem Loch in seiner Wand rumwerkeln. Er humpelt zu dem Loch und guckt durch. »Hendrik?!«, sagt er.

»Ja, hallo Herr Mingus, ich habe mich umentschieden, ich glaub, das ist doch keine so gute Idee, wenn du hier in meinem Lager Sachen machst, von denen ich nichts weiß.«

»Sachen, von denen du nichts weißt? Was gibt's denn da nicht zu wissen?! Ich dachte, wir haben einen Deal?«

»Was willst du denn genau hier im Lager machen? Weil, wie ein Konstrukteur wirkst du ja nicht gerade. Eher wie ein Student, der nicht weiß, was er im Leben will.«

»Mein lieber Hendrik, dass nehme ich ja fast als eine Beleidigung auf. Erstens bin ich kein Student, zweitens weiß ich genau, was ich will und drittens bin ich ein Konstrukteur. Man hat mich sogar schon Erfinder genannt.«

Nachdenkliche Falten machen sich in dem Gesicht des Arbeiters breit und er verzieht den Mund, als prüfe er die Abseitsregel im Spiel. Er schaut Mingus durch das Loch an und scheint zu überlegen, ob er ihm glauben kann. »Ich weiß nicht«, sagt er.

»Ich kenne ein Geheimnis, das vielleicht dein ganzes Leben verändern wird.«

»So? Und was soll das sein?«

»Wenn ich es dir sage, musst du mir aber versprechen, das Lager zu teilen, okay?«

»Erst das Geheimnis, dann überlege ich es mir.«

Mingus zögert und einen Moment sehen sie sich nur an.

»Also, wie lautet das Geheimnis?«

»Du bist schon ganz aufgeregt, oder?«

»Eigentlich nicht.«

»Na schön. Die Würfel sind nicht, was wir glauben.«

»Niemand weiß, was die Würfel sind.«

»Ich schon.«

»Aha, na ja, ich hab ja schon viele Theorien gehört.«

»Diese nicht!«

»Na dann raus damit«, sagt Hendrik und grinst unsicher durch das Loch.

»Sie fangen unsere Seelen, bringen uns ewige Reinkarnation und Erlösung.«

96

Sein Körper ist zu zerstört, um das Fahrrad zu nehmen, und in der U-Bahn mit einem Rollator zu stehen, sieht auch ein bisschen komisch aus, denkt Mingus und beschließt an dem Tag, Meter für Meter den Rollator vor sich her zu schieben, gelegentlich einen Kaffee zu holen und seine Kippen zu rauchen. Warum sich Stress machen, wenn man genießen kann? So viel Genuss wie man als Halb-Invalide unter Schmerzen am ganzen Körper eben haben kann.

Nach ein paar hundert Metern schieben steht Mingus mit Fluppe im Mund und einem Kaffeebecher auf dem Rollator an einer Straßenecke einer S-Bahn-Unterführung. Es ist immer noch Sommer und die Sonne zeigt sich von ihrer besten Seite. In dem Moment der Ruhe, abgesehen vom üblichen Straßenlärm, geht eine junge Frau einem gutaussehenden, jungen Mann hinterher. Aus dem Nichts schreit sie plärrend laut: »Das Buch in deiner Hand ist Dreck und das Ende ist total scheiße!«

Der Typ zuckt mit den Schultern. »Was du redest!«, ruft er zurück.

»Ach ja, dir macht es also nichts aus, Literatur, die Dreck ist, mit dir rum zu tragen.«

Mingus schlürft seinen Kaffee und wundert sich, wie man derart wütend über ein Buch sein kann.

»Es ist wie mit allem bei dir! Du und alles in deinem Leben ist Dreck und du nimmst es schulterzuckend hin. Du ekliger Narzisst!«

Mingus verschluckt sich an seinem heißen Kaffee und muss husten. Da bleibt die junge Frau stehen und sieht Mingus direkt in die Augen und schreit: »Was ist dein scheiß Problem?«

Mingus hustet. »Nichts. Nichts«, sagt er und breitet die Arme so gut er kann aus. »Die Sonne scheint.«

»Schieb dir deine Sonne doch in den Arsch, du Krüppel!«

Seltsamerweise bleibt Mingus total gelassen. »Ok«, sagt er und sieht dann, dass auf dem Buchcover ein Würfel abgebildet ist.

»Warte mal, ich bin noch nicht fertig mit dir!«, schreit die junge Frau dem Typen nach.

Das ganze Würfelphänomen bringt selbst die Studenten in der Stadt an ihre Grenzen, denkt Mingus, und stellt dann fest, dass der Sex zwischen den beiden der Hammer sein muss, sonst würde der Typ sich doch irgendwie verbal wenigstens ein wenig wehren. Der Gedanke muntert ihn auf und er sieht den beiden grinsend hinterher. Hier haben wir es mal wieder: kostenloses Entertainment auf den Straßen Berlins, denkt er sich, und schiebt einen Moment später seinen Rollator weiter Richtung Osten der Stadt.

97

Im Polizeibüro sitzt Mingus auf einem Stuhl, in sein Handy vertieft und guckt irgendwelchen Quatsch – 30-Sekunden-Videos, an die er sich nie erinnern wird, um sich gedanklich der Situation zu entziehen. Ob schuldig oder nicht, wer hat schon Lust, an einem derart sonnigen Tag Aussagen bei den Bullen zu machen?

Ein grinsender, scheinbar gut gestimmter Beamter setzt sich an den Tisch mit all dem Bürokram darauf und stellt einen Teller vor Mingus ab. »Apfelkuchen?«, sagt er, obwohl er nicht fragt. »Ist selbstgemacht«, sagt er noch breiter grinsend und schiebt sich ein Stück mit einer kleinen Gabel in den Mund.

Mingus sieht den Kuchen kurz ein bisschen skeptisch an und fragt sich, warum er hier plötzlich wie ein Prinz behandelt wird. Wenn man irgendwo mit selbstgebackenem Kuchen vergiftet wird, dann wohl kaum bei den Bullen, denkt er, stößt seine Gabel in das Gebäck und probiert ihn.

»Wir haben hier ein bisschen eine Situation, bei der sie uns vielleicht etwas behilflich sein können«, sagt der Beamte kauend und schmatzend.

Mingus Augenbrauen ziehen sich zusammen und er muss ein wenig schmunzeln. Neulich war er noch der Mörder, heute gibt es Kuchenempfang und behilflich kann er auch sein – wo ist die versteckte Kamera, fragt er sich.

»Was ist mit dir passiert? Unfall?«

»Kann man so sagen.«

»Sag bloß, du bist einer der Jungs aus dem Zoo?«

Mingus bleibt die Spucke weg und sein Mund steht für Sekunden offen.

»Wirklich?! Dann bist du ja eine Berühmtheit!«, sagt der Bulle und lacht.

»Ich war nur zufällig da. Ich war einer derjenigen, der versucht hat, die Verrückten zu retten.«

»Ein Held?!«, sagt der Mann in Zivil, dreht sich um und ruft einer hübschen Blondinen-Polizistin in Uniform, die gerade vorbei geht, zu: »Wir haben hier einen Helden!«

»Ah ja?«, sagt die Beamtin und hebt eine Augenbraue.

»Er ist einer der Retter aus dem Zoo.«

»Nicht schlecht, junger Mann«, sagt die Polizistin und geht weiter.

Mingus fühlt sich kurz geschmeichelt für nichts. Er fühlt sich für eine Sekunde wie ein Teil der Truppe, Teil des Büros, wie in einer Familie aufgenommen und für eine Heldentat bestätigt, die er nie getan hat.

Dann lehnt der Beamte sich zu ihm vor. »Es spielt keine Rolle, was da in dem Zoo abgegangen ist und was du gemacht oder auch nicht gemacht hast. Du bist für etwas ganz anderes hier, und wenn du dich geschickt anstellst, ist es eine richtige Chance. Die Frage ist nur, ob du eine Chance ergreifst, wenn du sie siehst oder sie an dir vorbeiziehen lässt.«

Da kommt eine Beamtin in Zivil an den Tisch. Der Mann steht auf, nimmt sie beiseite und die beiden stellen sich ein paar Meter entfernt weg und flüstern. Mingus kommt ins Grübeln und verspürt, dass es an dem ganzen Bullen-Gequatsche und Kuchenessen einen Haken geben muss.

Nachdem die Bullen sich ausgequatscht haben, nimmt die Beamtin einen Stuhl und setzt sich vor Mingus. »Also, hör mal, mein Kollege hat mir gesagt, dass du ein cleverer Bursche bist und eine Chance erkennst, wenn du sie siehst.«

»Na, das hat er ja gut erkannt. Dafür bin ich sozusagen berühmt.«

»Ok, pass auf. Wir wissen, dass du mit den WHs in Verbindung stehst.«

»Den was?«

»Den Würfelhuntern! Die, die uns mit Graffiti zubomben!«, sagt sie ungeduldig.

Die Frau kennt ihr Jargon, denkt Mingus und sagt dann grinsend, weil er weiß, dass er am längeren Hebel sitzt: »Aha, daher weht der Wind.«

»Hör zu, wir wissen, dass ihr mehr seid als Sprüher. Wir wissen, dass ihr mehr vorhabt als eure sogenannte Aufklärung über Würfel!«

98

Mit dem Handy am Ohr schiebt Mingus den Rollator durch die lange Eingangshalle. »Ich muss jeden Tag schreiben, Mingus, weißt du. Jeden Tag! Jeden Tag, an dem ich nicht den Cursor voranschiebe, fühle ich mich miserabel! Einfach miserabel, verstehst du, Mingus?!«, schallt es in sein Ohr.

»Das liegt daran, dass du eine Künstlerin bist, Dana.«

»Ja, ich glaub das kann man so sagen. Ich bin Künstlerin. Wahnsinn!«

Mingus ruckelt an dem Rollator hin und her, der mit einer Hand nur schwer über den Teppich im Eingang zu bewegen ist. »Ich bin hier gerade noch bei den BULLLLENNN«, schreit er durch die Halle, dass sein Echo noch über fünf Flure weiter zu hören ist.

»Mingus! Ich bin eine Künstlerin! Eine Künstlerin, eine Künstlerin!«

»Hallo? Dana?« Mingus hört sie nicht mehr, als er es über den Teppich geschafft hat und auf die Straße sieht. Er bewegt seinen in die Krause geschnürten Hals langsam nach oben und blickt in den Himmel. In der Distanz sind ein paar dunkle Wolken zu sehen. Dann nimmt er sich eine Kippe aus der Schachtel.

»All Cops Are Bastards! ACAB! ACAB!«, schreien Stimmen in seine Richtung, als Mingus sich eine anzündet. Er blickt auf. Eine Clique junger Fahrradgangster ballert an ihm vorbei. »Ich hoffe, du landest bald auf dem Friedhof, wo du hingehörst! Scheiß Bulle!«, ruft einer.

Mingus sieht ihnen ernst hinterher und nimmt einen tiefen Zug von der Zigarette. Der Junge hat völlig Recht, denkt er, ich gehöre auf den Friedhof, und schiebt dann seine Gehhilfe weiter Richtung Osten.

99

Mal wieder allein, ganz allein auf dem St.-Nicolai-Friedhof, kratzt Mingus in der Erde rum. Wind peitscht ihm ins Gesicht, als wollte er ihn ärgern und aggressiv drangsalieren.

Mingus hat die ungefähre Stelle wiedergefunden, wo er den Schatz – oder was es auch immer es ist – vergraben haben kann. Auf allen Vieren kraucht er auf ein paar Quadratmetern hin und her, ohne zu wissen, wo genau die Stelle sein kann und wo er jetzt graben muss.

Ein paar Regentropfen treffen ihn. Mit bloßen Händen und dem Verband an der rechten Hand, gräbt und kratzt er im Boden. Er ist schon jetzt völlig verdreckt.

Er muss finden, was er vergraben hat, und wühlt wie wild in der Erde, ganz allein. Immer mehr und in kürzeren Abständen treffen ihn Regentropfen, und ihm wird bewusst, wie allein er eigentlich ist, in einer Großstadt mit fast vier Millionen Einwohnern. Manchmal zweifelt er, ob er eine Chance hat, ein Mädchen zu finden, das ihn lieben würde, denn mit seiner Drei-Finger-Hand fühlt er sich einfach unvollständig und wie ein Krüppel – was auch immer das heißt. Aber er sieht die Blicke der Leute und er hasst es, anders zu sein. Hier sitzt er im Dreck des Lebens auf der Suche nach irgendetwas, das ihn retten kann. Er stellt sich vor, sein eigenes Loft zu haben, mit riesigen Partys und ständig Freunden zu Besuch, während er gräbt. Wenn er nur einen Ort hätte, an dem er Leute willkommen heißen könnte, dann hätte er Freunde, ob acht oder zehn Finger, sie würden ihn mögen, denkt er. Er muss noch ein wenig durchhalten, nur ein paar Wochen, wie ein Penner, ein Flaschensammler, wie ein Krüppel, wie ein Invalide den Rollator schieben und wie ein einsamer Wolf leben, dann würde er ein neues Leben haben. Es wird immer dunkler, die Wolken immer schwärzer und Mingus gräbt schneller und verzweifelter. Seine Drei-Finger-Hand schmerzt unfassbar, aber die Wut über sein Leben ist größer als der Schmerz, und er wühlt den Boden mit immer mehr Tränen im Gesicht auf. «Scheiß verfluchtes Leben ohne Sinn. Hinterhältige, listige Würfel terrorisieren eine Welt, die mit sich selbst überfordert ist. Und ich komme hier nicht raus aus diesem endlosen Kreis der Sinnlosigkeit.« Er schlägt instinktiv mit der rechten Hand auf den Dreck und schreit sofort los, als er den unaushaltbaren Schmerz in seinem Hirn registriert. »Ah, nicht meine Hand«, weint er. »Nicht meine Hand. Sie tut so unfassbar weh. Der Schmerz der gesamten Menschheit ist in meiner verfluchten Krüppelhand«, schluchzt er. Der Regen wird noch dichter und plötzlich sieht Mingus aus der

Erde eine kleine rote Ecke rausragen. Er kratzt und wühlt wild mit der linken Hand und entblößt es beinahe ganz – ein rotes Büchlein mit Lederumrandung und Band drumherum. Der Wind fegt ihm wieder mit voller Wucht den Regen ins Gesicht und an und unter die Kleidung. Mingus kratzt weiter, dann macht er versehentlich eine falsche, zu hastige Bewegung, und ein furchtbarer Schmerz jagt ihm vom Rücken in den Nacken, der plötzlich wieder ganz steif ist. Er kann nicht weiter graben, aber er muss. Alles würde er gerade für ein Schmerzmittel, eine Tablette geben. Er zittert vor Schmerz, reißt das Büchlein mit einem lauten Schrei aus dem Boden und fällt auf den Rücken. Der Regen prasselt wie wütend auf ihn ein. Dann, auf einmal, absolute Windstille. Im Augenwinkel sieht er einen Blitz unweit durch den Himmel auf den Friedhof schießen.

»Was machen Sie da?!«, hört er eine Stimme.

Unter größtem Schmerz erhebt Mingus seinen Oberkörper ein wenig und sieht einen Pförtner. Dann kracht der Donner, als wolle er jedes Wesen unter der Erde wecken, in den Boden – Mingus spürt seine Vibration.

»Was machen Sie da?!«, ruft der Pförtner wieder.

Mingus fällt wieder auf den Rücken und hustet und lacht. »Ich, ich kann mich nicht bewegen« und packt das Büchlein unter seine Jacke.

Der Pförtner kommt bei ihm an. »Sie müssen hier weg! Das ist ein Unwetter!«

Mingus öffnet langsam den Mund. »Ich kann nicht.«

»Das Gewitter ist direkt über uns! Ich riskier hier mein Leben!«, schreit der Pförtner.

»Ich auch«, sagt Mingus und grinst.

100

Vor Schmerz beißt sich Mingus auf die untere Lippe, als er völlig durchnässt durch den strömenden Regen humpelt und den Rollator schiebt. Pfützen, so groß wie Seen, schütten auf ihn, durch vorbeirasende Autos. Wie ein Wahnsinniger schreit er den Autos nach. Warum sie so schnell fahren, obwohl sie gemütlich in einer schützenden Karre sitzen und ihn rücksichtlos vollspritzen, versteht er nicht.

Zitternd und weinend schiebt Mingus den Rollator unter einen Hauseingang. Die Blitze sind ganz nah und jeder Donner scheppert mit nur einer Sekunde Verzögerung. Da rennt ein Jogger ebenso unter den Hauseingang und steht mit dem Rücken zu Mingus. Mingus atmet schwer. Der Jogger dreht sich zu ihm um. »Gerade noch geschafft«, sagt er. »Was ein Wetter.«

Mingus nickt ein wenig.

»Mingus?!«, sagt der Jogger. »Ich bin's, Claudius! Wir waren in einer Klasse.«

»Ach ja.«

»Alter, was ist los mit dir? Du siehst bisschen feddich aus.«

»Was soll ich sagen? Leben, eben.«

»Was ist mit deiner Hand? Du siehst aus, als wärst von einem LKW gestürzt. Was ist passiert?«

»Tja, Leben in einer Großstadt ist nicht leicht«, sagt Mingus ohne Ausdruck im Gesicht.

Der Jogger schüttelt den Kopf. »Mann, Mingus, du warst ja schon immer etwas eigenartig.«

»Ach so? War ich das, ja?«

»Auf eine lustige Art, klar!«

»Schön, dass es dich amüsiert.«

»Ey, hör mal, wir haben demnächst ein Klassentreffen. Komm doch auch vorbei. Dann können wir alles aufholen. Jeder erzählt, wie es so geht und so.«

»Was soll ich denn da erzählen? Dass ich nur noch acht Finger habe? Dass ich in einer

Currybude arbeite und trotzdem meine Miete nicht zahlen kann? Dass mein Leben ins Nirgendwo verläuft und ich ertrinke?«

Ein Donner schlägt, als würde er einen weiteren Punkt zu Mingus Aufzählung hinzufügen.

»Oder dass unsere Seelen von den Würfeln gefangen werden und die Existenz unserer Spezies bald das Ende bevorsteht? Was genau soll ich davon alles erzählen, Claudius?«

»Ähm, was du willst.«

»Mann, mein Leiden ist doch kein scheiß Entertainment. Der Schmerz ist echt, das Leben in Gefahr und wir alle schon sehr bald in ewige Dunkelheit verdammt«, sagt Mingus und rollt seine Gehhilfe in den Regen.

»Ist doch alles nicht so schlimm, ey.«

Ungeachtet, ob er vom Blitz getroffen wird, steht Mingus im strömenden Regen. »Ich frag mich, wieso man in dieser verkackten Stadt nicht mal in Ruhe sein Selbstmitleid ausleben kann, ohne von so einem Gute-Laune-Typen wie dir gestresst zu werden.«

»Jetzt halt mal die Fresse, Mingus«, sagt der Typ und macht einen Schritt auf ihn zu.

»Was willst du machen? Mich schlagen? Sieh mich an, ich bin ein Krüppel.«

Der Typ legt seine Hand auf Mingus Schulter. »Es war doch nicht so gemeint.«

»Fass mich nicht an. Ich bin nicht einsam. Ich entscheide mich dafür, allein zu sein. Großer Unterschied«, sagt Mingus und schiebt seine Gehstütze durch den schweren Regen und die tiefen Pfützen.

101

In seiner Wohnung zieht sich Mingus stöhnend, hustend und schreiend und dann mit voller Kieferkraft auf die Zähne beißend, die nasse Kleidung vom Körper. Er pustet und atmet schwer, als er es schafft, die Halskrause abzureißen. Ohne rettende Schmerztablette in Reichweite, legt er seinen steifen Körper nackt unter die Decke. Der Fernseher flimmert, und eine Quizshow vermengt sich langsam immer tiefer mit seinen Träumen.

»Und der Gewinner ist Mingus!«, schreit der Moderator in der Glotze und das Publikum klatscht und pfeift.

Als er wach wird, kommt Tageslicht an der dicken, roten Gardine vorbei ins Zimmer. Sein Schmerz hat sich vom Rücken zum Nacken in den Kopf gebahnt. Jede muskuläre Anspannung, um sich zu erheben, lässt furchtbare Schmerzen vom unteren Rücken bis in den Kopf schießen und Mingus merkt, dass er durch seinen Körper ans Bett gefesselt ist. Der geschundene Körper ist zum perfekten Gefängnis geworden.

Durch das gekippte Fenster kommen Straßengeräusche in die Wohnung, was vermuten lässt, dass das normale Leben draußen weitergeht. Der Sturm letzte Nacht kann die Stadt also nicht komplett zerstört haben und die totale Würfelinvasion lässt auch noch auf sich warten, wie es scheint. Mingus Hirn fühlt sich wie ein nasser, in Säure getunkter Schwamm an. Wie der schlimmste Kater, den er je hatte, nur schlimmer – gefühlter Hirntod lässt sein Denkvermögen auf das eines Primaten schrumpfen und er fragt sich mit verdrehten Augen, ob er wirklich vom Affen abstammt.

Wie kommt er auf sowas?

Da blickt er auf den geräuschlosen Fernseher und sieht Affen drin tanzen. Die Wissenschaft ist so verdammt stolz darauf, erkannt zu haben, dass wir vom Affen abstammen, dass es nur noch peinlich ist, denkt er. Festzustellen, dass wir und Affen Bananen essen, nennt man dann wohl Primatologie. Aber Mingus mag keine Bananen, mochte er noch nie – das muss ihn ja weit entfernt von einem Affen und zu einem Genie machen.

Wir können uns wenigstens die Frage stellen, ob unsere Seelen von UFOs gefangen werden, Affen nicht, ihre Seelen werden einfach aufgesaugt, und das war's. Aber vielleicht sind wir kein Stück besser und uns blüht das gleiche Schicksal. Darüber denkt Mingus so nach, während er auf seinem Bett gefangen ist und mit roten Augen auf die Glotze starrt.

Andererseits haben Affen nicht das sogenannte Überbevölkerungsproblem und werden wohl kaum von UFOs gefangen werden. Die haben es gut, die sinnlosen Scheißer, denkt Mingus, als er sie fröhlich durch seine Glotze springen sieht.

Stundenlang flimmert der tonlose Fernseher. Die sprechenden Figuren auf dem Bildschirm sehen lachhaft aus, wenn man nicht hört, was sie einem sagen wollen – eh alles Lügen, denkt Mingus, und dass er eigentlich ins Krankenhaus muss. Doch da müsste er Papiere ausfüllen, nervtötende Fragen beantworten, beschreiben, was er hat und wie es ihm geht. Nein, danke.

Wenigstens gehört der Schmerz mir, den kann mir keiner nehmen, denkt er.

Es ist mein gutes Recht, am Boden zu sein, mich im Dreck des Lebens zu suhlen, so lange ich will. Und wenn ich Bock habe, kann ich hier sterben, wie es mir passt.

Mein körperliches Befinden ist mir scheißegal, es muss sich ganz grundlegend etwas ändern, wird Mingus klar.

So etwas wie Leid gibt es nicht, es gibt nur Versagen. Und momentan, so wie es ist, bin ich ein Versager – ein jammernder, lahmer Versager – niemand sonst außer mir selbst darf so etwas über mich denken, denkt er. Das ist kein Selbstmitleid, denkt er und er wird diesen Gedanken als Erkenntnis in seinem Gedächtnis speichern, denn sowas motiviert ihn.

Bald wird durch ein magisches Ereignis mein Leben zum Genuss und nicht mehr nur ein Kampf um Leben und Tod sein. Wenn Würfel fliegen können, dann kann ich ja wohl mein Leben lebenswert machen.

So sieht also die Blüte meiner Jahre aus: In einer Currybude am Bratfett stehend, und die Urlaubstage vergehen als Invalide ans Bett gefesselt, denkt er, bevor seine Augen zufallen.

Lärm, Geschrei und Hupen von der Straße vermengen sich mit seinen Träumen. Kurz reißt er die Augen auf.

Dann fallen sie direkt wieder zu und er versinkt wieder in eine Traumwelt, gemischt mit Lärm, Geschrei und Hupen.

So sieht also mein Urlaub aus, auf meiner Klappcouch, die ich mein Bett nenne, dahinvegetieren.

Mal sehen, wer sich in den nächsten Tagen, während ich hier vor mich hinvegetiere, meldet, denkt er. Irgendjemand in der Millionenstadt, der sich wundert, dass ich nicht da bin? Oder kann ich ewig wegbleiben? Wird mich keiner vermissen?

Er tastet das Bett ab und findet die rettende Fernbedienung. Er muss schnell seinen Kopf mit irgendwelchem Blödsinn aus der Glotze füllen. Er findet eine völlig dämliche Komödie, die er leise laufen lässt. Seine Augen fallen nach ein paar Sekunden zu, und im Halbschlaf stellt er fest, dass das Leben eine Komödie ist und umso ernster man es im Moment nimmt, umso besser wird am Ende die Pointe. Seine Augen öffnen sich kurz schlagartig. Zwei Sekunden später fallen sie wieder zu. Und wenn es keine Pointe gibt, dann ist das Leben eben ein Drama gewesen. Ich muss meine Pointe finden, denkt er und blickt an die Decke. Und jede Katastrophe ist ein riesiges Kunstprojekt, genauso wie diese ganze Würfelscheiße ein riesiges Kunstprojekt ist, egal, ob es fremde Wesen sind oder nicht – es soll uns beschäftigen, Tag und Nacht. Na, wenn das nicht Kunst ist, denkt er und seine Augen fallen wieder zu. Wenigstens hat das ganze Chaos aus mir einen Philosophen gemacht, ist sein letzter Gedanke und dann schläft er ziemlich unbeabsichtigt ein.

Die Sonne geht unter, als er wieder wach wird und er stellt fest, dass er ein Problem hat. Er müsste etwas essen. Sein Mund wässert. Das Handy liegt auf dem Bett. Er könnte etwas bestellen. Nur würde er es nicht zur Tür schaffen, um den Junk-Fraß entgegen zu nehmen und den Penner zu bezahlen, der ihm die köstlichen Sachen bringt. In der Komödie dreht sich mittlerweile alles um eine junge, hübsche Frau, die Mingus ein wenig anmacht. Aber an Sex oder Masturbation ist in vielerlei Hinsicht nicht zu denken. Lust ist aber schon mal ein gutes Zeichen. Zurück zum Essen. Er hat akut Hunger. Das ist auch ein gutes Zeichen. Ein kleines Zeichen von Überlebenswille. Verdammte Scheiße, jetzt muss ich irgendjemanden finden, der mir hilft, an Essen zu kommen, wo ich doch gar keine Lust habe zu kommunizieren, denkt er. Dann merkt er, dass er auch dieser Person die Tür öffnen muss. Wie dumm von ihm, daran nicht gedacht zu haben. Wie lange würde er es also ohne Essen und Trinken aushalten? Das wird ein Test. Oder muss er wirklich die Feuerwehr rufen? Was würden die machen? Nein, die würden seine Tür einschlagen. Und dann die ganzen dummen Fragen. Nein, danke, dann doch lieber für sich sein und sterben, denkt er und lacht und hustet. Oh nein, nicht lachen, nicht husten, das schmerzt. Nur daliegen und warten, bis der

Schmerz weg ist. Wie lange kann das schon dauern?

Keine zwei Zentimeter kann Mingus seinen Kopf nach links oder rechts bewegen, sonst schmerzt es nicht ein wenig – es schmerzt wie tausend glühende Nadelstiche. Liegen und mit leerem Magen schlafen.

Irgendwann klingelt es an seiner Wohnungstür. Irgendjemand will was von ihm. Wer kann das nur sein? Der Witz ist gut. Was soll er machen? Schreien? Um Hilfe schreien? Es klingelt zwei weitere Male, dann muss derjenige gegangen sein.

Mingus schläft wieder ein.

Stunden später wird er durch einen Pfeifton geweckt. Er sieht zum Fenster. Das Pfeifen kommt aber nicht von draußen, stellt er fest.

Das Pfeifen ist ganz in der Nähe. Es muss ein Mensch sein, denkt Mingus, denn unsere seltsamen UFOs sind geräuschlos.

»Hallo!«, ruft er. Keine Antwort. »HALLOOO! Wer ist da?!«

»Mingus?«

»Ja! Wer ist da?!«

»Ich bin's, Hendrik. Ich bin hier, um die Wand zuzumauern. Miete ist nicht angekommen.«

»Ach, scheiße. Schon wieder? Ich dachte, wir hatten das Thema schon?«

Hendrik streckt seinen Kopf durch das Loch. »Statt hier vor der Glotze zu hängen, könntest du auch genauso gut arbeiten und mir die Miete mal überweisen, dann kann ich mir hier die Rigips-Arbeit sparen. Aber ganz ehrlich, der Zug ist abgefahren.«

»Hendrik, du musst mir helfen. Ich kann mich nicht bewegen.«

»Wieso nicht?«

»Ich weiß nicht. Ich kann nicht. Ich habe einen steifen Hals.«

»Zu lange vor der Glotze gehangen, wah?«

»Mann, das ist ernst! Ich mach hier kein Spaß. Hilf mir bitte.«

»Na jut, dann gucken wah uns das mal an«, sagt der Arbeiter Hendrik, klettert durch das Loch in der Wand und stellt sich mit den Händen in den Hüften vor Mingus ans Bett. »Riecht hier bisschen. Musst mal lüften.«

»Ich kann seit Tagen nicht duschen. Ich bin voll der Invalide.«

Der Arbeiter, wie immer in seiner staubigen Kleidung, schüttelt den Kopf. »Was du immer für Sachen machst, mein Freund. Komm, ich mach mal das Fenster auf. Bisschen Frischluft in den Laden.«

Ja, wir sind Freunde, denkt Mingus. »Kannst du was zu essen besorgen?«, sagt er.

Der Arbeiter schüttelt wieder den Kopf. »Mingus, mein Mingus. Ich geh mal gucken, was du so im Kühlschrank hast«, sagt er und geht den Flur runter zur Küche.

»Da ist doch nichts!«, ruft Mingus ihm nach.

»Du hast hier ein kleines Mottenproblem, kann das sein?«, kommt es aus der Küche. »Moment, das sind keine Motten! AHHH!«, kommt der stämmige Arbeiter aus der Küche, durch den Flur gerannt. Hunderte, tausende winzige Würfel fliegen ihm hinterher und surren und summen in Mingus Wohnzimmer umher. Der Arbeiter springt panisch durch das Loch zurück ins Lager. Mingus kann sich nicht regen, er kommt nicht weg. Er schreit und schreit, so laut er kann. Die winzigen Würfel fliegen in seinen Mund, werden immer kleiner, indem sie sich selbst immer wieder spalten – aus einem werden zwei, werden vier, werden acht, bis sie so klein sind, dass sie in seine DNA gelangen und anfangen, ihn von innen zu zerstören.

Wenn das nicht das Ende ist, dann vielleicht der Anfang vom Ende.

102

»Soll ich reinkommen?!«, ruft jemand irgendwann in Mingus Bewusstsein.

Wo ist er? Wo ist sein Körper? Wo ist seine Seele?

Schmerz. Der Schmerz ist noch da. Wie beruhigend! Das muss heißen, dass er nicht in ewiger Würfelgefangenschaft ist.

Ein paar weitere Sekunden vergehen.

»Wo soll ich das ablegen?«, sagt eine Stimme.

Mingus Augenlieder öffnen sich langsam und eine Träne läuft aus dem linken Auge. Er sieht einen Pizzaboten vor ihm stehen.

»Die Tür war offen.«

»Keine Würfelinvasion in Körper rein?«

»Nee, nee. Alles okay, nur Pizza.«

»Bitte auf's Bett. Ich kann mich nicht bewegen.«

Der Pizzatyp legt die Pappe und eine Flasche Wasser aufs Bett. »Schönen Tag«, sagt er und geht durch den Flur zur Tür.

»Tür auflassen!«, schreit Mingus hinterher. Da schlägt der Lieferant schon die Tür hinter sich zu.

»Scheiße«, sagt Mingus. Dann isst er die beste Pizza, die er je in seinem Leben hatte und trinkt Wasser, als hätte er Tage nichts getrunken.

Während er auf dem Rücken liegend schmatzt und trinkt, guckt er auf seinem Handy

Socialmedia-Quatsch, um die Zeit totzuschlagen. Da fällt ihm ein, dass er Sam anrufen kann. Der müsste immer noch einen Schlüssel zu seiner Wohnung haben. Aber Sam ist nicht mehr richtig ein Freund, und sehen will Mingus ihn auch nicht.

Da sieht er die Akkuladung seines Handys: sieben Prozent. Panisch sucht er mit seinen Augen das Zimmer durch. Das Ladekabel steckt in dem Verlängerungskabel unterm Schreibtisch. Fuck! Da kommt er doch niemals dran.

Er schließt alle Apps und dreht die Bildschirmstärke ganz runter, um Akku zu sparen. Dann wählt er 110. Löscht es. Und wählt dann 112. Feuerwehr ist besser als Bullen, denkt er, von denen hat er erstmal genug. Er zögert, auf das Telefonsymbol zu drücken. Die letzte Chance, um Hilfe zu holen. Er überlegt, was er sagen kann, tagträumt einen Moment von einem besseren Leben, während die Prozentzahlen runterrasseln. Und dann sagt er sich: »Fuck it!« und drückt auf das grüne Symbol.

»Notruf. Wie kann ich Ihnen helfen?«

»Ja, also ich komme von meinem Bett nicht weg ... Hallo? Hallo?«, sagt Mingus, nimmt es vom Ohr und guckt auf den schwarzen Bildschirm.

Das Handy ist aus und die letzte Chance auf Hilfe ist dahin. Jetzt kann er niemanden mehr anschreiben oder anrufen und ist ein für alle Mal durch seinen schwachen Körper ans Bett gefesselt. »Das ist doch scheiße, Mann«, sagt er. Opfer der Umstände zu sein, ist der größte Mist, denkt er und neigt seinen Kopf ein wenig Richtung Decke. Sofort verspürt er die tausend glühenden Nadelstiche und schafft es nicht, sich zu regen.

Okay, Glotze an. Gucken, was da so kommt. Er zappt durch die Kanäle und bleibt nach letztlich einer halben Stunde bei einem Nachrichtensender hängen. Bilder von Würfeln über Berlin, Hamburg und München werden gezeigt, und dann wird ein Experte von einer blonden TV-Tante interviewt, die bestimmt noch nie ernsthaft über außerirdisches Leben nachgedacht hat. »Neusten Erkenntnissen zufolge können wir feststellen, dass also von den Würfeln keine Gefahr ausgeht. Sie sind da und sie werden nicht wieder weggehen«, sagt der sogenannte Experte.

»Woher kommen sie?«, fragt die blonde TV-Tante.

»Diese Frage kommt ja immer wieder auf und wir müssen nun mal davon ausgehen, dass sie schon immer da waren und sich jetzt erst zeigen.«

»Und trotzdem die Frage, die die Zuschauer unserer Show bestimmt beschäftigt, wo sie herkommen und warum man sie vor drei Jahren noch nicht gesehen hat.«

»Sehen Sie, sie kommen nicht irgendwo her. Es sind keine UFOs im üblichen Sinne, wie man sie vielleicht aus Science-Fiction kennt. Sie sind eine rein natürliche Erscheinung. So wie Bäume wachsen und Bäche fließen, gibt es eben fliegende Würfel. Wir müssen uns damit abfinden, dass es einfach eine ganz normale Erscheinung ist, mit der wir zu leben lernen müssen, ob es uns gefällt oder auch nicht.«

»Pahh!«, stößt Mingus einen Lacher aus und schüttelt den Kopf. »Das ist doch totaler Schwachsinn! Wollt ihr uns für dumm verkaufen?!«, schreit er von seinem Bett aus den Fernseher an.

»Sie werden ja nicht gesteuert.«

»Woher willst *du* das denn wissen, ob sie gesteuert werden oder nicht?«, schreit Mingus.

»Sie verhalten sich, neuesten Erkenntnissen der NASA zufolge, ähnlich wie Vögel und sie sind weder klüger noch dümmer. Sie sind ganz einfach da und fliegen durch die Gegend. Und mal ganz ehrlich, wen stört das schon? Ist doch irgendwie nett. Man fährt morgens zur Arbeit und sieht einen Würfel am Himmel. Er tut ja nichts. Sie sind völlig friedlich und deshalb verstehe ich die Aufregung um die Dinger nicht. Interesse und Neugier sind ja schön und gut, aber wie da manche Leute durchdrehen und Invasion schreien, ist einfach nur Panikmache«, sagt der TV-Experte.

»Wir haben hier auch einen Kommentar über Twitter«, sagt die Blondine. »Solange die Würfel nichts tun, kann man sich an ihnen erfreuen und Fotos von ihnen machen und sich Geschichten über sie erzählen. Für Panik oder Angst gibt es keinen Grund sagt der User XYZ-UFO-NO-UFO. Vielen Dank.«

»Das kann doch alles nicht wahr sein! Ihr gehirnlosen TV-Freaks gaukelt uns hier einen vor, als wären wir im antiken Rom und würden an Götter glauben oder so'n Scheiß! Nichts, aber auch gar nichts wird erklärt! Natürliche Erscheinung, my Ass!«, schreit Mingus im Liegen die Glotze an. »Ein riesiger Haufen Müll, den ihr hier erzählt! Das halte ich nicht aus! Ich muss aufstehen! ... Muss Leben unter Kontrolle bekommen! ... Muss ... Ahhhh!«, schreit er, als er anfängt, sich zu erheben.

»AU! AU! AU! Scheiß Hyänen. Verfluchtes Leben! Ich muss, ich muss, ich muss irgendwie aufstehen. Natürliche Erscheinung?! Ihr seid eine natürliche Erscheinung, der Evolution größter Dummheit!«, schreit er. »Ahhh! Schmerz! Tod! Seuche! Alle ausrotten! Ihr seid so doof, ihr habt die ewige Würfelgefangenschaft verdient! AHHHUAAAA!«, schreit er, als er sich ein wenig erhebt.

Aber plötzlich schließt jemand die Wohnungstür auf. »Sammy?«, ruft Mingus, der durch seinen geschundenen Körper immer noch ans Bett gefesselt ist, durch den Flur.

103

Jemand betritt die Wohnung, geht in die Küche und scheint, den Geräuschen nach zu urteilen, Sachen auszupacken.

»Sammy?«, ruft Mingus erneut.

Da kommt jemand den Flur runter und steht kurz darauf vor ihm am Bett.

»Sammy? Welcher Sammy?«, sagt die Person.

Mingus sieht die Person mit großen Augen an, als sähe er einen Geist. »Hendrik? Was machst du hier?«

»Ich war ein paar Sachen für dich einkaufen. Wir müssen dich doch stärken und wieder auf die Beine bekommen.«

Mingus zwinkert nervös mit den Augenlidern und guckt mit runtergelassenen

Mundwinkeln irritiert wie ein Wahnsinniger, der im Traum gefangen ist, durch den Raum. »Ja, das ist gut. Danke.«

»Na klar, dafür sind Freunde doch da. Sie helfen sich in Not. Du würdest das gleiche doch auch für mich tun, oder?«, sagt Hendrik und reicht ihm einen Joghurtbecher mit Löffel drin.

Mingus zwinkert wieder mit den Augen. »Sicherlich. Ja, sicherlich.«

»Wusste ich doch, und deshalb hab ich dir auch nur die besten Sachen geholt. Probier den Joghurt.«

Mingus zögert und fragt sich, was in den letzten 12 bis 24 Stunden alles passiert ist. Der Schmerz und ein unregelmäßiger Schlaf machen sein Leben und seine Träume wirr und schwammig.

»Du bist so ein guter Freund, Mingus. Ich werde mich in Geduld üben, was die Miete für das Lager angeht, schließlich ist das hier eine spezielle Situation, in der wir uns befinden. Komm, probier den Joghurt.«

Mingus nickt zufrieden. Er bekommt das Gefühl, dass er Hendrik alles vorspielen und zu allem manipulieren kann. Sicherlich ist er oft einsam, aber auf die Freundschaft mit einem derartig normalen Typen wie dem Arbeiter vor ihm kann er verzichten, meint er und grinst.

Hendrik zwinkert lieblich wie ein Papa und grinst breit. »Probier den Joghurt. Er wird dir schmecken.«

Mingus schaufelt einen ordentlichen Löffel in das Milchprodukt und schiebt es sich in den Mund. Er ist wahrlich köstlich und das beste Dessert nach der Pizza, aber Mingus lässt es sich nicht anmerken. »Der ist ja ganz gut.«

»Sag ich ja. So, dann würde ich sagen, holen wir mal Hilfe, damit du bald wieder stehen und fröhlich umherspringen kannst und alles.«

»Nein, keinen Arzt, kein Krankenhaus und keine Spritzen«, sagt Mingus. Er ist skeptisch gegenüber allem Normalen und möchte nicht, dass eine offizielle Institution etwas über ihn weiß. »Aha! Ich weiß, was du brauchst.« sagt Hendrik und geht in die Küche.

Mingus schaufelt und kratzt den Joghurtbecher bis zum letzten bisschen aus. Hendrik kommt mit einem Glas Wasser aus der Küche und reicht es ihm. Dann gibt er ihm eine Tablette. »Nimm die, sie wird dich entspannen.«

Mingus hält die Tablette ganz nah mit seiner Drei-Finger-Hand ans Auge und untersucht sie. Er fragt sich, ob sie das richtige Puzzlestück ist, das bei einem Puzzle als nächstes eingesetzt werden muss und ob die Chemikalien in ihr sich so in seinen Organismus einreihen, dass sie ihn wieder aufbauen und zu einem besseren Menschen machen oder ob sie seinen Körper von innen zersetzen.

»Mingus, kann ich dich mal was fragen?«

»Klar doch«, sagt Mingus, schiebt sich die Tablette in den Mund und spült sie mit Wasser runter.

»Wie hast du deine Finger verloren?«

Mingus sieht an die Decke und überlegt, welche Geschichte er dem Arbeiter erzählen kann. Sein Gesicht zerknautscht vor Anstrengung, sich etwas auszudenken.

»Entschuldigung. War das eine zu persönliche Frage?«

»Nein, nein, absolut nicht. Es war eine normale und sehr legitime Frage. Es ist keine große Sache. Es war ein Arbeitsunfall und auch der Grund, warum ich in letzter Zeit nicht so viel arbeiten konnte wie sonst.«

»Ah ja, das macht Sinn.«

»Ich hatte acht Stunden an einer Kreissäge gearbeitet, na ja einmal nicht richtig aufgepasst und schwups waren sie ab. Eine Kreissäge versteht, was Finger angeht, keinen Spaß. Kein sehr humorvolles Gerät, muss man mal so sagen«, sagt Mingus und grinst.

»Du steckst es aber echt gut weg, so locker, wie du drüber redest.«

»Tja, mein Onkel hat mal gesagt, bei einer Säge zieht man immer den Kürzeren«, sagt Mingus und grinst so breit, als könne ihm nichts etwas anhaben, als wäre er über alles erhaben.

»Wohl wahr. Und wo hast du da genau gearbeitet?«

Mingus kommt ins Grübeln und zwinkert wieder wie wild. Was ist das hier, ein Kreuzverhör? Er ist dem Lutscher vor ihm keine Rechtfertigung schuldig, erinnert er sich und sieht ihn ernst an. »Hör mal Hendrik, es war zwar nett, aber ich würde mich jetzt gerne ausruhen.«

Der Arbeiter springt auf. »O ja. Ich hol dir noch ein Glas Wasser und dann lass ich dich mal«, sagt er und geht durch den Flur zur Küche.

Ich muss den Schleimer wieder loswerden, ich muss wieder auf die Beine kommen und trainieren – fit werden, Krafttraining, sodass meine Tattoos bald wieder einen wundervollen Körper schmücken, denkt Mingus. Wieder ein normaler Mensch werden, scheiß auf diesen ganzen Esoterik-Kram und Würfelwahnsinn.

Leiden muss gekonnt sein, sowas kann nicht jeder. Die meisten jammern, während sie leiden. Ich nicht mehr, ich beiß auf meine kaputten Zähne und grinse das Leben und all seinen Scheiß in ihm an, auch wenn ich und meine Seelenzukunft noch nicht ganz sicher sind. Ich bin stark und mächtig, während ich kotze, und kein jaulender Penner, der die Schuld bei anderen sucht, sagt sich Mingus, während er sich schreiend erhebt. »GRRAHHH!«

104

Irgendwann später steht Mingus unter der Dusche. Seine Muskulatur entspannt sich unter dem heißen Strahl. Als er seinen Kopf zur Seite dreht, kracht es plötzlich in seinem Nacken. Dann öffnet er seinen Mund ganz weit und es macht »Klock« im Kiefer. Er stöhnt schwer und die ganze negative Emotion der letzten Wochen verlässt mit dem Atem seinen Mund.

Sein Handy steckt in der Ladestation. Er hat beschlossen, genug tot zu sein. Er muss wieder an etwas wie Jobs, Zwischenmenschlichkeit und so Zeugs – was man Leben nennt – teilhaben.

Dann sitzt er in seiner kleinen Küche und isst gebratene Eier mit Speck und trinkt O-Saft. Er sieht aus dem Fenster und ein paar Stunden vergehen. Der Tag besteht aus völliger Leere. Und allein in der Küche stellt er fest, dass die Sinnlosigkeit des Seins wieder in den Mittelpunkt rückt. Da klingelt schallend laut neben ihm das Handy, das ihn aus seiner

Gedankenwelt reißt. Er wischt über den Bildschirm, hauptsächlich, um den Klingelton abzustellen, nicht so sehr, um mit dem Anrufer zu sprechen.

»Ja?«

»Is dein scheiß Urlaub jetzt mal vorbei?«

»Sammy?«

»Ja! Wach auf, Junge! Ich brauch dich hier wieder im Laden!«

»Digga, ich bin ein Krüppel.«

»Es ist Bunkmann.«

»Was denn?«

»Er ist aus dem Koma raus und hier im Laden.«

»Echt?«

»Ich weiß nicht, was ich mit ihm machen soll!«

»Ok, krass.«

»Er ist irgendwie anders. Du musst herkommen.«

»Was ist denn mit deiner Studentin? Dieser Psychologin. Kann die sich nicht drum kümmern?«

»Quatsch! Jetzt komm raus aus deinen Depressionen, zieh dir nen Schlüpper an und komm zur Arbeit!«

105

Und genau das tut Mingus einen Moment darauf. Er zieht sich seine Boxershorts an und versucht, sich wie ein Mensch zu kleiden, aber die Schmerzen sind zu groß und er schafft es nur, Socken und Schlappen anzubekommen.

Nur im Morgenmantel bekleidet, schiebt er sich mit dem Rollator durch die noch verrückter gewordene Stadt zum nächsten Bahnhof. Überall sind Krawalle, Demos und Kämpfe mit der Polizei von der S-Bahn, die durch die Stadt führt, zu sehen.

Und immer und überall ist »WH« als Graffiti an den Wänden und in die Fenster der S-Bahn geritzt.

Völlig geschafft und unter Schmerzen kommt Mingus humpelnd und am Rollator am Curry an. Er hat sich mal wieder überschätzt, was seinen körperlichen Zustand angeht. Stöhnend setzt er sich auf die Bank vorm Currymex und legt wie ein alter Mann seine Arme auf dem Rollator ab. Die Sonne trifft ihn genau im Gesicht. Er schließt die Augen, lehnt sich zurück und sein bedrücktes Gefühl mildert sich etwas. Dann nimmt ihm etwas die Sonne.

»Da bist du ja.«

Mingus öffnet die Augen und sieht Sam zerknautscht an, der vor ihm steht. »Ich hab ja gesagt, dass ich komme. Also was soll das Drama? Kann man nicht mal seinen Urlaub genießen, wenn man im Curry arbeitet?«

»Es ist Bunkmann. Er ist nicht mehr normal. Der Typ sieht wie ein Zombie aus und redet wirres Zeug. Ich dachte, du könntest mal mit ihm reden.«

Mingus stößt ein Lachen aus. »Ja, weil ich ja einen besonders guten Draht zu ihm habe, wah?«

»Genau.«

»Mann, meinetwegen könnte er ewig im Koma bleiben.«

»Jetzt sei mal nicht so grausam. Es geht hier ums Curry, der vergrault mir hier die ganzen Gäste.«

»Da muss erst Papa kommen und die Sache regeln, oder wie? Na komm, dann zeig mal her das Elend.«

»Er hat speziell immer wieder nach dir gefragt.«

»Hat er?«

»Ja Mingus, er sagt, dass du ein Gott bist.«

Mingus rollt durch den Eingang ins Curry und kommt Bunkmann, der an der Theke sitzt, immer näher. »Bunkmann?«, sagt er.

Da dreht Bunkmann seinen steifen Oberkörper ganz langsam um. Erst, als er ganz zu Mingus gewendet ist, wird der Schaden sichtbar. Eine breite Narbe zieht sich vom Hals quer über das Gesicht und verläuft über das linke weiße, tote Auge. Eine weitere Narbe geht über den ganzen Schädel, und an manchen Stellen sind noch Nähte und Drähte in den Narben. Sein Mund hängt links runter und Sabber läuft heraus.

Mingus Blick wird ernster, aber er versucht, sich nichts anmerken zu lassen.

»Mingilch«, lispelt das Monster. »Ich seh nur noch grüngelb.«

»Hmm? Was meinst du?«

»Meine Vision hat sich geändert. Ich seh nur grüngelb.«

»Ok, du hast ja auch einiges durchgemacht.«

»Ich hab das rosa Licht gesehen.«

»Was?«

»Ich war in dem Würfel, wie du es immer gesagt hast.«

Mingus wendet seinen Kopf ein wenig zur Seite und versucht festzustellen, ob er es ernst meint.

»Mingilch. Die Aliens hatten drei Finger, wie du. Ich hab ihnen gesagt, dass mein Herz noch gut ist und sie sich keine Sorgen um mich machen müssen.«

Mingus Herz rast und er pustet angestrengt aus. »Meinst du nicht, dass da bisschen die Fantasie mit dir durchgeht?«

»Nix Fantasie, nur Ehrlichkeit.«

»Aber meinst du nicht, dass du noch ein bisschen im Krankenhaus bleiben solltest, bis du wieder so richtig fit bist?«

»Die Drei-Finger-Wesen haben gesagt, ich darf nicht länger im Krankenhaus bleiben. Ich muss dich kontaktieren, weil du zu ihnen gehörst, haben sie gesagt. Jetzt ist alles grüngelb, wie mit einem Filter, weil ich das rosa Licht gesehen habe.«

Mingus beißt sich auf die Lippen und nickt. »Das ist natürlich sinnvoll. Gut, dass du es gesagt hast.«

»Findest du?«, sagt das Monster und sieht aus, als müsse es weinen.

»Na aber klar, ist immer gut, sowas zu bereden.«

»Du bist ein echter Freund und der einzige, der mir glaubt.«

Kurz darauf fährt Mingus seinen Rollator wieder aus dem Laden. Sammy sieht ihn erwartungsvoll an. »Und, was ist es? Was hat er gesagt?«

»Na ja«, zögert Mingus. »Bisschen schwierig zu sagen,« sagt er, als wäre er der Oberarzt. »Er hat Visionen, die nicht von ungefähr kommen. Er hat, wie es aussieht, eine außerkörperliche Erfahrung gemacht. Sowas prägt natürlich.«

»Und jetzt? Bleibt er so?«

»Das kann schon sein. Er braucht erstmal Ruhe und viel Verständnis.«

»Hat er gesagt, ob er wirklich Drogen hier versteckt hat?«

»Nee, also dazu sind wir noch nicht gekommen.«

»So ein Mist! Wir müssen das rausfinden.«

»Gib ihm noch etwas Zeit.«

»Na ja ok, aber irgendwann muss er mit der Sprache rausrücken, schließlich geht es hier um meinen Laden – das Currymex, den besten Laden der nördlichen Hemisphäre.«

»Ich weiß, ich weiß, Sammy ... Wir müssen zusammenhalten. So ein Hyänenbiss ist schon so eine Sache, da braucht man ein bisschen Zeit, um sich zu erholen.«

»Ist schon klar, aber das Business muss weitergehen. Ich kann hier nicht ewig einen auf Wohlfahrt machen. Das Leben ist hart und teuer, und wenn wir den Laden behalten wollen, dann müsst ihr wieder auf die Beine kommen. Das Fett muss brutzeln und die Würste dürfen nicht mehr verschwendet werden. Und wenn erstmal die Wahlen anstehen, müssen wir diese scheiß Veganer aus ihren Ämtern prügeln. Diese verfluchten Weltverbesserer sind so ekelhaft, da kann man nur noch kotzen.«

Mingus hebt unter Schmerzen seinen Arm und berührt seinen Chef an der Schulter. »Hab noch etwas Geduld, deine Wünsche werden sich noch erfüllen, wenn du wirklich dran glaubst. So, jetzt muss ich aber los, es wird bald dunkel.«

»Du willst schon wieder los?«

»Es ist *dein* Freund. Du schaffst das schon.«

106

Mingus schiebt in seinem Morgenmantel den Rollator am Kanal entlang und beobachtet den bunten Sonnenuntergang. Eine Horde Mädels läuft feiernd an ihm vorbei. »Mingus?«, sagt eine.

Er dreht vorsichtig um und sagt: »Oh, hey.«

Da springt Julie auf ihn, umarmt ihn und küsst ihn auf die Wange.

»Au, au, au, nicht so doll.«

Sie lässt wieder von ihm. »Was hast du gemacht? Du siehst kaputt aus. Junge, du siehst total fertig aus.«

»Und, wie geht's dir so?«, sagt Mingus.

Julies Bande sieht Mingus etwas irritiert an und geht weiter.

Julie strahlt ihn an. »Super! Eine Woche schon ohne Kiff. Also, na ja, ist hart, ich hab immer Energie, ich mein, ständig!«

»Gut, gut, das solltest du auch als junges Mädchen.«

»Ja klar, aber *immer*? Das ist total anstrengend! Was machst du mit der Kutsche hier?«

»Das ist meine Gehhilfe. Ist eine lange Geschichte. Ich hatte da so einen kleinen Unfall, weißte.«

»Brauchst du wieder einen Babysitter oder was?«

Mingus grinst. »Das wär gar nicht so schlecht.«

»Ok, wir müssen uns mal wieder treffen und aufholen und so. Du weißt schon.«

»Komm Julie!«, ruft eines der Mädels.

»Ich muss jetzt los.«

»Jaja, geh nur«, sagt Mingus und guckt etwas bedrückt aufs Wasser.

Julie rennt in die Richtung ihrer Gruppe. Auf halbem Weg dreht sie sich nochmal um. »Mingus!«, ruft sie.

Und Mingus dreht sich zu ihr.

»Ich ruf dich morgen an!«

»Ok!«, ruft er zurück.

Sie springt noch einen Meter weiter und ruft dann: »Ich liebe dich!«

107

Am nächsten Tag sitzt Mingus in seiner kleinen Küche und schiebt Legofiguren auf dem Tisch hin und her. Eine Figur sieht wie ein Polizist aus, zwei andere wie Räuber. »Was wisst ihr wirklich über die Würfel?«, sagt der Polizist.

»Wir wissen nichts!«

»Nichts?! Das kann nicht sein!«

»Doch, ehrlich, Mann, es ist wahr, wir sind nur Penner, Rapper und Junkies, sonst nichts!«

»Das ist Wahnsinn, warum schickt ihr mich in die Hölle.«

»Hölle! Hölle! Hölle!«, rufen die Räuber.

»Eiskalt lasst ihr meine Seele gefrieren!«

Unter den Legomännchen findet ein richtig kleines Wolle-Petry- Konzert statt.

»Das ist Wahnsinn, warum ... «

»Können Sie jetzt mal aufhören zu singen?! Ich brauch hier mal etwas Konkretes«, schallt es in Mingus Ohr. Ihm steckt ein Kopfhörer im Ohr, mit einem Polizeibeamten am anderen Ende der Leitung, der sich schon eine ganze Weile Mingus wirres Gerede und Räuber- und Gendarm-Spiel anhören muss. »Was machen diese Würfelhunter? Was konnten Sie rausfinden?«

Lustlos schiebt Mingus die Figuren auf dem Tisch herum, dann nimmt er einen Schluck Kaffee, zündet eine Zigarette an und lehnt sich zurück. »Würfelhunter, Würfelhunter. Lass mal sehen. Lassen Sie mich mal nachdenken, was die mir als Letztes gesagt haben.«

»Wenn Sie die ganze Sache nicht ernst nehmen, brechen wir das ganze ab, aber dann gibt es auch kein Geld.«

»Ich nehme es ernst. Sehr ernst. Die Sache ist nur die, die Gruppe ist, sagen wir mal, sehr geheimnisvoll und es dauert, bis man da so richtig was rausbekommt.«

»Ich denke, Sie stecken da mitten drin? Sie sollten doch an der Quelle sein.«

»Ja, sicherlich.«

»Also bitte, dann geben Sie uns was, womit wir arbeiten können und trällern mir hier nicht einen am Telefon vor, oder ist das Ganze ein Spiel für Sie?«

Mingus nimmt die Polizei-Legofigur und hält sie sich direkt vors Gesicht. Mit einem tiefernsten Blick guckt er die Figur an. »Es ist kein Spiel. Es ist ernst, sehr ernst, Herr Polizist.«

»Ich fühle mich hier gerade ein bisschen verschaukelt«, sagt der Beamte, und Mingus bewegt die kleine Polizeifigur auf und ab, als hätte er den aufgebrachten Beamten als Winzling direkt vor der Nase.

»Jetzt hören Sie mal, ich hatte einen Unfall! Ich bin zu Hause seit Tagen an mein Bett gefesselt und kann mich wie ein einsamer Krüppel nicht bewegen!«, schreit er die Figur an.

»Sehen Sie zu, dass Sie etwas Handfestes bekommen oder die ganze Sache wird abgebrochen«, beendet der Beamte das Gespräch.

Mingus steht vorsichtig auf, humpelt ins Bad und untersucht am Spiegel sein kaputtes Gebiss. Er sieht sich jeden einzelnen Zahn genauestens an und muss feststellen: »Der Scheiß muss in Ordnung gebracht werden.« sagt er zu seinem Ich ihm gegenüber. »Du darfst sie nicht anrufen. Sie hat gesagt, dass sie dich anruft, also muss sie dich auch anrufen«, sagt sein Spiegelbild.

»Und was ist, wenn sie nicht anruft?«, sagt er.

»Dann hast du Pech gehabt. Sie muss dich anrufen. Du kannst ihr nicht wie ein sabbernder Rottweiler hinterherrennen, nur weil sie ein junges, hübsches Mädchen ist und ... «

»Und einen heißen Körper hat? Wolltest du das sagen?«

»Nein, ich wollte sagen, dass sie ein junges, hübsches Mädchen ist und nicht weiß, was sie will.«

»Aber sie weiß, was sie will. Sie hat gesagt, dass sie mich liebt.«

»Sie ist 18, da sagt man viel.«

»Aber nicht, dass man jemanden liebt, das ist was anderes. Nur, warum hat sie noch nicht angerufen, verdammte Scheiße? Ruf mich jetzt an, du kleine dumme Drecksschlampe!«, schreit Mingus seinen Spiegel an.

Da klingelt in der Küche das Handy. Mingus humpelt sofort los. »Das ist sie! Das ist sie! Das ist sie! Ich hab jetzt bald meine Babysitterin zurück, dummes Spiegelbild ist doof wie Scheiße und hat keine Ahnung, wovon er redet. Versucht mich nur zu verunsichern!«

Als Mingus an dem Küchentisch ankommt, stolpert er und fällt er hin. Das Handy fällt vom Tisch, landet auf dem Küchenboden, aber klingelt immer noch laut. Mingus robbt zum Handy, streckt seine linke Hand unter Schmerzen schreiend aus und tastet dem Handy hinterher. Es flutscht ihm wie ein Aal immer wieder aus der Hand. Dann bekommt er es schließlich zu greifen und dreht es um. Der Bildschirm ist so kaputt, dass er nicht mal sieht, wer ihn anruft.

»Julie?!«

»Nein, hier ist nicht Julie. Hier ist Hendrik. Ich habe immer noch nicht die Miete erhalten. Was ist da los bei dir?«

»Bist du irgendwie geldgeil oder so? Ich war gestern noch Invalide.«

»Ja, und nur wegen mir liegst du nicht mehr im Bett. Sei mal dankbar. Du hast mir versprochen, das Geld zu überweisen. Ich mag es einfach nicht, bei meinen Kunden dem Geld hinterher rennen zu müssen, das ist alles.«

»Das bin ich also? Ein Kunde? Ich dachte, wir sind Freunde!«

»Ja klar, aber Business muss weitergehen.«

»Du hörst dich an wie jemand, den ich hasse. Tschüss, Hendrik.«

Da klopft es an seiner Tür. »Aha, meine Rettung, mein Babysitter ist da!«, grinst er und robbt auf dem Bauch durch die Küche, in den Flur bis zur Wohnungstür, zieht sich an der Klinke hoch, reißt die Tür auf und fällt wieder auf den Bauch. Sein Blick der Freude verwandelt sich sofort in Erstaunen und Schock. »Was machst du denn hier und woher weißt du, wo ich wohne?«

Das Monster vor ihm versucht zu lächeln, was nur verursacht, dass ihm Sabber aus dem Mund läuft.

»Ich brauche deine Hilfe, Minglich. Komm, ich helf dir hoch, mein Lieber«, sagt Bunkmann, hebt ihn hoch und trägt ihn durch den Flur ins Wohnzimmer auf die Couch. Das Monster hockt sich vor ihn. »Wir müssen die Würfel wieder loswerden. Wir müssen die Welt von ihnen befreien, bevor es zu spät ist. Sie werden, wenn wir nichts tun, die Weltherrschaft an sich reißen und alles kaputt machen. Alles, was ich und du so lange aufgebaut haben.«

»Ach, was redest du denn da? Was haben wir denn aufgebaut?«

»Ich hab's im Internet gesehen. Sie sind böse und klauen unsere Seelen. Sie hätten beinahe meine genommen, aber ich war stark genug, um dem rosa Licht zu entfliehen. Andere sind nicht so stark, sie werden auf ewig gefangen werden.«

Mingus sieht das Monster sekundenlang einfach wortlos an, als würde er überlegen. Durch das Sonnenlicht, das durch das Fenster kommt, werden alle Schattierungen sehr hart, was die Narben und Wunden noch viel stärker erkennbar macht. Aber Mingus sieht ihn völlig emotionslos, ohne zu blinzeln, an. Ein ganz kleines Lächeln macht sich auf Mingus Mund breit, als hätte er gerade einen furchtbaren Unfall gesehen, aber kann seine Schadenfreude nicht ganz verbergen. Bunkmann sagt auch nichts, nur eine Träne und der Sabber laufen ihm links aus Auge und Mund, aber dafür kann er nichts. Das einäugige Monster sucht bei ihm Hilfe – Bunkmann, der vorletzte Woche noch unzerbrechlich war, ist heute ein leidendes kleines Etwas und sucht nach Rat bei dem kleinen Mini. Mini heißt scheinbar nicht mehr Mini und ist ganz bestimmt nicht klein, aber auch er ist geschunden und zerbrochen. Zeit, sich zusammenzuflicken, aufzustehen und zurückzuschlagen.

»Ich hab mir das überlegt, wir jagen den Würfel am Alex mit einer Bazooka in die Luft!«, sagt der Kaputte und zieht sein Handy aus der Tasche.

»Was?!«

»Hier,«, sagt Bunkmann und zeigt ihm ein Foto eines Panzerabwehrgeschosses. »An sowas muss man doch rankommen. Und dann, KREBUSCH!« Bunkmann schießt der ganze Sabber, der sich angestaut hat, aus dem Mund, als er das Explosionsgeräusch nachmacht.

»Ach, das ist doch Wahnsinn.«

»Ich frag mich, warum nicht schon früher jemand draufgekommen ist! Die sammeln hier fröhlich unsere Seelen ein und keiner macht was.«

Mingus nimmt eine Zigarette aus seiner Schachtel, zündet sie sich an und nimmt einen tiefen Zug. »Wir sind echt mit außerirdischem Leben überfordert.«

Da steht Bunkmann ruckartig auf und geht auf und ab. »Sieh nur, was sie mir angetan haben, Minglich!«

Mingus stöhnt und schüttelt den Kopf. »Das waren die Hyänen und kein UFO, Würfel oder Alien. Du bist in ein Hyänengehege gefallen und dir wurde in den Kopf gebissen.«

»Die wollten meine scheiß Seele nehmen und abspeichern, wie in einen Computer aufsaugen und behalten! Verdammt noch mal!«

»Vielleicht hast du das ja auch nur geträumt.«

»HEY! Ich weiß, was ich gesehen habe!«, schreit Bunkmann und blickt dann auf das Plakat an der Wand mit dem UFO drauf – I WANT TO BELIEVE. »Was soll das denn?! Ist das alles nur ein Witz für dich oder was Minglich?!«

»Nein, kein Witz. Ich mag die Menschheit ja auch und will auch nicht, dass wir dahingerafft werden, aber das ist mir dann doch etwas sehr, wie sagt man gleich dazu ...?«

Da fällt Bunkmann theatralisch auf die Knie, sein Kopf sinkt auf die Brust und er schluchzt. »Ich dachte, du würdest mir glauben.«

Mingus sieht, ganz klar vor ihm, ein Loch in Bunkmanns Kopf. »Was ist denn das?«

Bunkmann schluchzt und weint. Dann erhebt er seinen Kopf und eine metallene Stimme aus Bunkmanns Mund sagt: »Sie haben mich gefangen. Hol mich hier raus. Mein Körper ist mein Gefängnis geworden.«

Mingus packt das Monster bei den Backen. »Was? Sag das nochmal!«

Bunkmann grinst plötzlich ganz breit. »Lass uns die Eindringlinge willkommen heißen. Sie sind hier, um uns ewiges Leben zu bringen.«

Mingus steht auf und humpelt im Kreis. »Ich muss nachdenken. Nachdenken. Nachdenken.«

Da klingelt das Handy in der Küche.

»Warte hier. Ich bin gleich wieder da!«, sagt Mingus und humpelt »Au, au, au« in die Küche. Er wischt über den kaputten Bildschirm. »Julie?«

»Hier ist Dana, du Idiot«, lacht sie. »Mingus! Ich komme richtig gut voran, was das Schreiben angeht. Du hast mich wirklich inspiriert. Lass uns treffen, dann les ich dir was vor!«

»Du Dana, freut mich, aber ich hab hier gerade echt ein paar andere Sachen zu tun.«

»Ok, ok. Ich verstehe. Nur ganz kurz. Ich weiß, dass jemand in meiner Story sterben muss, ich weiß nur noch nicht, wer. Ich glaube, wenn ich dir die Story erzähle, dann komme ich drauf, wer sterben muss.«

Mingus guckt aus dem Fenster und sieht einen schwarzen Waschmaschinen-Würfel hinter dem gegenüberliegenden Haus in die Höhe schießen. Verträumt sagt er: »Noch nicht die Zeit zu sterben. Ist noch nicht Zeit zu sterben.«

»Was?!«

»Hör zu, ich hab gerade keine Zeit für sowas.«

»Warte! Was hast du gesagt?«

»Lass uns das ein andermal machen«, sagt Mingus, legt auf und humpelt in den Flur. »Quatscht die mich mit ihrem Buch voll, als hätte ich keine anderen Probleme, unfassbar sowas.«

Im Wohnzimmer angekommen, schüttelt er den Kopf. »Was soll ich denn jetzt mit dir machen?«

Bunkmann liegt sabbernd in der Ecke und starrt die Decke an.

Ein Nachrichtenton von seinem Handy ertönt und Mingus humpelt wieder in die Küche. Er wischt über den kaputten Bildschirm und liest eine SMS: WÜRFELHUNTER um 21:30, Treffpunkt, Kaiserin-Augusta-Allee 101, alte Fabrik an der Spree.

108

Auf der Straße versuchen sich Passanten nichts anmerken zu lassen, aber Bunkmanns Visage zieht die Blicke schlimmer an, als eine junge, topfitte Joggerin in Leggings. Sein weißes, totes Auge suppt unkontrolliert, als würde er ewig weinen.

An einer Ampel fällt das Licht der Dämmerung auf sein Gesicht, und Mingus sieht ihn sich genauer an. Erst hat er Mitleid mit der zerstörten, menschlichen Figur, dann denkt er, dass er auf gewisse Weise zu einem fleischlichen Kunstwerk geworden ist und bewundert ihn. Gerade lag er noch im Koma und jetzt gehen sie hier spazieren, als wäre es das normalste der Welt. Was ein Tier der Typ ist, denkt Mingus.

Der kaputte Kopf und der humpelnde Mingus an seiner Gehhilfe schleichen wortlos und benommen, in der Hoffnung, eine bessere Zukunft zu finden, durch Berlins Verkehr. Der geistig zerstreute Bunkmann sieht in dem Abendlicht mit seinem zerstörten Gesicht und den Nähten drin aus wie ein Frankenstein-Experiment. Er ist seit dem Hyänenbiss auf eine komische Art richtig zahm geworden, und Mingus scheint aus dem Nichts zu seinem Mentor mutiert zu sein.

Mingus ist zu bequem und unzufrieden mit seinem Leben, um etwas anderes zu tragen, als den weißen, dreckigen Bademantel.

In einer Welt, die voll von gutaussehenden Selbstdarstellern ist, sind die beiden Leidensbrüder das absolute Gegenteil geworden, und wo sie auch hingehen, werden sie angestarrt.

Bunkmanns Gleichgültigkeit tut Mingus richtig gut. Was soll das Geglotzte? Das Leben ist hart und man kommt halt mal ein bisschen unter die Räder, denkt er. Bunkmann scheint die Blicke nicht mal zu bemerken. Sie sind Reste der Gesellschaft, das, was noch übrigbleibt, wenn man nicht gewollt wird. Zwei kaputte Leben ergeben ein Ganzes.

109

Es ist dunkel, als sie an der alten Fabrik ankommen. Der Eingang ist direkt am Wasser des Kanals und voll von Leuten aus allen Gesellschaftsschichten. Es sieht fast aus, als wollten die beiden in einen angesagten Technoclub, aber hier geht es nicht ums Party machen, hier geht es um nichts Geringeres als die Seelenzukunft der Menschheit. Die Würfelhunter-Bewegung ist in kürzester Zeit zu einem riesigen Szenetreff in einer alten Fabrik geworden.

In einer dunklen Halle reden und diskutieren Schattenfiguren und Silhouetten miteinander, als wären sie bei einem Kinobesuch. Nur gibt es hier weder Popcorn noch Sitzplätze.

Flutlichter an der Decke werden eingeschaltet und fallen auf einen großen Tisch. Eine große Blonde, ende Vierzig, mit breitem Maul und großen Zähnen, kommt aus dem Dunkel ins Licht und grinst ihr Publikum an. »Voll schön, dass ihr alle wieder da seid. Und ich sehe eine Menge neue Gesichter, das ist toll, ganz, ganz toll!«

Mingus fragt sich, wieso die Alte redet, als wären sie bei einem Pädagogentreff. Wach mal auf, denkt er, der Großteil hier sind Ausgestoßene der Gesellschaft, die verzweifelt nach Antworten suchen, wir reden hier immerhin über das Ende der Welt, wie wir sie kennen.

Die Frau scheint die Aufmerksamkeit, die sie bekommt, zu genießen und quatscht irgendein sinnbefreites Zeug, dass die Zukunft besser wird, wenn wir alle zusammenhalten. Aus Mingus will die ganze Wut platzen, die sich über die letzten Wochen und Monate angestaut hat. Jeden Moment wird er etwas dazwischen brüllen und etwas sagen, was Wert hat, etwas, das jeden einzelnen aufwecken wird. Er sieht Bunkmann an, der am ganzen Leib zuckt und fragt sich, was er denkt, und ob er überhaupt noch über die Fähigkeit verfügt, zu denken.

Da schreit Bunkmann plötzlich spuckend und hustend los, was Mingus gerade noch dachte, als wären sie verbrüdert und hätten sich telepathisch ausgetauscht: »Wenn ihr glaubt, dass die Würfel schon alles sind, dann habt ihr keine Ahnung, was hier wirklich abgeht! Da steckt noch viel mehr dahinter!«, rennt er los, haut jeden, der ihm im Weg ist, zur Seite und springt auf den Tisch, als hätte ein Regisseur des Theaterstücks »Frankensteins Sohn« seinen Einsatz angezeigt und Bunkmann zeigen wollte, was für ein grandioser Schauspieler er ist.

Aber er ist kein Schauspieler. Er ist echt und es ist echt und wirklich, was Bunkmann denkt und sagt. Bunkmann spricht für Mingus.

»Ich wurde in einem dieser verfluchten Würfel gefangen! Ich konnte mich befreien, weil ich stark bin! Andere können das nicht!«

Oh, das ist gut, und sein zerstörtes Gesicht macht die Performance noch viel besser und glaubwürdiger, denkt Mingus.

»Hört zu, alle!«

Ja! Zeigs ihnen, Bunkmann, denkt Mingus begeistert. Mach sie fertig, denkt er.

»Das Universum ist ewig groß, wir haben gerade mal einen Vorgeschmack von der ganzen Scheiße bekommen, die da draußen in der Endlosigkeit abgeht! Ich mein, ich bin doch nicht bescheuert, ich weiß, was ich gesehen habe! Ich sag mal so, lasst mich euer Anführer sein und wir machen diesen Würfeln und dieser dreckigen

Regierung, die mich über Jahre eingesperrt hat, nur, weil ich einen Hund gerettet habe, ein für alle Mal ein Ende und jagen sie in die Luft! Dann ist Schluss mit lustig UFO-Fotos machen, dann ist Zeit zu töten! Seht, was sie mir angetan haben! Sie haben mir meine Identität genommen und wollen, dass ich nichts mehr sage, aber wenn ich ein Alien sehe, fucke ich es ab! Ich schlachte jedes Alien auf sein ekliges Gerippe und seine kleinen Knochen ab, bis die sich hier nicht mehr trauen rumzufliegen!«

Großartig, denkt Mingus, was ein Höhepunkt! An dieser Stelle sollte ein Werbeblock kommen, denkt er.

Ist eigentlich auch völlig egal, was Bunkmann sagt, denn das, was wir Gesellschaft nennen, wird bald schon völliges Chaos sein, da kann man alles sagen und nichts spielt noch eine Rolle. Es wird weder rechts noch links geben, und alle Themen werden sich in Luft auflösen. Vielleicht ist das die Mission der Würfel, dass wir uns wieder aufs Wesentliche besinnen. Wer weiß das schon?

110

Zeit für Sandwiches. Mingus mampft vor seinem Fernseher die Dinger mit Gurken und allem, was da so reingehört. Dann ballert er unter Schmerzen Aliens an seiner Konsole ab. Die Drei-Finger-Hand tut weh, aber er muss sie ausmerzen. Er muss der Invasion wenigstens in digitaler Form ein Ende setzen.

Bunkmann kommt in den Raum, fragt Mingus, ob er noch ein Sandwich will und stellt ihm ein Glas Cola mit Eiswürfeln hin. Bunkmann, den er mal hasste, dem er mal den Tod wünschte, kümmert sich jetzt um ihn. Nicht die kleine, süße Julie ist für ihn da, dafür aber ein menschliches Monster, mit so üblen Narben im Gesicht, dass man sich anstrengen muss, sich bei dem Anblick nichts anmerken zu lassen und das eigene Gesicht nicht zu verziehen. Was für ein absoluter Rollentausch, denkt Mingus und fragt sich, ob es so etwas je in der Geschichte gegeben hat, dass der Erzfeind zum Bruder wurde.

Erst geht Mingus aufs Klo, um sich ein wenig zu erleichtern, dann guckt er im Spiegel sein müdes und trauriges Gesicht an. Das Monster pfeift in der Küche, als wäre es zu Hause und Mingus fragt sich, wie man unter solchen Umständen glücklich sein kann. Er grinst sich im Spiegel an, in der Hoffnung, dass sein Hirn es wahrnehmen würde und glaubt, dass er selbst froh ist. Sein kaputtes Gebiss kommt zum Vorschein und er wird nur noch trauriger. Er zwingt seine Gesichtsmuskulatur weiter zu einem breiten, lächerlichen Grinsen, was ihn irgendwann brüllend laut zum Lachen bringt. Es hat funktioniert, sein grinsendes Spiegelbild lässt sein Hirn glauben, dass er voll von Glückseligkeit wäre und er muss befreit lachen, und lachen und lachen.

Bunkmann putzt und räumt für Mingus auf. Er gießt und stutzt mit einer Schere seinen Bonsai. Mingus geht zu ihm und zeigt ihm, wie er die Äste nicht zu kurz schneidet. Bunkmann rollt wieder eine Träne aus dem Auge. Mingus klopft ihm auf den Rücken und sagt ihm, dass er das schon ganz richtig macht.

Am Abend sieht es nicht danach aus, als würde Bunkmann nach Hause gehen, also schlafen sie beide auf Mingus Klappcouch.

Am nächsten Tag wird Mingus alleine wach. Er guckt sich müde um. Bunkmann kommt mit einem riesigen Hammer bewaffnet in den Raum und fängt an, auf die Wand einzuschlagen. Er vergrößert das Loch und macht sich dann mit einem Metermaß an die Arbeit.

Mingus macht Kaffee und dreht die Anlage im Zimmer auf.

Die beiden machen das Beste aus ihrem Urlaub und erweitern endlich seine Wohnung mit dem Lager um weitere hundert

Quadratmeter. Sein Loft ist am Entstehen, und dass mitten in Berlin, einer Stadt, in der es so furchtbar schwer ist, an eine Wohnung zu kommen, und für jemanden wie Mingus, an so etwas wie ein Loft zu kommen, ohne finanzielle Mittel unmöglich ist.

Man macht das Beste aus dem, was man hat oder was man sich ergaunern kann, und da ist Bunkmann genau der Richtige.

Dass sie nochmal im Curry arbeiten würden, kann sich Mingus kaum vorstellen. Sie sind zu etwas Besserem geworden und müssen irgendwoher einen Auftrag bekommen. Etwas, womit sie die Welt verändern. Etwas Wesentliches. Er muss sich irgendwas ausdenken, was er den Bullen über die Würfelhunter berichten kann und wodurch er Kohle bekommen kann. Dann wäre er ein richtiger Spion, wenn auch ein falscher Spion. Ein Vertrauensmann auf der anderen Seite. Ein Würfelhunter, der so tut, als wäre er der beste V-Mann, der die Regierung mit ausgedachten Informationen füttert – wenn das nicht ein geiler Job ist, was dann?

»Scheiße, ja!«, schreit Mingus. Ihm ist plötzlich das kleine rote Büchlein eingefallen, das er auf dem Friedhof ausgegraben hatte. Er humpelt und sucht völlig verzweifelt die ganze Wohnung durch, aber kann es auch nach einer

Stunde nicht finden. Er hatte so sehr gelitten, um es zu bekommen, und jetzt soll es einfach weg sein?

Das kann nicht sein!

Er muss es finden.

Mingus beobachtet Bunkmann, wie er die Wand einschlägt und immer wieder mit dem Metermaß nachmisst, wie groß das Loch noch werden soll.

Kann dieses Monster, dem er Obdach gewährleistet, ihn bestohlen haben? Hat er das Büchlein?

Bunkmann dreht sich zu ihm um und fragt ihn mit unschuldigem Blick, ob er alles richtig macht. Mingus zögert und nickt dann. Bunkmann kann es nicht genommen haben, er ist ein guter Mensch geworden. Eigentlich ist er ja gar kein Mensch mehr, er ist irgendetwas anderes, und der Name Bunkmann passt gar nicht mehr zu ihm.

Er ist kein Bunkmann mehr, er ist kurz, ein Bunk. Ein Bunk ist kein Mensch, ein Bunk ist ein Wesen, vielleicht ein Monster, ein Etwas.

Wir sind zwar geistig und körperlich etwas gehandikapt, aber dafür frei und nicht in Würfeln gefangen. Alles ist besser als ewige Seelengefangenschaft durch irgendwelche Aliens, die kein besseres Hobby finden können, als uns zu versklaven, denkt Mingus, wirft sich seinen verdreckten Morgenmantel um und verlässt die Wohnung.

111

Etwas später rollt Mingus sich mit seiner Gehhilfe durch einen Park. Er setzt sich auf eine Bank und blickt auf das Engelbecken. »Ich habe keine Angst mehr«, sagt Dana neben ihm. »Keine Angst mehr vor diesem Ort, obwohl mich die Erinnerung an den Mann und wie er aufgelöst wurde immer noch verfolgt«, sagt sie und lächelt.

Mingus nickt und blickt weiter starr aufs Becken. »Wir haben Grund zur Angst, aber wir dürfen keine haben. In dieser merkwürdigen Zeit dürfen wir keine Angst haben.«

Dana blickt aufs Becken.

Mingus dreht sich zu ihr. »Du bist stark, Dana.«

»Ich habe jemandem von einem Text erzählt, den ich schreibe, und diese Person hat im Grunde gesagt, dass es totale Scheiße ist. Seitdem kann ich nicht mehr schreiben.«

Mingus blickt wieder auf das Becken. »Das ist Scheiße.«

»Weißt du, ich hatte sie nicht mal nach ihrer Meinung gefragt und sie sagt sowas.«

»Wer war es?«

Sie zögert kurz, dann sagt sie: »Mein Freund.«

Mingus lacht.

»Vielleicht sollte ich mit ihm Schluss machen.«

»Ja, ganz sicher solltest du das! Erst will er dich in die Klapse bringen, weil du gesehen hast, wie sich ein Mann vor dir in Luft auflöst und jetzt sagt er sowas über dein kreatives Schaffen. Du solltest ihn an tausend Schlangen verfüttern, weil das ist, was er ist – eine Schlange. Verdammter Bastard.«

»Ja, wahrscheinlich hast du Recht, Mingus.«

»Ganz bestimmt habe ich Recht. Solche Leute sollten öffentlich gehängt werden. Unter Applaus.«

»Mingus?«

»Wenn ich diesen Freund von dir nochmal sehe, dann werde ich ihm ... «

»Mingus?!«

»Was ist?«

»Liebst du mich?«

Mingus lacht los. »Na klar. Ich mein, türlich lieb ich dich. Du bist Dana. Nicht jeder sieht dich, aber jeder sollte dich lieben, weil du, meine Hübsche, bist ein echtes Unikat.«

»Ok, freut mich. Aber ich glaub, ich will kein Kind mit dir.«

»Ja, das ist, glaub ich, auch besser so. Wovon handelt dein Text denn so?«

»Von dir.«

Mingus sieht sie an. »Von mir?! Wieso denn von mir?«

»Einfach so.«

»Und da wunderst du dich, dass ihn dein Freund scheiße findet.«

»Wieso?«

»Weil ich ein toller Typ bin und diese Seifenblase bestimmt total eifersüchtig ist, deshalb.«

»Das kann natürlich sein. Aber ich habe dich nicht besonders toll beschrieben. Eher wie einen falschen Drecksack.«

»Cool.«

»Echt?«

»Klar. Dana, du kannst über mich schreiben, wie du willst.«

»Danke. Ich wollte dich eigentlich schon umbringen, aber dann hab ich gedacht, dass es noch zu früh ist.«

»Und du hast Recht!«, grinst Mingus. »Denn ich will noch nicht sterben«, sagt er, steht auf und schubst seinen Rollator weg. Der rollt ein paar Meter nach vorn, und Mingus steht humpelnd auf einem Bein und breitet die Arme aus. »Ich will gar nicht sterben. Ich will für immer und immer leben, denn das Leben ist wunderschön. Leben ist das Schönste auf der ganzen Welt. Das Schönste, wo es gibt, glaub mir!«

Dana lacht. »Was ein Philosoph du bist, Mingus.«

Mingus grinst und sieht sich einen Moment um. »Aber warte mal, wenn du über mich schreibst, soll ich mich dann irgendwie anders verhalten oder wie? Ich muss doch kein Vorbild sein oder so?«

»Nee, nee, keine Sorge. Aber du könntest ein bisschen gemeiner sein. Ein bisschen ein Drecksack, ein Opportunist, der sich nimmt, was er braucht.«

Mingus überlegt kurz. »Ja, das ist gar nicht so schlecht.«

»Nein, warte! Vergiss, was ich gesagt habe! Sei einfach, wie du bist! Mach alles so, wie du es sonst auch tun würdest. Keine Veränderung, das ist wichtig, sonst kommt ja die ganze Story durcheinander!«

Mingus überlegt noch angestrengter. »Na gut. Allerdings hab ich da jetzt keine bestimmte Vorgehensweise. Ich mach einfach so, wie es kommt. Wenn ich mich jetzt anstrenge, so zu sein wie ich bin, ich glaube, dann wär ich gar nicht mehr ich selbst, dann wär ich irgendwas anderes – eine andere Form meiner Selbst, aber bestimmt nicht besser. Ich wär kein Unikat mehr. Ich wäre ein billiger Abklatsch vom Original.«

»Na hör mal, kann ja nicht so schwer sein, man selbst zu sein. Bist du doch die ganze Zeit.«

»Ja, aber nicht, wenn ich mir Mühe gebe.«

»Du sollst dir ja auch keine Mühe geben. Sei einfach.«

»Und wenn ich jetzt so eine Figur hier bin, dann bin ich ja wie ein Schauspieler. Ich glaub, dann wär ich total nervös und tollpatschig noch dazu.«

»Mingus, du Hohlbirne! Deshalb sollst du nicht anders sein, als du bist und du sollst vergessen, dass ich das jemals gesagt habe. Weißt du was? Wenn du dich hier zu doof anstellst, dann handelt die Story halt nicht von dir, ganz einfach.«

»Doch, doch, doch. Bitte von mir. Ich werde auch ganz toll sein, versprochen.«

»Du sollst nicht toll sein! Du sollst nur du selbst sein und das ist nicht zu viel verlangt, kleiner Mingi-Boy. So, und jetzt geh nach Hause, du hast mich heute wirr genug gemacht.«

»Ok, das bekomm ich hin. Ich werde heute so sehr als ich selbst nach Hause gehen, wie ich noch nie nach Hause gegangen bin. Das wird einmalig!«

»Na, großartig.«

»Find ich auch«, sagt Mingus und humpelt zu seinem Rollator. »Und weißt du, was noch großartiger ist?«

Dana verzieht das Gesicht. »Was?«

»Dass wir das beide nicht haben kommen sehen!«

Dana sieht ihn streng an. »Mingus.«

»Ja?«

»Geh!«

»Okidoki«, sagt er und rollt los. Nach zwanzig Metern dreht er sich um. »Dana!«, ruft er.

»Was?«

»Das wird eine großartige Zeit, eine Zeit, an die wir uns noch lange erinnern werden. Eine wunderbare Zeit kreativen Schaffens.«

»Is ja gut jetzt! Geh nach Hause!«

Mingus humpelt und rollt los, und Dana sagt leise zu sich: »Wo ist der Typ denn kreativ? Ich werde die Einzige sein, die hier kreativ ist und eine Menge Arbeit vor sich hat. Der humpelt fröhlich durchs Leben und glaubt, so eine Story schreibt sich von selbst.«

112

Bevor die frisch gecastete Figur nach Hause geht, macht er noch einen Abstecher zum Kottbusser Tor und holt sich in der Unterführung ein leckeres Fischsandwich von den letzten Euros, die er bei der Sparkasse abgehoben hat. Er steht an der Ecke und wird immer wieder von Dealern angesprochen, auch, weil er fast noch schlimmer als ein Junkie aussieht in seinem verdreckten Morgenmantel. »Ich bin also ich und ich esse das Sandwich, wie ich es sonst auch immer essen würde. Ganz normal, ganz easy peasy.«

Da brettern ganz flach über den Kotti zwei Düsenjets der Marke Tornado durch den Himmel. Es ist so laut und unerwartet, dass Mingus sich an seinem Fischsandwich verschluckt und krächzend rumhustet.

113

Er schließt seine Wohnungstür auf und humpelt durch den Flur. Erstaunt sieht er dann die Veränderung seiner Wohnung. Der Durchgang zum Lager ist fertig. Zwei

Schiebetüren hat Bunkmann zwischen seiner Wohnung und der Lagerhalle gebaut.

Er öffnet sie und geht ins Lager. Das Lager ist mittlerweile kein Lager mehr. Eine Couch, zwei Stehlampen, zwei Pflanzen, ein Tisch und darauf seine Anlage wurden in den großen Raum geräumt, der in der Mitte zwei Stützbalken hat. Es sieht wunderbar aus, schon richtig wohnlich und so, dass man Leute einladen kann. Manchmal muss man zwei Finger verlieren und dann muss derjenige, der einen verletzt hat, der eigene Peiniger, so einen schlimmen Unfall haben, am besten durch eine schmuddelige Raubkatze wie eine Hyäne, dass er völlig entstellt ist und letztlich und endlich sein schlechtes Gewissen zum Vorschein kommt, bis man an sein eigenes Loft kommt. Das Bunk-Monster hat sich richtig Mühe gegeben, nur, wie werde ich es jetzt wieder los, denkt er.

Es ist Mingus ewiger Zwiespalt — einerseits will er nicht allein sein, andererseits muss er jeden und alles in seinem Leben loswerden, um das Leben genießen zu können.

Er schaltet die Anlage ein. Es ist alles verkabelt und funktioniert. DJ Shadows hört sich als Schallplatte über die Boxen in der Halle großartig an. Eigentlich unglaublich, dass Bunk es alleine geschafft hat, trotz seiner geistigen und körperlichen Einschränkung. Mingus fragt sich einen Moment, ob sich das Monster von irgendwo Hilfe geholt hat, um alles zu aufzubauen und zu verkabeln. Was ist in es gefahren, dass es von einem Kleinkriminellen zu einem Etwas geworden ist, das Schiebetüren einbaut und eine Halle zu einer Wohnung umräumt?

Das Bunk ist, genau wie die Würfel, eine außerordentliche Laune der Natur. Die Welt besteht aus Sensationen, die als Banalitäten und Zufälle abgetan werden, denkt Mingus und sieht aus dem Fenster, während der Beat den Raum beschallt. Da gehen sie auf der Straße und rennen zu ihren Jobs und er steht da und sieht ihnen dabei zu, als wäre er in einem Theater. Er grinst. Er hat sein Loft und die Welt ist in Ordnung.

Er muss sich ein paar gute Stories für die Bullen ausdenken, und dann kann er Bunkmann als seinen Assistenten einstellen. Oder noch viel besser, er wird Bunkmanns Betreuer, lässt sich das Ganze von einem Amt bezahlen und in Wirklichkeit macht er das Bunk zu seinem Diener.

Auf dem Papier formuliert wird er sein Betreuer, aber nur auf dem Papier. Einfach ein kleiner Rollentausch und alle gewinnen, denn es ist letztlich reine Ansichtssache, wer sich um wen kümmert. Es gibt schließlich auch Eltern, die glauben, ihre Kinder zu erziehen, aber in Wirklichkeit ist es andersrum. Mingus guckt den Passanten von seinem geilen neuen, noch nicht ganz fertigen Loft eine Weile beim Vorbeigehen zu. Den Pennern, den Assis, den Arbeitern und den Arbeitslosen. Von hier oben kann er seinem Volk wie ein König auf den Kopf spucken.

114

Nach ein paar Tagen spielt Dana eine Audionachricht auf ihrem Handy ab. »Ja, danke dir, ich trage wieder Kleidung und körperlich geht es mir schon viel besser. Neulich hat mir ein Security-Mann mehr oder weniger unfreiwillig meinen Rücken eingerenkt. Er hat mich am Boden gehalten und mir seine Kniescheibe in die Wirbelsäule gedrückt. Es hat laut geknackt und ich glaube, dadurch hat sich ein Wirbel wieder eingerenkt. War ein richtiger Kampf. Bunkmanns Nähte sind zwar raus, aber er ist immer noch ein Monster. Er hat dem anderen Security-Mann voll eins in die Fresse geschlagen. Ich hab's vom Boden aus beobachtet. Tja, du fragst dich bestimmt, wie es soweit kommen konnte. Das war so: Wir sitzen also bei so einem Amt und wollen da meine Aufsichtspflicht für ihn beantragen. Da guckt uns die olle Beamte so skeptisch an und holt plötzlich völlig unerwartet die Security – blöde Schlampe – und ich merke, dass die uns oder zumindest den kaputten Bunkmann in die Klapse stecken will. Die dachte, er wär voll der Psychopath oder so. Ich erklär das also flüsternd Bunkmann und der rastet voll aus. Schreit den ganzen Laden zusammen und zertrümmert erstmal ihr Büro. Wir prügeln uns also bisschen mit den Typen und rennen dann weg. Ich konnte nur humpeln und der eine hätte mich beinahe erwischt. Ich werde doch nicht Bunks Betreuer. Zumindest wird's nicht vom Staat gefördert, aber dafür werden die Stories, die ich den Bullen auftischen werde, umso wilder, versprochen. Soviel dazu, ich glaube ich hab richtig wieder zu mir selbst gefunden. Ich bin wieder ganz der, der ich früher einmal war und ich verstelle mich überhaupt nicht. Ich bin der, der ich bin und nicht mehr und nicht weniger. Danke dir, viel Spaß beim Schreiben, bis denn, Küsschen. Dein Mingus.«

115

Zwei Polizisten stehen vor Mingus Tür.

»Wie gesagt, ich habe keine Ahnung, wo dieser Bunkmann ist. Ich kenne ihn von früher.

Er hat mir leidgetan. Mit den ganzen Narben im Gesicht hab ich ihn erst gar nicht erkannt. Er stand jeden Tag vor meiner Tür und hat mich gebeten, mit ihm zum Amt zu gehen. Er wollte einfach, dass jemand für ihn da ist und ich war für ihn da. Also wenn das ein Verbrechen ist, dann bin ich schuldig. Aber ich denke, ich habe einfach nur Menschlichkeit gezeigt.«

»Sie haben die Beamtin mehrmals lautstark beleidigt.«

»Ja, das tut mir auch leid.«

»Wenn Sie sich bei ihr entschuldigen, wird sie keine Anzeige erstatten, hat sie gesagt.«

»Oh das werde ich tun. Ganz bestimmt.«

»Sie erwartet Sie morgen um acht ihn ihrem Büro.«

»Um acht?!«

»Um acht. Ist das ein Problem für Sie?«

»Nein, kein Problem, gar kein Problem.«

»Schönen Abend«, sagt einer der Beamten. Die beiden ziehen ab und Mingus schließt langsam stöhnend die Tür. »Acht Uhr entschuldigen. Wer will so früh eine Entschuldigung? Da bin ich nicht mal wach, da hab ich nicht einen Kaffee getrunken. Geistesgestört ist sowas. Bei Beamten entschuldigt man sich also um acht.«

Da springt Bunkmann aus der Küche. »YEAH! Wir haben sie gefickt!«

»Halt die Klappe, wenn die Bullen im Flur das hören, sind wir gefickt!«, flüstert Mingus.

»Okay, okay.«

Mingus geht in seinem Drecksmantel durch den langen Flur, ins Wohnzimmer an die Schiebetüren und öffnet sie. Das Narbengesicht folgt ihm wie ein Hund. Mingus schiebt sich ein paar Kaugummis in den Mund, geht zur Anlage und legt eine Platte auf.

»Minglich, was machen wir jetzt?«

»Sei kurz ruhig. Ich versuch es gerade rauszufinden«, sagt Mingus und geht Kaugummi kauend auf und ab.

Bunkmann setzt sich in eine Ecke. Sein Auge ist an die Decke gerichtet, und er sabbert wie ein Rottweiler.

Mingus stampft durch die Loft-Halle. »Mann, Mann, Mann, was machen wir denn jetzt?«

Das Bunk springt plötzlich auf. »Ich geh Futter holen.«

»Gute Idee.«

Bunkmann rennt durch die Türen und dann den Flur runter.

Mingus dreht sich um und sieht plötzlich in einer dunklen Ecke der Halle eine Schaufensterpuppe. Er geht langsam zu ihr. Sie sieht so echt aus, denkt er. »Was soll das mit der Puppe hier? Wo hast du die her?!«, ruft er

Bunkmann nach, der gerade die Wohnungstür zuschlägt.

»Na, du bist aber eine Hübsche.« Von einer Sekunde zur nächsten verwandelt sich Mingus in einen schleimigen Freier und die weibliche Puppe im Blümchenkleid in eine Prostituierte. »Wo kommst du denn her? Aber viel wichtiger, was kostest du? Na, bist aber keine sehr gesprächige Nutte, wie es aussieht.«

Da saust plötzlich ein kleiner Minispionagewürfel hinter ihrem Kopf hervor. Mingus springt zurück.

Dann folgt er vorsichtig dem kleinen Ding, das auf die Eingangstür des Lagers zuschwebt. Er kommt ihm immer näher. Da öffnet sich der Briefkastenschlitz ganz wie von selbst und der kleine Spion saust durch den Spalt. Durch die Klappe dringt ein Rauschen. Bevor Mingus hindurchgucken kann, fällt sie wieder zu. »Mingus«, hört er eine Stimme sagen.

»Wer ist da?«

»Mingus.«

Langsam ergreift er die Türklinke und zögert dann.

»Mingus«, ertönt wieder eine liebliche Stimme.

Er zögert wieder.

»Mingus.«

Dann reißt er ruckartig die Tür auf. Grelles, blendendes Licht fällt ihm ins Gesicht und ein frischer Luftzug kommt ihm entgegen. Blinzelnd öffnet er die Augen, und vor ihm erscheint ein ewig weiter, wundervoller Strand mit kristallklarem Wasser, wie aus einem Urlaubs-Werbespot. In seinem dreckigen Bademantel und Badeschlappen geht er auf dem Sand aufs Wasser zu. Eine wunderschöne Frau im Bikini kommt aus dem Wasser, wischt ihre nassen Haare zurück und lächelt ihn an. »Was ist das? So eine Art Fernsehstudio oder so?«, sagt er.

Die junge Frau kommt näher, bis sie vor ihm steht. Sie ist ein Model und sieht gut aus ... lalala ... an sie kommt niemand ran, muss er an einen Songtext denken.

»Hi Mingus«, sagt sie mit einem perfekten Lächeln. Sie ist hübscher als Julie oder Dana oder jede andere, die er sonst irgendwo mal gesehen hat.

Schüchtern sagt Mingus: »Hi.«, und grinst dann breit, was seine kaputten Zähne zum Vorschein bringt.

Das Model dreht sich mit einem Schwung zur Seite und drückt sich das Wasser aus den Haaren. »Wie geht es dir?«, sagt sie.

Mingus nickt. »Ja, nicht schlecht«, sagt er. »Ist das hier eine Art Videoproduktion oder so?«

Das Model lächelt.

»Sieht alles so echt hier aus. Es ist ja gerade so, als könnte ich die frische Luft hier schmecken. Habt ihr gut hingekriegt.«

»Was willst du machen, Mingus?«

»Was ich machen will? Wow, gute Frage. Eigentlich nicht so viel. Bisschen baden gehen und dann mal sehen.«

»Komm schon, nicht so schüchtern. Du bist in deiner perfekten Realität, da kannst du ganz frei reden.«

»Echt? Meine perfekte Realität? Ich wusste gar nicht, dass ich auf den Modeltyp stehe. Ich meine, du bist makellos und großartig und ich würde wahrscheinlich alles machen, was du willst, aber du bist größer als ich und willst eher einen größeren, muskulären Mann oder nicht?«

»Es ist deine Realität.«

»Warte mal, ich kenn dich! Lass mich mal überlegen. Woher kenn ich dich nur?«

»Magst du mich?«

Mingus blinzelt und nickt. »Ja, ich mag dich.«

»Magst du meinen Körper?«

Mingus stöhnt und schüttelt den Kopf. »Mögen ist gar kein Ausdruck. Ich will diesen Moment für immer anhalten.«

»Willkommen in deiner perfekten Realität.«

»Jetzt weiß ich! Du bist die Puppe aus meiner Lagerhalle, die Schaufensterpuppe aus meinem neuen Loft! Ich wusste es doch, dass wenn ich erstmal mein Loft habe, die Leute mich lieben und ganz von selbst kommen. Da muss man nicht mal jemanden anrufen, da verführt einen ein Model ganz von selbst. So soll mein Leben sein!«

»Hab noch etwas Geduld. Hier hast du einen kleinen Vorgeschmack vom ewigen Leben, mein süßer Mingus.«

»Echt? Ewiges Leben, in meiner perfekten Realität. Klingt ja wie ein Traum. Wann bin ich in meiner ewigen Realität?«

116

Bum, bum, bum schlägt es gegen die Tür der Lagerhalle, vor der Mingus wieder steht. Er hat den salzigen Geschmack des Meeres noch im Mund. Wieder hämmert es gegen die Tür. »Mingus!«

»Ja? Wer ist da?«

»Mach die Tür auf!«

Mingus öffnet sie und Hendrik kommt rein. »Was ist mit meiner Miete? Wow, was ist denn hier passiert? Was hast du aus meinem Lager gemacht?!«

»Ich hab's bisschen eingerichtet.«

»Ach nee, keine Miete zahlen, aber wie die Made im Speck leben.«

»Hendrik, du bekommst dein Geld, keine Sorge.«

»Will ich ja mal hoffen, sonst ... Aber ich muss ja mal sagen, hast du echt schick hier gemacht.«

Mingus steht vor der Schaufensterpuppe, die etwas größer ist als er, und betrachtet sie ganz nah.

»Weißt du, ich hatte auch immer mal gedacht, dass man sowas aus dem Lager machen kann, aber ich bin nicht so kreativ und hab keine Ahnung von Inneneinrichtung und so Zeugs.«

Mingus zieht den Rock der Puppe ein bisschen hoch.

Da steht plötzlich Hendrik neben ihm. »Na hör mal! Du wirst die junge Dame doch nicht belästigen?!«

Mingus sieht ihn emotionslos an. Hendrik setzt ein so breites Grinsen auf, als würde er übertrieben dumm für ein Partyfoto posieren. »Ich wollte gucken, ob sie einen Bikini trägt.«

Da lacht Hendrik los. »Ja, das sage ich auch immer, wenn ich jungen Mädchen unter den Rock greife.«

»Du hast ja einen blendenden Humor. Das ist eine Puppe, und außerdem ist sie vierundzwanzig.«

Hendrik sieht ihn einen Moment skeptisch an. Dann sagt er: »Bei Puppen kann man sich da nie so sicher sein.«

Mingus spürt etwas erst Warmes, dann Kaltnasses in seinem Gesicht, das ihn weckt. Er reißt die Augen auf. Bunkmanns sabbernde Narbenvisage glotzt ihn direkt an und Speichelfäden laufen ihm ins Gesicht.

»Irch! Ih! Igitt!«, wischt sich Mingus die Spucke aus dem Gesicht und er erhebt seinen Oberkörper. »Das ist ja pervers.«

»Minglich, dein Wecker hat immer wieder geklingelt.«

»Okay, wie spät ist es?«

Das sabbernde Monster schüttelt seine Hand und die Rolex unters linke Auge, damit er die Zeit ablesen kann. »Es ist ziemlich genau 7:48 Uhr.«

»Was?! Scheiße! So eine Scheiße!«

»Wieso, was is los?«

»Ich muss mich doch entschuldigen.«

»Für was?«

»Mann, bei der Schlampe, deren Büro du zertrümmert hast.«

»Ah ja, voll zertrümmert. Damit sie nie wieder jemanden ausnutzen kann.«

Mingus humpelt und springt in der Wohnung hin und her, um sich hastig anzuziehen.

»Moment, wieso musst du dich bei ihr entschuldigen? Ich hab doch alles gemacht, du warst mehr so'n Zuschauer, so'n Angsthase, so'n Mitläufer. Wenn ich die Security nicht totgeschlagen hätte, wärst du jetzt längst inna Irrenanstalt.«

»Wie du übertreibst! Du hast niemanden totgeschlagen, und außerdem wollten sie dich in die Klapse stecken, nicht mich. Scheiße, wo ist meine zweite Socke?!«

117

In der U-Bahn liest Mingus im Nachrichten-Fernseher die Schlagzeile: »Experte sagt: Würfel am Fernsehturm wahrscheinlich nicht aus diesem Sonnensystem.«

Ja, ach nee!, denkt Mingus und schüttelt unauffällig den Kopf.

Dann blättert der Fernseher zur nächsten Seite um, auf der der Experte zitiert wird: »Der derzeitige Wissenstand lässt uns davon ausgehen, dass die Würfel aus Materie eines anderen Sonnensystems bestehen. Da sie weder kommunizieren noch bemannt sind, muss man davon ausgehen, dass sie technisch gesehen keine UFOs sind, sondern einfach gesagt fliegende Materie. Ob sie vielleicht doch etwas Lebendiges sind oder ihre Bewegungen rein zufällig sind, gilt es immer noch herauszufinden. Wir gehen davon aus, dass der Würfel am Alexanderplatz neben der Fernsehturm-Kugel höchstwahrscheinlich einen anderen Ursprung und Herkunftsplanet hat, als die anderen Würfel.«

»Was lässt sie darauf schließen?«

»Sein Farbton ist etwas dunkler und noch wichtiger, er ist bewegungslos an einem Platz.

»Vielen Dank.«

Mingus klatscht sich mit der flachen Hand gegen die Stirn. Dann stützt er die Ellbogen auf die Knie, lässt den Kopf absacken und schüttelt ihn. »Das gibt's nicht. Das gibt's nicht, was die sich trauen«, sagt er zu sich.

Am U-Bahnhof Wedding drängelt sich Mingus durch die Menschenmengen. »Zu spät, zu spät. Ich komme sogar zu meiner eigenen Hinrichtung zu spät«, sagt er humpelnd. Da klingelt sein Handy. Durch den kaputten Bildschirm sieht er mal wieder nicht, wer ihn anruft. »Ja? Wer ist da?«

Auf der Straße angekommen, hört er kaum, welche weibliche Stimme zu ihm spricht. »Dana?«

»Ich schreibe ... Wie wäre deine Story ... Sie wird wahnsinnig ... Du kommst in Gefahr ... «

»Ist ja prima, ich habe nur gerade wirklich keine Zeit für sowas!«

»Mingus?!«

»Dana?!«

Die Verbindung bricht ab.

119

Verschwitzt und außer Puste kommt Mingus im Amt an. Er rennt humpelnd durch Flure und Treppenhäuser, bis er endlich vor der richtigen Tür steht, klopft drei Mal und reißt sie dann direkt auf. Die Beamtin sitzt mit irgendeinem traurigen Patienten am Tisch. »Ähm, hallo? Machen Sie dit immer so, irgendwo reinzuplatzen? Dit muss ja nicht sein, oder und außerdem sind Sie zu spät.«

»Tut mir leid. Ich bin nur hier, um mich zu entschuldigen.«

»Ich weiß. Warten Sie bitte vor der Tür, bis Sie an der Reihe sind.«

120

Kurz darauf sitzt Mingus mit dem rechten Bein wippend im Flur, kaut auf dem Fingernagel rum und fragt sich: Wer will eine Entschuldigung auf Bestellung? Ich bin doch kein Lieferservice. Und überhaupt, was ist denn schon eine erpresste Entschuldigung wert? Was heißt das schon – Ent-schuldigt? Dass man keine Schuld mehr hat, weil man einsieht, dass man falsch liegt, dass man verkehrt ist, der andere besser ist als man selbst, und dass sie die Königin ist und ich der Knecht? Sie will die Peitsche in der Hand haben und mich in Fesseln sehen – mit ihren Psychospielchen. Einen Scheiß werd ich mich entschuldigen! Ich werd ihr sagen, was sie ist, eine ... Da öffnet sich die Tür. Der Blick der Beamtin reißt Mingus aus seiner Gedankenwelt.

»Kommen Sie bitte.«

Mingus steht mit geducktem Kopf auf und setzt sich im Büro brav auf einen Stuhl.

»So, dann bin ich ja mal gespannt«, sagt die Beamtin, setzt sich ihm gegenüber, verschränkt die Arme und lehnt sich zurück.

Mingus räuspert sich und fängt dann langsam an, erste Töne rauszulassen, als müsste er seine Stimmbänder erstmal wie Gitarrensaiten stimmen. »Ich möchte mich hiermit sehr aufrichtig bei Ihnen entschuldigen, dass ich und der andere Ihnen solche Unannehmlichkeiten bereitet haben.«

Die Beamtin zieht die Augenbrauen zurück. »Ah ja?«

»Ganz ehrlich und wirklich.«

»Na gut. Sie haben beantragt, als Betreuer für den Herrn Bunkmann tätig zu werden.«

»Ja, das wäre toll. Er ist sehr labil und braucht dringend Unterstützung, wissen Sie.«

»Ich habe aber eher den Eindruck, Sie sind der labilere.«

»Wie jetzt?«

»Ich bin Diplompsychologin, und Sie machen einen sehr verunsicherten Eindruck, als würden Sie in einer Traumwelt leben, die Sie sich zurechtgebastelt haben.«

»Ich versteh gar nichts. Sie kennen mich doch gar nicht.«

»Ich habe mir Ihren Lebenslauf angesehen und sehe da wenig Struktur.«

»Na toll, und jetzt?«

»Ich glaube, Sie sind derjenige, der Betreuung braucht. Sie sitzen hier ganz ängstlich und machen einfach keinen sehr stabilen Eindruck, alles in allem.«

»Wie bitte?!«

»An Ihrer Stelle würde ich mich einfach freiwillig einweisen.«

»Wo denn einweisen?«

»In die nächstgelegene Psychiatrie.«

Mingus Blick schweift durch das Büro. Sie fordert dich heraus, lass dich nicht drauf ein, denkt er.

»Glauben Sie mir, es ist das Beste für Sie.«

Sie will, dass du ihr als nächstes ihr Büro zerstörst und dann kann man alles mit dir machen, denkt er, und die Situation wird ihm unheimlich. Er sieht jeden Moment die Männer in den weißen Kitteln reinspringen und sich selbst in einer Zwangsjacke.

»Das ist also die neue Welt, in der wir leben. Jeder, der keinen perfekten Lebenslauf hat oder der fliegende Klötze als UFOs bezeichnet, wird einfach so in die Klapse gesteckt oder wie?«

»Ach, glauben Sie auch an diese ganzen Würfeltheorien? Na, das dachte ich mir ja schon.«

»Scheiße, ich bin derjenige, der sie erfindet. Ich bin der Schlimmste. Ich muss direkt eingewiesen werden. Ich bin die größte Gefahr von Berlin. Ich bin schlimmer als jeder Clanboss. Die Würfelhunter sind aus meinem Gehirn, wie sagt man, herausgewachsen.«

»Sowas brauch ich hier nicht. Ich möchte, dass Sie mein Büro sofort verlassen!«

»Sagen Sie doch mal. Was denken Sie denn? Dass es einfach unbemannte Steine sind, die hier rumfliegen?«

»Auf so eine Diskussion lass ich mich hier gar nicht ein.«

»Ach, darauf lassen Sie sich nicht ein. Das wird Ihnen zu heikel.«

»Gehen Sie jetzt bitte.«

»Gerade, wo es spannend wird, brechen Sie ab? Wir haben noch gar nicht den Höhepunkt erreicht.«

Da steht die Trude auf und schreit. »Verlassen Sie mein Büro!«

Auch Mingus steht langsam, kopfschüttelnd auf. »Also, wenn das ein Film wäre, wäre diese Szene völlig nutzlos, wissen Sie, warum?«

»Raus!«

»Weil Sie nicht auf den Punkt kommen.«

»Ich hole die Security!«

»Is nicht nötig. Ich gehe freiwillig. Aber eine Frage hätte ich noch.«

»Was?«

»Wie schafft man es, so systemkorrekt zu werden, um an schwebende Steine zu glauben? Es gibt doch sowas wie Schwerkraft.«

»Es ist wissenschaftlich erwiesen, Sie wirre Sau, Sie!«

»Na schön, das überzeugt mich. Dann geh ich mal und wünsche mir selbst noch einen schönen Tag. Bis dahin. Ladida«, sagt er und macht einen gespielten Freudensprung.

121

Sam fährt seinen alten Van durch die Stadt. Mingus sitzt stumm neben ihm und guckt aus dem Fenster. Alle paar hundert Meter stehen Läden und Autos in Flammen. Vermummte Typen sprühen bei Tageslicht Läden und Wände mit WH oder TC voll. Wofür steht TC?, fragt sich Mingus. Sprüche wie »Die Rettung kommt« oder »Wehrt euch gegen das Alien-gesteuerte Regime«.

Ein Mann kommt aus einem Hausflur und schießt in die Luft, als wäre Silvester. Mingus sehnt sich nach seinem Strand, nach der Illusion, nach seiner perfekten Realität, aber das sollte er nicht, weiß er. Denn es war bestimmt nur ein abgespielter Film der Würfel, um ihn anzuziehen. Sie wollen, dass er sich das Leben nimmt, damit sie dann seine Seele fangen können. Nur, wenn das alles stimmt, warum wollen sie unsere Seelen?

Und dann, während Sam gerade an einem brennenden Haus vorbeifährt und ein Feuerwehrmann ein Mädchen aus den Flammen rettet, ein Moment der Klarheit. Sie machen aus unseren Seelen eine Währung. Wenn man alles Geld des Universums hat, was will man dann? Genau! Das Lebendige. Erst machen diese scheinbar so unschuldigen Würfel aus der Erde eine echt existente Hölle, sodass man hier nicht mehr sein möchte und man sich am besten das Leben nimmt, um dann jede letzte Seele in kürzester Zeit zu speichern, denkt Mingus, als er auf die Stadtautobahn blickt. Das ist Sklaverei, bis ans ewig weit entfernte Ende jeglicher Existenz. Das Rauschen der Autos beruhigt ihn und es macht ihm einen Moment lang Spaß, sich all den Wahnsinn auszudenken, festzustellen, ob es mehr da draußen gibt.

Er fragt sich einen Moment, was Dana wohl schreibt. Hoffentlich keinen blöden Science-Fiction-Weltuntergangsmist, den haben wir schon als Realität, das braucht man sich nicht noch auszudenken. Ein fetter Hubschrauber fliegt niedrig über den Van hinweg, und es macht den Eindruck, als würden über ganz Berlin Hubschrauber kreisen. Immer wieder schallen Polizeisirenen durch die Häuserblöcke.

Mingus schickt einem Cop alle möglichen Informationen, die ihm als nützlich erscheinen, per SMS – nicht unbedingt wahrheitsgemäßes Zeug – in der Hoffnung, bald 5000 Euro auf seinem Konto zu haben, weil er der beste Spitzel war und er der Regierung bei der Aufklärung der fliegenden Steine geholfen hat. Dann hätte der ganze Quatsch wenigstens *ihn* ein bisschen weitergebracht. Man macht das Beste aus dem, was man hat und was man sich ergaunern kann, denkt er.

122

Über die Autobahn, raus aus Berlin, lassen sie die Stadt mit ihren kreisenden Hubschraubern, jaulenden Polizeisirenen, ständigem Hupen und Geschrei hinter sich. Wie beruhigend, einfach auf ewige Felder, die Kühe und Rehe zu blicken. Nur der alte Van brummt und rauscht auf seiner Spur. Sam hat immer noch nicht einen Ton von sich gegeben und guckt, wie Robert De Niro in einem Gangsterfilm, auf die Autobahnspur. Was er wohl denkt, fragt sich Mingus, will ihn aber auch nicht ansprechen.

Bis er zu neugierig ist. »Also, wo fahren wir jetzt hin? Sag doch mal.«

Sam guckt ihn ernst an. Dann schmunzelt er leicht. »Was meinst *du* denn?«

»Mann, keine Ahnung.«

»Überleg doch mal, auf der 158A Richtung Nordosten. Wo will man da wohl hin?«

Mingus guckt auf den Plan in seinem Handy und sucht die Strecke ab. »Nach Polen?«

»Ja klar, Alter.«

Mingus dreht seinen Kopf zur Seite und blickt auf die Felder. »Na schön, weck mich, wenn wir da sind«, sagt er und döst langsam weg und seine perfekte Realität öffnet sich. Er ist wieder an seinem Strand, das Model drückt sich wieder das Wasser aus dem langen Haar und fragt ihn dann lächelnd, was er machen will. Er fühlt sich sicher in seinem Traum und fragt nach Sex. Männerträume sind nun mal manchmal sehr einfach und direkt, und ein paar Sekunden darauf sitzt sie auf ihm. Zumindest er hat die Zeit seines Lebens. Von unten sieht er, und wenn es auch nur gespielt sein mag, die Lust in ihrem Gesicht und ihre schwingenden Brüste. Vielleicht ist sie nur eine Schauspielerin oder Model oder sonst was, aber sie ist in seiner Realität und hat gefälligst so zu tun, als würde sie ihren Spaß haben – und das macht sie auch und dazu noch sehr gut. Gerade, als er kurz davor ist, seinen Höhepunkt zu erreichen, wird er schlagartig geweckt.

Sammy schlägt ihm auf die Brust. Sie fahren mittlerweile auf einer Landstraße. »Ey, ey, werd mal wach. Wir sind gleich da. Ich will, dass du einen guten Eindruck machst und nicht wie ein verpennter Penner aus der Wäsche guckst, verstehste?«

Mingus reibt sich die Augen.

»Also, alles gut? Biste fit?«

»Ja.«

»Der kleine, fitte Mingus sieht richtig gut aus am Morgen!«, sagt Sam, während er viel zu schnell mit dem klappernden Van auf dem unebenen, schmalen Weg fährt und sie ordentlich durchschüttelt.

»Is ja gut, is ja gut.«

»Ich lass mir nicht meinen Laden von irgendjemandem kaputt machen. Verstehste?! Von nichts und niemandem. Weder von dir noch von Bunkmann und ganz bestimmt nicht von irgendwelchen durchgeknallten Würfelhuntern oder Terror-Cubes, klar?!«

»Was hab ich denn gemacht?«

»Ich hab dich im Auge, glaub's mir.«

»Aha.«

»Kannste mir glauben.«

»Was sind denn Terror-Cubes?«

»Du bist ja gar nicht auf dem Laufenden, Mann.«

123

Momente später schiebt Mingus einen Einkaufswagen über den Polenmarkt, den Sam immer wieder mit Zeugs befüllt, das er an Ständen findet, nachdem er ewig mit Verkäufern über den Preis feilscht. Plastikblumen, Besteck, Aschenbecher und Bretter und Werkzeug kauft er, "zum Barrikadieren", sagt er. Dann halten sie an einem Stand, der Böller, Schreckschusswaffen und Paintball-Gewehre verhökert – beste Ware für das, was bevorsteht. Nach weiterem Rumfeilschen und Ausprobieren befüllen sie den Einkaufswagen, begeben sich dann langsam zurück zum Van und laden alles ein.

Back on the road, schaltet Sam irgendwann das Radio ein. Nach ein paar Liedern kommen Nachrichten: »Berlin steht in Flammen. Die Stadt brennt und uns steht eine lange Nacht bevor, heißt es vom Polizeisprecher. Außerdem geht die dringende Warnung raus, nicht das Haus zu verlassen. Bleiben Sie zu Hause und machen Sie sich ganz einfach einen netten Abend vor dem Fernseher oder holen Sie das Buch raus, das Sie schon lange mal lesen wollten, sagt die Polizei und schätzt ein paar einzelne Bezirke als relativ sicher ein. Hotspots der Würfelhunter, TerrorCubes und anderer höchst krimineller Gruppierungen sind Wedding, Moabit und Kreuzberg. Ganz besonders heikel soll die nähere Umgebung um das Kottbusser Tor werden.«

»Weißt du, was das heißt?«, sagt Sam.

»Nee.«

»Das heißt Krieg! Meinen Laden ficken diese bekloppten UFO-Gläubigen und Seelenfänger nicht! Ich kämpfe um meine Wurstbude, bis auf meinen letzten Blutstropfen, Mingus!«

»Ah ja, und wie stellst du dir das vor?«

Sams Mundwinkel rutschen ganz tief runter, seine Nase hebt sich, seine Oberlippe zittert und sein hasserfüllter Blick ist auf die Spur gerichtet. »Das wirst du noch sehen, das wirst du noch sehen«, schnauft er.

»Ok, cool.«

»Was ist denn daran cool? Es geht hier um mein Curry, ein Familienunternehmen in der fünften Generation. Ich lass mir nicht von nachlässigen Mitarbeitern und auch ganz bestimmt nicht von irgendwelchen Alien-besessenen Hooligans mein Leben zerficken, Mingus!«

»Fünf Generationen?«

»Mann, halt's Maul, Mingus! Bist du jetzt dabei oder nicht?!«

»Habe ich eine Wahl?«

»Wie? Ja klar, wenn du zu feige bist, dann kannst ja auch zu Hause bleiben.«

»Dann lieber nicht. Ich bin nämlich heute echt ein bisschen müde, ich hab letzte Nacht irgendwie nicht so gut geschlafen.«

»Was ist denn das für ein Spruch?! Hier geht's auch um deine Zukunft!«

»Ich wollte mich einfach mal früh ins Bett legen.«

»Ich bin so enttäuscht von dir. Du hast mir und dem Laden so viel zu verdanken und jetzt tust du so, als ob das Leben auch so weitergehen würde und dich das alles nicht juckt, fucking Schmarotzer. Scheiße Mann, gibt denn keiner mehr einen Fick auf unsere Zukunft?! Darf hier alles den Bach runtergehen und alle gucken zu oder was?!«

»Na gut. Bin dabei. Hast mich überzeugt.«

»Will ich aber auch hoffen! Scheiße!«

Mingus blickt auf die Felder und die Kühe, die von all dem nichts mitbekommen und in Ruhe grasen. Ganz leise sagt er: »Also hatte ich wohl doch keine Wahl.«

»Was?! Was war das?«

»Nichts.«

»Du, ich kann dich auch an der nächsten Ausfahrt rauslassen, dann kannste nach Hause trampen. Dann biste aber auch gefeuert und kannst nicht mehr so in Saus und Braus leben.«

Mingus stöhnt. »Is ja jut, is ja jut. Ich mach ja mit, Colonel.«

Der Van brettert auf Berlin zu.

124

Mingus steht im Hausflur. Dröhnend laute Musik, mehrere Stimmen und Lachen dringen durch seine Wohnungstür. »What the fuck?«, sagt er und schließt die Tür auf.

Er humpelt durch den Flur, die Musik und die Stimmen werden immer lauter. Er kommt ins Wohnzimmer und öffnet dann die Schiebetüren ins Loft.

»Ey, was soll denn das?!«, schreit er los, als er einen Typ die Wand ansprühen sieht.

Der Sprüher grinst nur dämlich und macht weiter. Zwei andere sitzen stoned auf der Couch. TerrorCubes steht an der Wand, in verschiedensten Farben und mit Verzierungen.

»Wie seid ihr hier reingekommen?!«

Einer der Kiffer wird langsam wach.

»Ey, hör ich mal was?! Das ist mein verficktes Loft. Ich zahl hier die Miete und ich hab euch nicht eingeladen!«

Einer auf der Couch dreht sich zu ihm. »Mann, Bunkmann hat uns reingelassen. Er meinte, es ist alles cool.«

»Nee, nicht cool! Gar nicht cool!«

Der Sprüher guckt sich Mingus kurz an und sagt dann: »Halt mal deine Fresse. Bunkmann hat gesagt, dass alles cool ist, also ist auch alles cool. Stress hier nicht rum. Wir sind die TerrorCubes und zerstören heute alles. Also wenn du die scheiß Bude, die du hier als dein Loft bezeichnest, behalten willst, dann sei jetzt mal ganz ruhig.«

Mingus sieht sich einen Moment um und überlegt. »Gutes Argument«, sagt er dann mit tiefen Mundwinkeln und humpelt in die Küche. Er zündete sich eine Kippe an und setzt Wasser auf. Da öffnet sich die Wohnungstür und das

Bunk kommt rein. »Minglich, kleiner Minglich, wir haben dich vermisst.«

Mingus schüttelt verständnislos den Kopf. »Wer? Du und die bekloppten TerrorCubes oder was?«

Bunkmann läuft wieder Körperflüssigkeit aus dem Mund und dem fehlenden linken Auge. »Ja, Mann.«

»Bist du jetzt mit denen?«

»Du verstehst das nicht, Kleiner. Wir sind anders als die Würfelhunter. Wir machen wirklich was.«

»Aha, und was soll das sein, außer die Stadt zu verwüsten?«

»Darum geht es nicht. Unsere Seelen sind in Gefahr, Minglich. Steht alles hier drin«, sagt er und holt das kleine rote Büchlein hervor.

»Wo hast du das her?!«

»Hab's gefunden.«

»Das ist meins!«

»Es ist unsers, Minglich. Wir sind ein Team!«, spuckt das Monster schreiend rum.

»Und trotzdem sind das alles doch noch Vermutungen. Bis jetzt haben wir noch kein Alien gesehen.«

Da lacht das Monster nur und Mingus sieht in ihm, wie grauenvoll es sein kann. Seine Visage ist furchterregend, aber irgendwie mag er ihn. »Du glaubst auch an fliegende Steine, oder?«

»Ich glaub an gar nichts. Das ganze Thema ist mir mittlerweile völlig egal.«

»Sei mal ein Kämpfer und kein Feigling. Es geht hier auch um deine Zukunft!«

Mingus hebt den Teebeutel aus der Tasse und trinkt.

»Kleiner Mann, du bist für mich ins Hyänengehege gesprungen. Das werde ich nie vergessen und deshalb bleibe ich auf ewig an deiner Seite. Wir sind seelenverwandt, aber wir müssen um die Freiheit unserer Seelen kämpfen. Wir müssen Krieger sein.«

»Seelenkrieger?«

Bunks rechtes Auge funkelt. »Genau. Seelenkrieger, Minglich«, sagt er und streckt ihm die rechte Hand hin. Mingus soll einschlagen und dabei sein.

125

Mit dem roten Büchlein in seiner Drei-Finger-Hand humpelt Mingus am Kanal entlang und tritt eine Dose vor sich her. »Idioten, meinen, sie können sich bei mir breit machen. TerrorCubes? Unglaublich! Wer kommt auf sowas? ... Ach du grüne Neune«, sagt er, als er plötzlich Julie mit Patrick auf einer Parkbank sieht.

Langsam und vorsichtig schleicht er sich von hinten an.

Gerade, als Patrick einen Joint an Julie weiterreichen will, schnappt er ihn weg. »Ich dachte, du kiffst nicht mehr.«

»Mann, Mingus, lass mich doch. Ist doch nicht dein scheiß Problem!«

Mingus lässt den Joint fallen, tritt drauf und rutscht mit dem Schuh drauf rum.

»Ey, was soll das?!«, schreien beide los. »Mann, das kannste doch nicht machen!«

»Was soll der Scheiß, Julie? Ich denke, du kiffst nicht mehr!«

»Bist du geistesgestört?! Der Joint war noch völlig okay!«, sagt Patrick.

Mingus formt seine Drei-Finger-Hand zu einer Pistole und guckt den Teenager mit aufgerissenen Augen an. »Halt die Fresse, sonst zerstören die TerrorCubes dein Leben.«

»Lass mich doch. Was interessiert es dich, ob ich kiffe oder nicht?«

“Den bezahlst du mir!” steht Patrick auf.

»Ich bin immer noch dein Babysitter. Sagt Mingus. Und du hast gesagt, dass du mich anrufst und dann nichts, kein Anruf. Was soll das?«

»Ich hatte viel Stress, okay.«

»Ach is ja klar. Ich hab auch Stress, und trotzdem kümmere ich mich um meine Mitmenschen.«

»Dann hab ich mich halt mal nicht gemeldet, na und?«

»Sowas is scheiße, Julie.«

»Ich versteh gar nicht, wieso du so einen Stress machst.«

»Das verstehst du nicht?!«, wird Mingus lauter. »Mann, ich ich ... «

»Was?«

»Ich liebe dich, okay!«

»Du bezahlst mir meinen Joint«, macht Patrick einen Schritt auf Mingus zu.

»Klappe, Rotznase!«, sagt Mingus und hält wieder seine Drei-Finger-Hand auf ihn. »Sonst knall ich dich ab.« Dann wendet er sich wieder zu der kleinen Französin. »Du hast gesagt, dass du mich liebst.«

»Du bist viel älter als sie. Such dir mal eine in deinem Alter.«

»Ey, Spasti, dich hat keiner gefragt.«

»Mingus, ich liebe dich, ja. Als Freund.«

Mingus ganzes Gesicht zieht sich zusammen und er blickt aufs Wasser, in dem die untergehende Sonne reflektiert. »Na ja, gut. Ich weiß eh nicht, ob ich die kommende Nacht überlebe.«

126

Als es fast dunkel ist, sitzt Mingus mit einem Paintballgewehr bewaffnet auf einem Balkon im ersten Stock und blickt auf die gegenüberliegende Straßenseite auf das Curry. Es knallt immer wieder in den Straßen. Lenny kommt auf den Balkon und hält Mingus eine Flasche Bier hin.

»Nein, danke.«

»Kein Bier?«, geht Lennys Stimme durch Erstaunen ganz hoch.

»Nee, ich bleib clean. Ich brauch meine ganze Konzentration hier heute Nacht.«

»Kannst doch ein Bier mit mir trinken.«

»Nee, aber du kannst mal Kaffee aufsetzen.«

Lennys Gesicht strahlt die absolute Verwunderung aus.

»Ich wusste gar nicht, dass du hier direkt gegenüber wohnst.«

»Kannste mal sehen. Von hier aus kann ich immer sehen, wenn du zu spät zur Arbeit kommst.«

»Auf jeden Fall voll cool, dass wir deinen Balkon als Scharfschützen-Stützpunkt benutzen können. Du bist doch eigentlich voll der Pazifist.«

»Ist ja eine spezielle Situation. Außerdem lass ich mir das von Sammy bezahlen, da kannste dir aber sicher sein. Hast du denn auch genug Munition?«

»Ja, ich hab hier die ganze Box voll«, sagt Mingus und zeigt auf den durchsichtigen Plastikbehälter.

Lenny öffnet ihn und nimmt ein paar Kugeln in die Hand. »Da hast du ja alle möglichen Farben. Damit kannste die Straßen wenigstens ein bisschen bunter machen. In dieser traurigen Zeit ist das genau das richtige, mein Freund.«

»Ich schieß damit jeden ab, der dem Curry auch nur einen halben Meter zu nahe kommt«, sagt Mingus und hebt das Paintball-Gewehr an. »Die Scheiße ist nur, dass ich mit meinen drei Fingern das Ding gar nicht richtig halten kann. Ich glaub, ich muss mit links schießen.«

Wieder knallt es ganz laut auf der Straße. Beide versuchen sich nicht anmerken zu lassen, dass sie sich erschrocken haben und sagen für einen Moment nichts.

»Ich mach mal Kaffee«, sagt Lenny und geht rein.

»Ja, danke«, sagt Mingus und lädt das Gewehr bis zum Anschlag mit bunten Kugeln. »Verfluchte Wahnsinnige, zerstören unseren schönen Planeten, nur weil ein paar UFOs da sind. Is doch alles unfassbar«, sagt er zu sich und guckt die Dresdner Straße rauf und runter.

Sam schlägt noch ein letztes Brett vor die Fensterscheibe seines Ladens. Perfekt ist das Curry nicht vor Steinwürfen geschützt, aber deshalb ist ja Mingus auch auf dem Balkon postiert. Sam dreht sich um und guckt hoch. Mingus zeigt ihm den Daumen hoch und beide nicken sich zu.

Mingus nimmt sich das rote Büchlein vor und fängt an zu lesen. Es ist voll von Würfeltheorien und was sie für boshafte Absichten haben sollen. Erst fangen sie die Seelen, speichern sie und nutzen sie dann als buchstäblich universelle Währung – eine, die man im ganzen weiten Universum nutzen kann.

Ein Polizeiwagen rast durch die Oranienstraße. Die Lektüre ist so spannend, dass sich Mingus gar nicht ablenken lassen will, aber die Sirene stört ihn, und er guckt dem Wagen hinterher. An der nächsten Kreuzung wird der Wagen von Maskierten mit Steinen beworfen.

Aber zurück zum Text. Warum sollte man Seelen als Währung wollen? Es muss doch irgendeinen Hintergrund geben, sie müssen doch zu irgendetwas nütze sein, sowas macht man doch nicht zum Spaß. Mingus blättert das Büchlein durch, um eine Antwort zu finden. Auf der Straße rufen Maskierte: »Weg mit dem Alien-Regime!«

Jaja, Alien-Regime. Schnauze da unten, denkt Mingus. »So, bitte, dein Kaffee«, sagt Lenny und reicht ihm eine Tasse.

Jaja, Kaffee, denkt Mingus und geht weiter das Büchlein durch.

So wild die Theorien auch sind, sind sie doch spannend, Mingus denkt sich, er könne sie an die Polizei geben und damit ordentlich Kohle machen. Andererseits würden die Beamten nicht wissen, was sie damit anstellen sollen.

Immer wieder knallt es in der Dresdner Straße und eine Horde Maskierter nähert sich. Sie reißen Barrikaden von Läden ab, schmeißen Steine rein und setzen alles in Brand. Ausgerechnet jetzt, wo die Lektüre so spannend wird.

»Weg mit dem Alien-Regime!«, schreien sie.

»Curry an Sniper! Hörst du das? Over«, kommt es durch das Walkie-Talkie neben Mingus.

»Kann man nicht mal in Ruhe was lesen, scheiße«, sagt Mingus und nimmt das Walkie-Talkie in die Hand. »Ja klar. Over.«

»Sind das die verrückten Würfelhunter? Over.«

»Nee, ich glaube, das sind die TerrorCubes. Over.«

»Egal! Knall sie alle ab! Wenn sie es hier rein schaffen, mach ich Hackfleisch und Hyänenfutter aus ihnen! Over.«

»Alles klar. Over and out«, sagt Mingus, legt das Büchlein beiseite, nimmt das Gewehr in die linke Hand und schießt aus allen Rohren auf die rumschreienden Randalierer vor dem Curry. Die bunten Kugeln schlagen – batz, batz, batz – überall auf, auf der Straße, dem Gehweg, in Häuserwände, die Barrikaden vom Curry, und vereinzelt trifft er auch TerrorCubes. Ein TerrorCube sieht sich verwirrt um und versucht rauszufinden, woher der bunte Regen kommt. Mingus schießt sauschlecht mit der linken Hand, aber hält wie ein Kriegsbegeisterter weiter drauf. Klatsch, trifft er den TerrorCube auf der Brust. Der sackt zusammen, fällt auf den Bordstein und liegt kurz regungslos da. Seine Augen sind plötzlich auf Mingus, den Scharfschützen gerichtet. Mingus sieht seinen Blick trotz der Dunkelheit und kann nicht weiterschießen. Die erste Ladung ist leer. Hektisch füllt er das Gewehr mit Kugeln nach. »Da oben!«, schreit jemand. Mit neuer Munition hält Mingus das Gewehr wieder auf die Straße und schießt wie wild auf alles, was sich regt. Plötzlich kommen ihm Steine als Echo entgegen und treffen als erstes seine Kaffeetasse.

Geduckt humpelt Mingus vom Balkon in die Wohnung. Steine kommen durch alle Fenster und Scherben fliegen überall rum. Mingus und der Pazifist Lenny liegen in der Altbauwohnung am Boden in Deckung. »Meine Wohnung, meine schöne Wohnung!«, schreit Lenny verzweifelt und sein kleiner Shih Tzu bellt das erste Mal in seinem Leben in seiner Schlafecke.

Mingus Handy klingelt, er nimmt es aus der Tasche und wischt über das kaputte Display. »Wir sind unter Beschuss, Sammy!«

»Hier ist Dana. Ich wollte dir sagen, dass ich genügend Notizen gemacht habe und jetzt anfangen kann, deine Story zu schreiben.«

»Das ist wundervoll, ganz wundervoll, aber jetzt ist wirklich nicht die Zeit, über kreativen Kram zu plaudern!«

»Ich wollt's dir ja nur kurz sagen, dass es vorangeht und bestimmt ganz witzig wird.«

»Dana, ich will dich ja nicht demotivieren, aber hier geht die volle Apokalypse ab und ich weiß nicht, ob morgen noch irgendjemand dein Buch lesen kann oder will! Uns steht hier der scheiß Tod bevor und ich, ich will nicht in irgendeinem Würfel gefangen werden!«

»Ach, was redest du denn? Die Leute werden sich auch wieder beruhigen.«

Da schlägt es an Lennys Wohnungstür, als würde die Polizei mit einem Rammbock vorgehen.

»Mingus, ruf die Polizei! Schnell!«, schreit Lenny. »Die zerstören mir noch die ganze Wohnung!«

»Dana, ich muss jetzt auflegen!«

»Hat sich mal wieder gelohnt, dich anzurufen«, lacht Dana.

Mingus versucht auf seinem kaputten Display immer wieder 110 zu wählen. »Verpisst euch!«, schreit er.

»Ich glaube, du solltest sie nicht noch wütender machen, Mingus!«

Mingus erhebt sich wie ein Seelenkrieger und hält das Paintball-Gewehr auf die Tür. Wer auch immer da durchkommt, wird die bunte Ladung abbekommen. Immer wieder kracht es gegen die Tür und Mingus schleicht instinktiv Richtung Balkon. Er guckt kurz raus. Ein waschmaschinengroßer Würfel schwebt ganz langsam einen Meter unter dem Balkon entlang. Ohne zu wissen, was passieren kann, hält er das Gewehr auf den Würfel. »Scheiß verfickte Drecks-UFOs, bringen uns nur Probleme. Geht wieder dahin, wo ihr hergekommen seid«, sagt er und ballert die bunten Kugeln im Gewehr auf ihn.

Der nun ganz bunte Würfel schwebt unbeeindruckt weiter. Mingus sieht ihn völlig verdutzt an. Er hatte mit einer Reaktion gerechnet, dass er wegfliegen würde, dass er explodieren würde. Irgendetwas Großes. Etwas Riesiges. Irgendeine Reaktion. Aber nichts. »Es sind nur Steine«, sagt er. Dann ruft er in die Wohnung: »Es sind nur Steine, Lenny!« Dann lässt er das Gewehr fallen, schnappt sich das rote Büchlein, springt in die Wohnung und hebt Lenny vom Boden. »Komm, wir müssen hier raus, die Menschheit dreht durch!«

Lenny folgt ihm auf den Balkon. »Was willst du machen?!«

»Wir springen, Lenny! Wir springen!«

»Niemals! Ist zwar nur der zweite Stock, aber das ist viel zu hoch! Da brechen wir uns beide Beine!«

»Da! Der Würfel!«, schreit Mingus.

»Ich spring doch auf kein UFO! Das explodiert noch!«

»Es ist kein UFO! Es sind nur schwebende Steine, wie sie es in den Nachrichten gesagt haben! Spring, dann spring ich!«

»Ich spring doch nicht zuerst!«

»Doch, du musst!«

»Spring du zuerst!«

Da schlägt die Tür zu Lennys Wohnung auf, und die maskierten TerrorCubes stehen mit Steinen in den Händen da.

»Scheiß drauf«, sagt Mingus, springt auf den Würfel, stolpert runter und klatscht dann auf die Straße. »Ahhh, das war irgendwie nicht so geplant«, sagt er und guckt nach oben. Die TerrorCubes überfallen Lenny. Steine schlagen neben Mingus auf die Straße. Dann trifft ihn einer im Gesicht und er verliert das Bewusstsein. Der perfekte Moment für den Würfel, seine Seele zu klauen, hat er noch als letzten Gedanken.

Er ist wieder an seinem Strand mit dem Model, seiner perfekten Realität, und kann aber kein Sex mit ihr haben, denn auch hier in seiner perfekten Realität hat er nun panische Angst, im ewigen Würfelgefängnis zu landen.

Er schießt wieder in die sogenannte echte Realität und fragt sich in dem Tumult zwischen Polizei, schreienden Leuten und TerrorCubes, ob er noch er ist und er noch seine Seele besitzt und ob er sich so verhält, wie er es sonst tun würde. Er muss sich daran erinnern, dass er kein Schauspieler ist und einfach nur er selbst sein muss, damit Danas Story gut wird. Er erhebt sich langsam, verspürt Zahnschmerzen, tastet seinen Mund mit seiner Drei-Finger-Hand ab und bemerkt, dass ihm ein Zahn fehlt. Er humpelt und taumelt weiter, immer weiter, bis er an das

Engelbecken im Park kommt. Die Sirenen und das Geschrei sind nur noch aus der Distanz zu hören.

Da kommt ihm ein klapperndes Geräusch entgegen und plötzlich taucht aus der Dunkelheit ein weißes Pferd auf. Es kommt Mingus immer näher, bis es direkt vor ihm steht. Es gibt ein paar schnaufende Geräusche von sich, und nichts könnte in diesem ganzen Wahnsinn friedlicher sein, als dieses Pferd. Mingus kann mit seinem blutigen Mund kaum noch richtig sprechen. »Na, wer hat dich denn vergessen?«, lispelt er.

Das Pferd wiehert leise, als wolle es antworten.

»Dein Freund kann nicht mehr gut laufen. Würdest du ihn mitnehmen?«, sagt er zum Pferd, zieht sich hoch und legt sich auf seinen Rücken.

Das Pferd grast erst ein bisschen im Park und dann läuft es mit seinem Passagier instinktiv weg von dem schreienden Chaos. Mingus schläft ein.

Das Pferd trabt ein paar Kilometer durch die brennende Stadt, bis es in einem Park ganz in Ruhe wieder zu grasen anfängt.

Mingus wird auf seinem Rücken wach und rutscht runter, fällt auf die Wiese und liegt eine

Weile regungslos da. Wolken ziehen am Himmel vorbei und er beruhigt sich ein wenig.

Dann klingelt sein Handy. Er nimmt es aus der Tasche und wischt, ohne auch nur zu versuchen festzustellen, wer dran ist, drüber.

»Ja?«

»Mingus, wo bleibt die Miete?!«

»Ach, vergiss es, Hendrik, kannst dein Lager zurückhaben.«

»Das verzeih ich dir niemals.«

»Tschüss«, sagt Mingus und lässt seinen Arm auf die Wiese fallen.

Im Hintergrund hört er noch Hendriks Gemecker.

Dann klingelt irgendwann wieder sein Handy. »Hör auf zu stressen, Hendrik, ich hab die ganze Nacht gearbeitet.«

»Du lebst? Wo bist du?!«

»Wer ist da?«

»Dein Chef, du Idiot!«

»Sammy?«

»Ja! Wo bist du?«

Mingus richtet sich schwer stöhnend auf. »Ich bin, ich bin, ich weiß auch nicht«, sagt er und geht ein paar Meter. »Doch, jetzt weiß ich, wo ich bin. Modersohnstraße. Modersohnbrücke«, sagt er, als er im

Sonnenaufgang in die Ferne blickt. »Ach du scheiße!«

»Was ist?! Was ist?!«

»Der Fernsehturm. Hast du den Fernsehturm gesehen?«

»Nee, was ist mit dem Fernsehturm?!«

»Er brennt.«

»Das kann nicht sein, unser geliebter, wunderschöner Ostturm brennt?! Mingus, bleib wo du bist. Ich komme zu dir!«

Mingus humpelt dem Sonnenaufgang entgegen, bis er zu einer Brücke kommt. Aus der Kugel des Fernsehturms steigt eine dicke, scheinbar ewig brennende, pechschwarze Rauchwolke. Da fällt Mingus ein kleines, aber dennoch sehr wichtiges Detail auf: der große, schwarze Würfel ist nicht mehr neben der Fernsehturm-Kugel. Scheint, als mögen unsere schwebenden Freunde keine Grade über tausend.

»Wie können die sowas machen?«, sagt ein weinendes, junges Mädchen in den Armen ihrer Freundin.

Mingus dreht sich mit kleinen, zusammengekniffenen Augen zu ihnen um und sein blutiges, kaputtes Gebiss mit fehlendem Zahn kommt zum Vorschein. »Schlimm, oder?«, sagt er.

Das Mädchen streichelt ihrer Freundin über den Kopf, um sie zu trösten und sieht Mingus nur kurz zerknautscht an.

Mingus Gesicht verzieht sich zu einem tief traurigen Anblick und er dreht sich langsam wieder zurück zum brennenden Turm. Er untersucht seine dreckigen und mit Farbe beschmierten Hände. Er nimmt seine Schachtel Zigaretten aus seiner Tasche. Es ist nur noch eine übrig. Er geht seine Taschen durch, um ein Feuerzeug zu finden. »Mist!«

Der brennende Turm, die vielen anderen Rauchschwaden, die aus Häusern in den Himmel ziehen, zwei kreisende Hubschrauber, die vereinzelten Würfel, die in der Luft stehen oder über die Stadt ziehen und Mingus, der seine Drei-Finger-Hand in die Höhe hält, um sie im Sonnenlicht zu untersuchen, ergeben ein gemäldeähnliches Bild.

Da macht es »Klick!«. Eines der Mädchen hat einen Schnappschuss mit ihrem Handy gemacht. Ein Bild, das nicht nur Mingus Leben auf einen Blick zusammenfasst, sondern auch eines, das die ganze Tragik der falschen Würfelinvasion deutlich macht – die Menschheit zerstört sich selbst.

Sie lädt es direkt, unbearbeitet und ungefiltert, auf Social-Media hoch.

Eine Weile darauf sitzt Mingus mit dem roten Büchlein in der Hand immer noch an der gleichen Stelle auf ein paar Rohren einer Baustelle, die über die Brücke führen. »Unsere Seelen werden in kleine Teddys eingespeist, damit Kinder von reichen Leuten mit echten, lebenden Teddys spielen können«, heißt es darin.

Er hat genug gelesen und schmeißt das Büchlein von der Brücke auf die darunter verlaufenden S-Bahn-Gleise.

»Du wirst nicht glauben, wen sie suchen!«, hört er jemanden rufen und dreht sich zur Stimme. Sammy kommt mit zwei Kaffeebechern auf ihn zu. »Du wirst nicht glauben, wen sie suchen!«

»Was denn? Wen denn? Wo hast du den Kaffee her?«

»Vom Bäcker.«

»Du hast einen Bäcker gefunden, der heute aufhat?!«

»Ja klar, ist ja jetzt auch kein Weltuntergang hier und außerdem gibt es noch Leute, die arbeiten und sich nicht einen Dauerurlaub bezahlen lassen.«

Mingus guckt seinen Chef, künstlich grinsend, mit seiner blutigen Fratze an.

»Mann, scheiße. Was haben sie denn mit dir gemacht?«

»Ich habe gekämpft, Sammy. Ich bin Mitarbeiter des Monats, wie ich gekämpft habe.«

Sam nickt. »Verrückte Zeit, in der wir leben. Jedenfalls! Du wirst nicht glauben, wen sie suchen!«

»Wen denn?«

»Bunkmann! Unseren Bunkmann!«

»Scheiße, wieso das denn?«

Sammy zeigt auf den brennenden Turm. »Deshalb.«

»Echt?! Nein!«

»Ja! Doch! Wirklich! ... Und da denkt man, man kennt jemanden und dann sowas«, schüttelt Sam den Kopf.

Beide blicken einen Moment auf die fast verwüstete Stadt und den brennenden Turm.

»Vielleicht ist es ja nur eine Verwechslung«, sagt Mingus und beide sehen sich mit großen Augen an. Dann lachen sie mit einem Mal los.

Ihr Lachen verwandelt sich langsam in leises Kichern, und dann sagt Sam stöhnend: »Ja genau, der war gut.«

Sie trinken ihren Kaffee und genießen die Ruhe einen Moment, die nur durch weit entfernte Polizei- und Feuerwehrsirenen gelegentlich unterbrochen wird.

»Na los!«, steht Sam auf. »Komm.«

»Wohin?«

»In den Laden! Wir müssen aufräumen! Business muss ... «

»Business muss weitergehen. Ja klar, ich versteh schon. Aber meinst du nicht, dass wir über alles erstmal nachdenken müssen, wie es weitergehen soll und so?«

»Wieso? Was gibt's denn da nachzudenken? War eine wilde Nacht, na und?«

Mingus steht auf. »Na, wenn du meinst, Boss.«

Mingus humpelt los und sein Chef spaziert ganz lässig neben ihm Richtung Kreuzberg.

»Kannst du dich noch an Dana erinnern?«, sagt Mingus.

»Dana? Dana? Klar, die verrückte Künstlerin!«

»Genau. Die schreibt ein Buch über mich. Kannst du dir das vorstellen?«

»Über dich?! Wieso denn über dich?! Was machst du denn so Besonderes, dass man über dich ein Buch schreiben wollte? Komische Idee.«

»Tja, weiß ich auch nicht. Aber sie macht es«, sagt Mingus, kreuzt Zeige- und Mittelfinger seiner Drei-Finger-Hand und grinst ganz breit, sodass sein kaputtes Gebiss in seiner ganzen

Blüte zur Geltung kommt. »Ich hoffe, es wird gut, dann kann ich mir bald ein Loft kaufen.«

Printed in Poland
by Amazon Fulfillment
Poland Sp. z o.o., Wrocław

12644466R00228